ウイングス・
オブ・
ファイア

2

帰ってきた
王女

海の翼のツナミ

トゥイ・タマラ・
サザーランド
田内志文＝訳

平凡社

ドラゴンが住まうピリア大陸《たいりく》には、七つの種族《しゅぞく》がいる。

時《とき》は砂《すな》の翼《つばさ》〈サンドウイング〉の女王が殺《ころ》され、ピリア全土は、バーン、ブリスター、ブレイズの三姉妹が後継《こうけい》を争《あらそ》う戦《いくさ》のさなか。

多くのドラゴンが炎《ほのお》にやかれ、血にまみれ、しかばねとなったが、五頭の〈運命のドラゴンの子〉があらわれ戦を止めるという予言があった。

そして、予言を信じる〈平和のタロン〉がひそかにドラゴンの子を育てていた。

予言が実現《じつげん》するまで、残《のこ》すところあと二年……。

この物語は、家族を知らず「予言」に選《えら》ばれた運命の子たちが平和のために立ちあがり、波乱《はらん》に満《み》ちた運命をのりこえる冒険譚《ぼうけんたん》である。

スカーレット女王の
宮殿《きゅうでん》
ダイヤモンド・
スプレー川
ダイヤモンド・
スプレー・
三角州《デルタ》
大陸
海の王国《シーキングダム》
千のうろこ湾《わん》
泥の王国《マドキングダム》
ゴミあさりの
すみか
ゴミあさりの
すみか
雨の王国《レインフォレストキングダム》
PYRRHIA

グレイシャー女王の宮殿《きゅうでん》
氷の王国《アイスキングダム》
空の王国《スカイキングダム》
バーンの要《よう》さい
山の底《そこ》
ピリア
砂の王国《サンドキングダム》
N
サソリの巣《スコーピオン・デン》
ジェイド山
MAP OF

ピリアのドラゴンたち

砂の翼〈サンドウイング〉

特徴《とくちょう》

砂漠《さばく》の砂《すな》のような、うすい金色か白のうろこ。毒《どく》のトゲがついたしっぽと、ふたつにわかれた黒い舌《した》を持つ。

能力《のうりょく》

水を飲まなくても長い間生きることができ、サソリのようにしっぽを使って敵《てき》に毒を打ちこむ。砂漠の砂をかぶってすがたをかくし、炎の息をはく。

女王

オアシス女王が死んでから、一族のうち三頭、バーン、ブリスター、ブレイズの三姉妹が次の女王になろうと争っている。

味方

バーンはスカイウイング、マドウイングとともに戦《たたか》う。ブリスターはシーウイングと手を組んでいる。そしてブレイズは最《もっと》も多くのサンドウイングの応援《おうえん》を受け、さらにアイスウイングを味方につけている。

泥《どろ》の翼〈マドウイング〉

特徴

ぶあついよろいのような茶色いうろこを持ち、その下にこはく色や金色のうろこを生やしていることもある。平《ひら》べったい大きな頭を持ち、鼻のてっぺんに鼻のあながあいている。

能力

暖《あたた》かければ炎をはき、一時間呼吸《こきゅう》をせずに、泥だまりの中にかくれていることができる。とても強いドラゴンだ。

女王

モアヘン女王

味方

現在《げんざい》はバーン、スカイウイングの味方となり大戦《たいせん》を戦っている。

空の翼〈スカイウイング〉

特徴

銅色《あかがねいろ》かオレンジ色のうろこにおおわれ、巨大《きょだい》な翼を持つ。

能力

たくましい戦士《せんし》であり、空を飛ぶ名手。炎の息をはく。

女王

スカーレット女王

味方

現在はバーン、マドウイングの味方となり大戦を戦っている。

海の翼
〈シーウイング〉

特徴——青、緑、アクアマリン色のうろこにおおわれ、指の間には水かきが生えている。首にはエラがあり、しっぽ、鼻、おなかには暗いところで光るしまもようがついている。

能力——水の中でも息ができ、暗やみでも目が見える。たくましいしっぽをひとふりし、大きな波を起こすことができる。泳ぐのがとてもうまい。

女王——コーラル女王

味方——現在はブリスターと手を組み大戦を戦っている。

氷の翼
〈アイスウイング〉

特徴——月のような銀色か、氷のようなうすい青のうろこを持ち、氷の上でもすべらないよう手にはみぞのようなもようがいくつもある。ふたつにわかれた青い舌を持ち、しっぽの先はムチのように細くなっている。

能力——氷点下《ひょうてんか》にもまばゆい太陽《たいよう》にもたえることができ、おそろしいほど冷《つめ》たい息をはく。

女王——グレイシャー女王

味方——現在はブレイズと手を組み、最も多くのサンドウイングを味方につけて大戦を戦う。

雨の翼
〈レインウイング〉

特徴——たえず色が変わり続《つづ》けるうろこを持つが、ふだんは天国に住む鳥のようにあざやかな色をしている。器用《きよう》なしっぽを持つ。

能力——まわりの風景《ふうけい》にあわせてうろこの色を変え、すがたをかくす。器用なしっぽで山や木を登《のぼ》ることもできる。どんな武器《ぶき》をかくしているかは不明《ふめい》。

女王——ダズリング女王

味方——大戦にはくわわっていない。

夜の翼
〈ナイトウイング〉

特徴——むらさきをおびた黒いうろこにおおわれているが、翼の下には銀のうろこがちりばめられており、まるで星がいっぱいにまたたく夜空のようだ。黒い舌はふたつにわかれている。

能力——炎をはき、暗やみの中にすがたを消すことができる。相手の心を読んだり、未来《みらい》を予知《よち》したりする力を持つ。

女王——ひみつであり、だれも知らない。

味方——なぞに満ち、とてつもない力を持つこのドラゴンは、大戦にはくわわっていない。

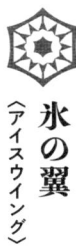

CLAY » MUDWINGS

クレイ

泥の翼〈マドウイング〉のオス

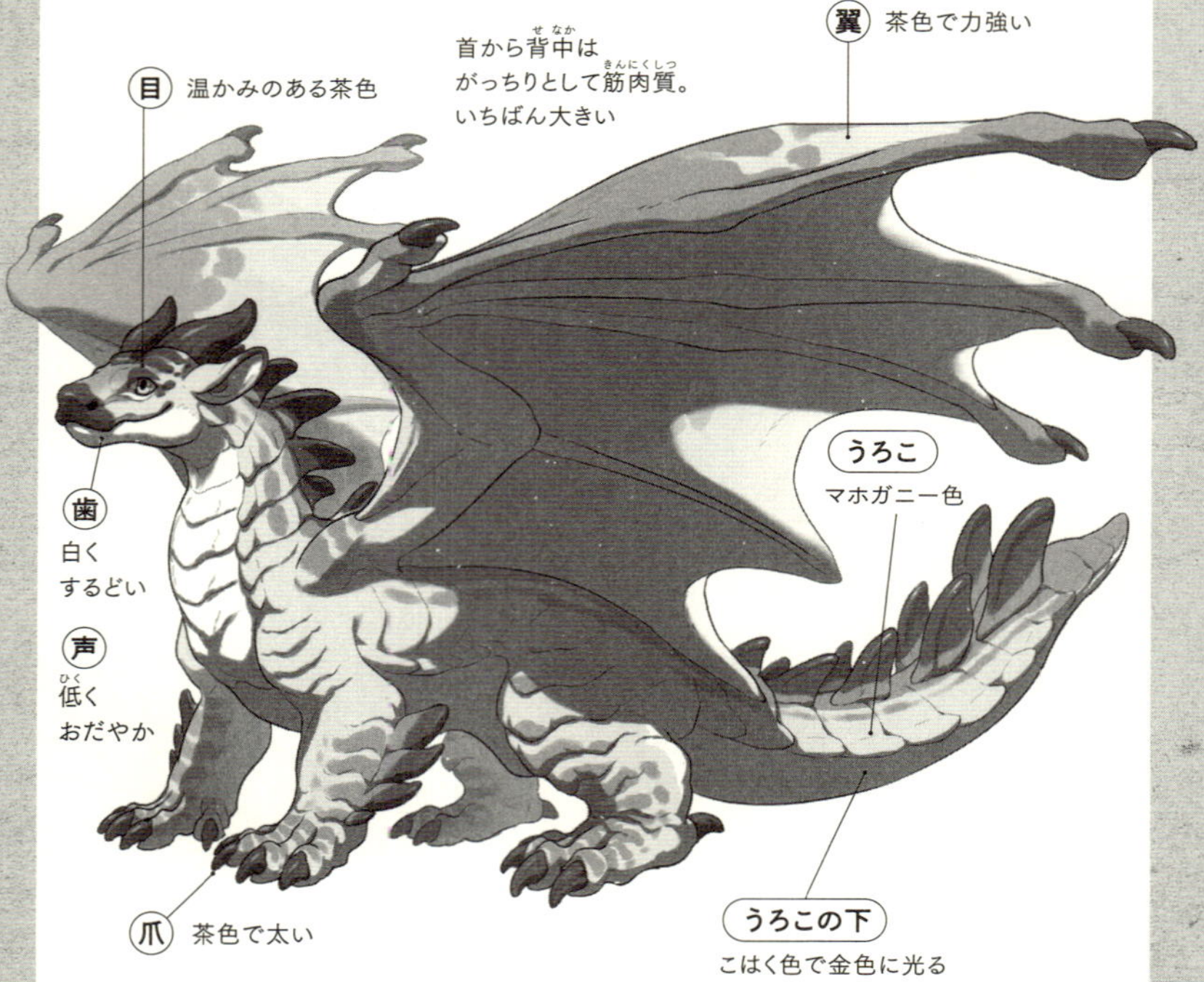

能力
呼吸をせずに1時間水の中にいられる
炎をはく

性格《せいかく》
やさしく責任感《せきにんかん》が強い
根がまじめで好奇心《こうきしん》おうせい
思っていることがすぐ顔に出てしまう
少しドジでどん感
おなかがすくともんくを言う食いしんぼう

ツナミ

海の翼〈シーウイング〉のメス

能力

- 水中で息ができる
- 暗やみで目が見える
- しっぽをひとふりして大きな波を起こせる
- 泳ぎがとてもうまい

性格

- 大たんで勇かん、目的に向かってつき進む
- さわがしく、あと先を考えずに行動することも
- けんかっ早いが正義《せいぎ》のために戦う
- 心をゆるしたドラゴンには情《じょう》があつい

グローリー

雨の翼〈レインウイング〉のメス

能力

まわりの風景にあわせてうろこの色を変えてすがたをかくす

器用なしっぽで山や木を登る

性格

ゆうがなクールビューティー

感情《かんじょう》を表にださず、何を考えているかわからないと思われている

命知らずな行動をとることもある

礼儀《れいぎ》ただしく頭がよい

短気で皮肉っぽい

STARFLIGHT » NIGHTWINGS

スターフライト

夜の翼〈ナイトウイング〉のオス

能力

- 暗やみにすがたをかくす
- 相手の心を読んだり、未来を予知したりする力を持つ

性格

- 読書好《ず》きの優等生《ゆうとうせい》
- 知ったかぶりで説教《せつきよう》好き
- 心配性《しょう》でドジ
- 弱い者をかばい戦う心意気がある

サニー

砂の翼〈サンドウイング〉のメス

能力

砂漠に身をカモフラージュできる
水なしで長い間生きることができる
炎をはく

性格

いつもニコニコ。だれからも好かれる
暴力《ぼうりょく》がきらい
芯《しん》が強く負けずぎらい
仲間に対等にあつかってほしい
情熱《じょうねつ》的で思いやりがある

この本に登場するドラゴンたち

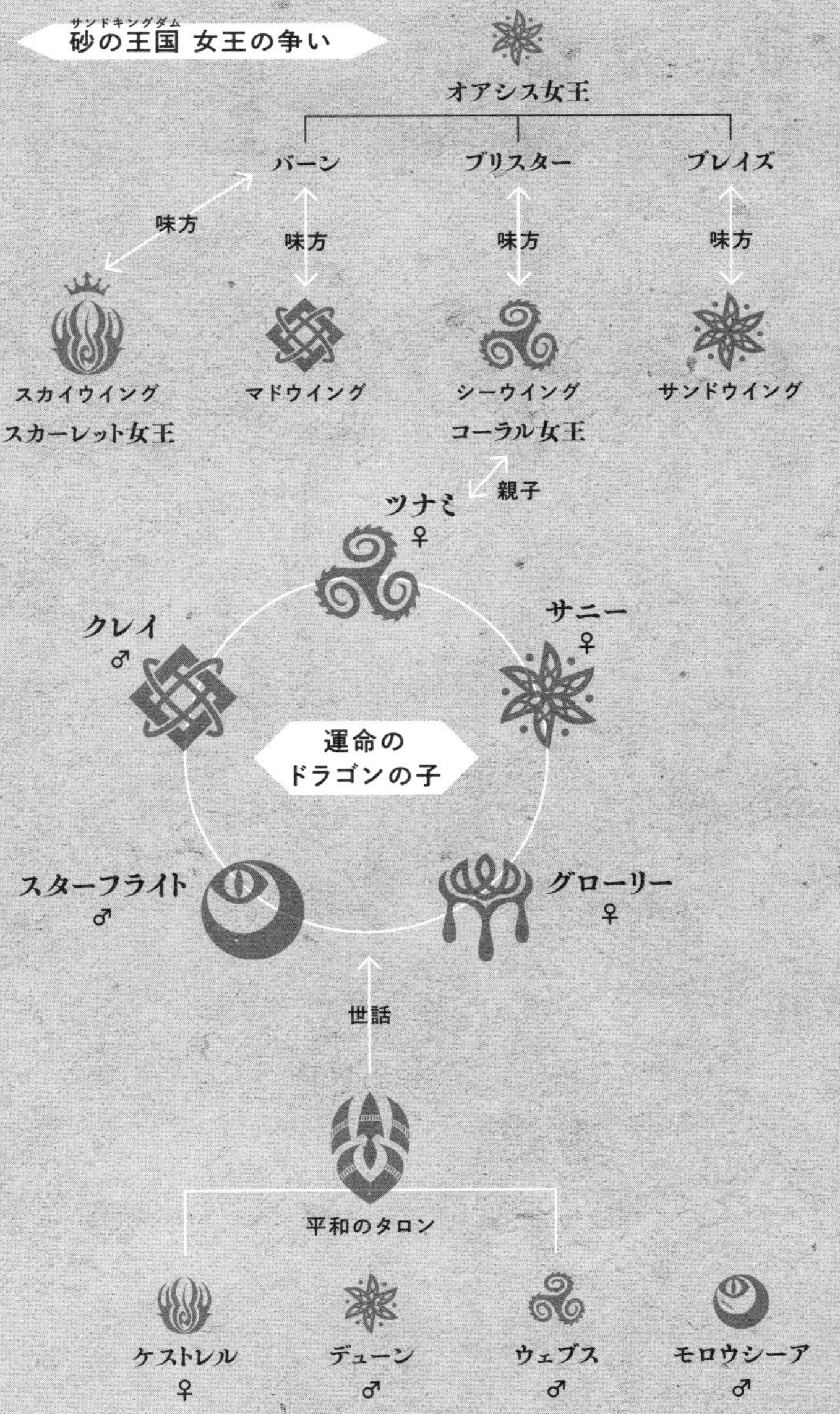

砂の王国《サンドキングダム》 女王の争い
オアシス女王
バーン
ブリスター
ブレイズ
味方
味方
味方
味方
スカイウイング
スカーレット女王
マドウイング
シーウイング
コーラル女王
サンドウイング
親子
ツナミ
♀
クレイ
♂
サニー
♀
運命の
ドラゴンの子
スターフライト
♂
グローリー
♀
世話
平和のタロン
ケストレル
♀
デューン
♂
ウェブス
♂
モロウシーア
♂

戦《いくさ》が二十年続いたら……
ドラゴンの子らがあらわれる。
大地が血と涙《なみだ》にまみれたとき……
ドラゴンの子らがあらわれる。

最も深き青をした、空の翼《スカイウイング》の卵《たまご》を見つけよ。
そなたのもとに、夜の翼《ナイトウイング》がおとずれよう。
山のいただきにある最も大きな卵は
そなたに空の翼をあたえよう。
大地の翼を求《もと》めるならば泥の中、
ドラゴンの血の色をした卵をさがせ。

F FIRE

そして争いあう女王たちの目をのがれ
砂の翼《サンドウイング》の卵はだれにも見つからぬ場所に。

炎をつかさどる三頭の女王のうち
二頭は死に、一頭は学ぶだろう。
おのれより強く高き運命にしたがえば
炎の翼《ウイングスオブファイア》の力を得《え》ることを。

極光《オーロラ》の夜、五つの卵がかえり
戦を終わらせる五頭のドラゴンが生《せい》を受ける。
暗やみに立って光をもたらす。

ドラゴンの子らがあらわれる……。

ウイングス・オブ・ファイア

2

帰ってきた王女

海の翼のツナミ

トゥイ・タマラ・サザーランド
田内志文＝訳

WINGS

ジョナサンと、
彼《かれ》が作ってくれた
海の翼《シーウイング》のコスチュームに

CONTENTS

プロローグ　1
第1部　海の王国《シーキングダム》へ　15
第2部　王国のひみつ　89
第3部　新しい命　299
エピローグ　375

プロローグ

水の中……。ウェブスには、死んでいくドラゴンたちのさけびも聞こえない。

水の中……。戦場《せんじょう》はまるで三つの月のように、はるか遠く。炎《ほのお》もときはしない。敵《てき》のかぎ爪《づめ》にきずを負わされることもない。自分のかぎ爪をぬらす血も、水に洗《あら》い流《なが》されていく。

水の中……。ここならば安全だ。

安全なところでおくびょうにふるえている……けれど、忠実《ちゅうじつ》に、勇《ゆう》かんに戦《たたか》おうとも、死んでしまってはなにもならない。

ウェブスはふるえながら目を覚《さ》ました。

一匹《ぴき》のナマズがじっと彼《かれ》を見つめていた。長いひげが水の流れにゆれていた。その表情《ひょうじょう》は「なんでおれの石の上にこいつがねてるんだ？」と言っていた。

そのナマズを食べてしまうと、ウェブスは少しだけ気分がよくなった。

「今ごろはもう〈平和のタロン〉も、ドラゴンの子たちの身になにが起きたのか知っているだろう。〈空の翼《スカイウイング》〉の宮殿《きゅうでん》なら、スパイしているんだ。わたしからの報告《ほうこく》なんて聞くまでもないさ」

わざわざ目の前で「失敗《しっぱい》した」と言わなくても、タロンのドラゴンたちにはすべてわかっているだろう。

だが、どこに行けばいいのだろう？　自分の種族《しゅぞく》、つまり〈海の翼《シーウイング》〉からは身をかくし続《つづ》けている。そのうえさらに、死ぬまで〈平和のタロン〉からもかくれ続けろというのだろうか？

ウェブスは川の水面までゆっくりと泳ぐと、用心深く顔をつきだした。辺《あた》りは暗やみにつつまれていた。まるで大きな歯のようにそびえる〈雲の爪山みゃく〉のせいで、月の光もほとんどとどかないのだ。ウェブスはもう何日も、川の中を泳ぎ続けていた。

〈空の王国《スカイキングダム》〉はもうはるか彼方《かなた》だ。

〈スカイキングダム〉も、命をかけて守るとちかった五頭のドラゴンの子たちも……。

ウェブスは痛《いた》みをこらえ、長い全身を引きずるようにしながら川からはいだした。そして森の中に三歩進んだところで、自分のゆく手に待ちかまえているいくつもの黒いかげに気がついた。

あわてて今来たほうをふり向いたが、川からあがってきた新たなドラゴンが一頭、すでににげ道をふさいでいた。緑色のうろこに黒いらせんもようがあり、月明かりに牙《きば》が光っている。

「ウェブス」シーウイングが楽しげな声で言った。「二度と目を覚ますことはないと思っていたんだがな」

ウェブスは川岸の泥《どろ》に爪をくいこませた。「ノーチラス……」くやしいが、おそろしさに声がふるえる。「タロンに重要《じゅうよう》なしらせをとどけなくてはならないんだ」

「おやおや、そうかい」ノーチラスがゆかいそうに言った。「いつもの合流地点に行く途《と》中《ちゅう》で、道にでも迷《まよ》ったのかと思ってね」

「だからこうして、さがしにきてやったってわけさ」かげのひとつが、つららのように冷《つめ》たくするどい声で言った。ウェブスは心の中で、**シラスか**……と言った。〈氷の翼《アイスウイング》〉のシラスがいるというのはつまり、必《かなら》ずなにかよくないことが起きるという意味だ。

「山の底《そこ》のどうくつが、スカイウイングに見つかったんだ」ウェブスは、自分のせいじゃない、ただ真実を伝《つた》えるんだと、自分に言い聞かせた。「ドラゴンの子らは、スカーレット女王に連《つ》れ去《さ》られてしまったよ」

「ああ」ノーチラスがかわいた声で言った。「あの女め、まるで『〈運命のドラゴンの子〉たちを手にいれた！　一頭残《のこ》らずわたしのものだ！』とでも言わんばかりに、いちばん高い山のてっぺんでふんぞり返っていたからな。そのくらいわれわれにもわかったとも」

「なにもかも話すんだ」シラスがきびしい声で言った。「なぜ連中《れんちゅう》にどうくつが見つかったりしたのだ？」

「それは……」ウェブスはゆっくりと言った。「三頭のドラゴンの子が脱走《だっそう》をくわだてたのが始まりだった」**いや、三頭かもしれんな。**スターフライトとサニーしか見つからなかったあの夜、グローリーがどこにいたのか彼にもわからないのだ。だが、ツナミやクレイといっしょに川に飛《と》びこんだりできないのは知っている。

「なぜ脱走など？」ノーチラスがきびしく問いかけた。「きさまら、ドラゴンの子たちになにをしたんだ？」

ウェブスは、**エラ**がふくらむのを感じた。「わたしたちは、あの子たちの命を守っていただけだ」とうなり返す。**そして、地底《ちてい》に閉《と》じこめた。ツナミを鎖《くさり》でつないだ。予言のドラゴンの子ではないからといって、グローリーを殺《ころ》そうと計画した。だが、他にどうすればよかったというのだ？**

「それで、逃亡者《とうぼうしゃ》を連《つ》れもどすためにつかまえたっていうわけね」また別《べつ》のかげが口を開いた。〈平和のタロン〉の新入り、クロコダイルの声だとウェブスは気づいた。希望《きぼう》の光がともる。ほんの数回しか会ったことはないが、気持ちをわかってくれそうなドラゴンだった。もしかしたら今も彼女《かのじょ》だけは、味方についてくれるかもしれない。

「それが、ちがうんだ。ちょっと事情《じじょう》がちがってな。なんというか……自分たちで帰ってきたんだよ。仲間《なかま》を助けだしにね」ウェブスはせきばらいをした。「そんなの、予想もしていなかった」**連中が空に舞《ま》いあがればあっというまにはるかかなたまで行ってしまうと、ケストレルも思ってたんだ。**

「まるでドラゴンの子たちが囚人《しゅうじん》みたいに感じてたみたいだな」ノーチラスがぶきみに声を落とした。

「連中を地底からだすなと言ったのは**おまえたち**だろう？」ウェブスは言い返した。「タロン全員の決定だったはずだぞ！」

「大人しく言うことを聞くように育てるはずだったろう、反抗的《はんこうてき》にではなくな」ノーチラスが言った。「重要なのはそこだけだったはずだ。ちがうか？」

ドラゴンたちがざわついた。ウェブスが見るかぎり、ノーチラスを入れて全部で七頭いる。七頭ものドラゴンを相手に、果《は》たしてにげきれるだろうか？

「わたしたちのせいじゃない」ウェブスがつぶやいた。「たぶん、あの子たちのほうがおかしいんだ」

「スカイウイングどものことを説明《せつめい》してもらおうか」シラスがいまいましげに言った。

「クレイとツナミがどうくつまであとをつけられたんだ」ウェブスは説明した。「それで、スカーレット女王に見つかったわけさ。なんとか追い返そうとしたんだが、女王はデューンを殺《ころ》し、ケストレルをドラゴンの子たちとともにさらっていってしまった」

「ふむ、あの女王、闘技場《アリーナ》で戦わせる気かもしれないわね」クロコダイルが言った。「勝てる見こみは？」

「まだほんの子どもなんだぞ」シラスがうなった。「アリーナで生き残《いのこ》れるわけなどあるものか」

「まあ、スカイウイングの子だけは殺したりしないでしょ」クロコダイルが言った。

ウェブスはぎくりとした。スカイウイングの子を失《うしな》い〈雨の翼《レインウイング》〉をその代わりにしたことは、まだ〈平和のタロン〉に伝えていないのだ。だが、ドラゴンの子たちが外に飛びでてしまった今となっては、それがバレてしまうのも時間の問題だろう。

「極光《オーロラ》の夜に卵《たまご》からかえったスカイウイングの子たちにスカーレットがなにをしたか、今さら言うまでもないだろう」シラスがうなった。「あの女、慈悲《じひ》など持たずに生まれてきたのだ」

ウェブスは顔をあげると、暗やみの中できらめくいくつもの目を見回した。「取り返しにいくべきではないのか？　タロンが総攻撃《そうこうげき》をしかければ、もしかしたら……」その声が、弱々しくとだえる。そんなことができるなんて、本当に思っているのだろうか？

そもそも自分だって、スカイウイングの宮殿に突入《とつにゅう》して死んだりするのはごめんだ。それに、ここに集まっているタロンたちはドラゴンの子たちに会ったことすらないが、自分はずっと近い存在《そんざい》なのだ。

「タロンの総攻撃だと？」シラスが鼻で笑《わら》った。「たった四十頭で、宮殿の衛兵《えいへい》百頭を相手にするというのか？　たいした作戦《さくせん》じゃないか。その使える片腕《かたうで》にあの子たちをあずけたのも正解《せいかい》だったというわけだな」シラスはダイヤモンドのような形をした頭をいきおいよくふりあげると、目の前を飛んでいたコウモリにかみついた。牙の間でパキパキと骨《ほね》がくだける。

「特攻《とっこう》をする必要《ひつよう》などないとも」ノーチラスが言った。「昨日《きのう》、スカイウイングの宮殿でなにかあったようだ。まだ詳《くわ》しい話はとどいていないが、スパイいわく、どうやらスカーレットが死んだらしい……ドラゴンの子たちに殺されたようだ」

ウェブスはおどろき、思わず翼《つばさ》を広げた。「**わたし**のあの子たちが？」

「脱走の才能《さいのう》があるのかもしれんな」ノーチラスが言った。「もっとも別のスパイによると、ドラゴンの子どもたちは脱走の途中でスカイウイングどもに殺されてしまったという話だがな」

ウェブスは、まるで毒《どく》クラゲでも食べてしまったかのように胃《い》をしめつけられた。ドラゴンの子たちが**死ぬわけなどない。**予言のために、自分はすべてをあの子たちにささげてきたのだ。**自分の命を守るためにもな、**と頭の中で小さな声がひびいた。

「もしピリアのどこかにいるとしたら、どうやって見つけだせば？」ノーチラスが質問《しつもん》した。「自殺行為《じさつこうい》のような方法《ほうほう》はやめてくれよ。少なくとも、わたしたちが死ぬような方法はな。おまえのほうは、そうしたいならいつ死んでくれてもかまわないがね」

「わからん」ウェブスは首を横にふった。ドラゴンの子たちの行き場所など、想像《そうぞう》もつかない。そもそもなぜ守ってくれる世話係《マインダー》たちのもとをわざわざはなれ、自分たちだけになりたかったのかもわからないのだ。今までの人生で最悪《さいあく》の十日間……。自分の女王を見捨《みす》ててしまったあの戦いからタロンに発見されるまでの日々は、思いだすのもおそろしい。あのドラゴンの子たちは、味方をしてくれる種族もタロンの力もなく、どうやって生きのびられるというのだろう？

「ドラゴンの子たちを連れもどすことができないとしたら、予備《よび》の計画の実行も考えなくてはならんな」ノーチラスは、エラをかりかりと引っかきながら考えこんだ。

「予備の計画？」ウェブスが彼の顔を見た。

「おまえには言えない計画があるのさ」シラスが言った。

「だが……だが連れもどさないわけには……」ウェブスは首を横にふった。「〈運命のドラゴンの子〉なんだぞ。戦争《せんそう》を止められるのは、あの子たちしかいないんだ」

「もう少し予言を信《しん》じろ、ウェブスよ」ノーチラスが言った。

「そのとおり。心配はいらないわ」クロコダイルが、なだめるように言った。「〈平和のタロン〉は、すべての卵を同じ巣に置《お》いておいたわけじゃない。すぐれた予備の計画があるんだからね」

ウェブスはかげにつつまれた顔をひとつひとつ見回していった。クロコダイル以外《いがい》はだれも、小さな友好《ゆうこう》の光すら目に宿してはいない。

「まったくわからん」ウェブスはつぶやいた。自分が知らない別の予言でも存在するというのだろうか？

「当然《とうぜん》だろうな」ノーチラスが言った。「つまり、おまえが問題になるということだ」

ウェブスはどういうことかたずねようと口を開きかけたが、その瞬間《しゅんかん》いきなりシラスが背中《せなか》からおそいかかり、彼を地面におしたおした。スカイウイングの兵隊《へいたい》につけられたきずが、さらに燃《も》えあがるような痛みにおそわれる。片方《かたほう》の翼が背中でよじれ、アイスウイングのかぎ爪がうろこに食いこんでくるのがわかった。

「なにをするんだ！」ウェブスがさけんだ。「わたしは味方だぞ！　七年前からタロンの一員なんだぞ！」

「だが、わたしたちの期待をうらぎった」シラスがいまいましげに言《い》い捨《す》てた。

「まあ待て――」ノーチラスは言いかけたがやめて、またすぐに口を開いた。「いや、そのとおりだ」

「きさまの心臓《しんぞう》をえぐりだして、魚のエサにしてやる」シラスがまるでおどすように、おそろしい声で言った。

皮肉なものだな。ウェブスはついさっき食べたばかりのナマズを思いだし、暗い気持ちになった。「だがわれわれは、平和のドラゴンだろう」歯を食いしばって苦痛《くつう》をこらえながら、声をしぼりだす。「そのわたしたちが殺《ころ》し合《あ》いなどしたのでは、バーンやブリスターやブレイズと変《か》わらないのではないか？」

「すまんな、ウェブス」ノーチラスが口を開いた。「どのドラゴン一頭よりも、平和は重要なのだ。そしておまえは、予備の計画のじゃまになりかねん。こうするのが、おまえのためでもあるんだよ。そして予言の、さらには平和のためなのだ」

まるで自分の言葉でも聞いているかのようで、ウェブスはぞっとした。山の底、あのどうくつぐらしでドラゴンの子たちが不満《ふまん》を口にするたびに、まったく同じ言葉を口にしてきたのだ。**これは君たちのためなんだ。平和がなによりも重要なんだ。**そんな言葉を口にするときは、いつだって本気だった。ノーチラスも、まちがいなくそうなのだろう。

ノーチラスがかぎ爪を一本立て、合図した。「シラス、心臓をえぐりだせ」

アイスウイングのシラスは口をがばりと開け、ウェブスをあおむけに転がした。相手の腹《はら》につき立てようと、つららのようにするどくとがったかぎ爪をむく。

そのとき、いきなりクロコダイルが突進《とっしん》してきて、シラスをしげみの中につき飛ばした。

ウェブスはためらわなかった。体を起こし、きずついた翼でせいいっぱい空に飛びだした。周《まわ》りのドラゴンたちを攻撃するクロコダイルのさけび声が聞こえ、ウェブスは胸《むね》をつきさすような罪悪感《ざいあくかん》を覚《おぼ》えた。あそこに残り、彼女とともに戦うべきなのだろうか？

だが、せっかく生き残るチャンスがおとずれたのに、わざわざ確実《かくじつ》な死へと舞いもどる理由がどこにあるだろう？

背後《はいご》から羽音が聞こえ、ウェブスはさらに必死《ひっし》に羽ばたいた。シラスがすぐ後ろにせまっているか、ノーチラスがぐんぐん近づいてきているのかもしれない。

だが、そのとき聞こえたのはクロコダイルの声だった。

「ウェブス、飛びな！　連中ならみんなたおしてきたよ。あいつら、こんな目にあうとは思ってもいなかったろうね。ハハ！」

「助かったよ」ウェブスはあとをついてくるクロコダイルの、どっしりとした茶色の体をふり返った。

「どこにかくれるつもり？」クロコダイルが言う。

ウェブスは首を横にふった。「わからない。〈ジェイド山〉にいるドラゴンの話を耳にしたことがあるが、もしかしたら――」

「ふるさとに帰ったらいいよ」クロコダイルは翼をかたむけ、彼の下をくぐりぬけた。

「聞いた話じゃあ、コーラル女王もここのところずいぶん寛大《かんだい》でいらっしゃるって話だよ」

全身を興奮《こうふん》がかけぬけ、ウェブスはほとんど息もできなくなった。**ふるさとだと？　何年もずっとはなれていた海に帰るだと？　そんなことができるのか？**

「あんなことをしたわたしを、陛下《へいか》がおゆるしくださるなどありえない」ウェブスは首を横にふった。「戦いのさなかに見捨ててしまっただけじゃない。予言のために卵をぬすんだのがこのわたしだというのも、陛下はお見通しのはずだ」

「そう予想どおりになるともかぎらないわ」クロコダイルが言った。「だって、コーラル女王は歴史上《れきし》最《もつと》も偉大《いだい》な女王様のひとりって言われてるんでしょう？　シーウイングのどのまき物を見たってそう書いてあるわ。だったら、あなたのことだってゆるしてくださってもおかしくないんじゃない？　ならばまたふるさとに帰れるかもしれないし、そのチャンスにかけてみるべきよ」

ウェブスはだまりこんだ。月がひとつのぼり、青緑色をした彼のうろこをチラチラとかがやかせた。はるか遠くに海が見えた。しかしウェブスには、月と同じくらい遠くに見えて、とても手がとどかないように感じられた。

「まあ、あなたしだいってこと」クロコダイルは、彼からはなれていきながら言った。「わたしは聞いた話を伝えただけだよ。とにかく、幸運が味方してくれますように！」

「君にも幸運を」ウェブスは大声で伝えた。クロコダイルのすがたが木々の中に消えていく。どこに行くつもりなのだろうかとウェブスは思った。

体じゅうのうろこが海を恋《こい》しがっている。宮殿も、潮《しお》の流れも、クジラの歌も、宴《うたげ》も、庭園も……他のシーウイングたちも恋しい。

もしわたしがタロンにもう用ずみなのだとしたら……もし陛下に、次は勇かんに戦うと

ちかいをたてたなら……。
そうしたらまた、ふるさとに帰れるだろうか。

第1部

海の王国《シーキングダム》へ

1

砂《すな》

浜《はま》におしよせる波が、ツナミの手に当たってくだけた。水かきのついた手が、しめった砂《すな》の中にうずもれる。風をはらみ、青い翼《つばさ》がふくらんだ。

顔をあげ、あらあらしい海の空気をすいこんだ。

ここが自分のいるべき場所だ。ここが自分の海なのだ。

「わたし、わかっちゃった」背後《はいご》のグローリーが、おどけたように言った。「ねえみんな、これが**自由のにおい**だよ」

「自由って、魚みたいなにおいなんだな」スターフライトが落ち着いた声で言った。「はっきり言って、鼻がまがりそうなほどひどいにおいだよ」

「あたしは好《す》きだよ」ツナミが言った。これは、〈平和のタロン〉が彼女《かのじょ》からうばい取ってしまったにおいなのだ。タロンはずっと彼女を、どんよりとにごった空気しかない地底《ちてい》に閉《と》じこめていた。本当はここで、本物の〈海の翼《シーウイング》〉として空を飛《と》び、海を泳いでくらしているはずだったというのに。

スターフライトはちらりと空を見あげ、ビーチのはしに生えた暗い木立ちのほうにじりじりと後退《こうたい》した。「ねえ、木かげにいることにしない？　パトロールに見つかったらどうするんだよ？　つまりだね……」スターフライトは言葉を区切ると、大きく深呼吸《しんこきゅう》をした。「木かげにいなきゃ**だめ**だって言ってるんだよ。ほら。聞こえたろ。みんな今すぐ木かげに引き返すんだ」

サニーがあわれむような目でちらりと見ただけで、みんなスターフライトを無視《むし》した。

ツナミは足元に顔を近づけ、自分の手に打ちよせる波をじっと見つめた。銀色や緑、そして黄色の小さなものが、すばやく浅瀬《あさせ》を泳ぎ回っている。どうくつを流れる地底の川なんかより、海ははるかに命のにおいに満《み》たされている。

あそこから脱走《だっそう》して、まだ本当にたった一週間しかたっていないのだろうか？〈空の翼《スカイウイング》〉の牢獄《ろうごく》にどのくらいとらわれていたのか、はっきりと思いだすなど無理《むり》なように思えた。

だが、ツナミはひとつだけはっきりと覚《おぼ》えていることがあった。自分の手の下から聞こえた、骨《ほね》のくだける音だ。

爪《つめ》を一本だし、砂にあなをあける。**あのシーウイングは殺《ころ》すしかなかった。スカーレットに無理やり戦《たたか》わされたんだもの。ああしないと、闘技場《アリーナ》からでることなんてできなかっ**

たわ。あいつ、頭がどうかしてたじゃない。やるかやられるか、どっちかしかなかったんだ。

まるできずついたドラゴンのように、同じ考えがぐるぐると頭の中を飛《と》び回《まわ》り続《つづ》けた。ツナミはぶんぶんと首を横にふって翼をふくらませた。まったくくだらない。まるでドラゴンではなくゴミあさり《スカベンジャー》にでもなってしまったみたいだ。ドラゴンは、あんなおくびょうでビクビクしたおろかな二本足の生きものなんかとはちがう、凶暴《きょうぼう》な戦士《せんし》になる運命《さだめ》のはずだ。たったひとつの小さな死で、こんなに思《おも》い悩《なや》むなんてあってはいけない。

あのおそろしい毒《どく》でもっと残酷《ざんこく》なことをしたグローリーは、ちらりとも気にしている顔など見せないではないか。

「ぼくが大好《だいす》きなもの、なんだか知ってるかい?」クレイが悲しげな声をもらした。「魚だよ。山ほどたくさんの魚だよ。あんなちっこい小魚なんかじゃなくて、でっかい魚が食べたいんだよ」そう言って、ツナミのとなりにどさりと腰《こし》をおろす。みんなに聞こえるほどに大きな音が、クレイのおなかからひびいた。

サニーがおかしそうに笑《わら》った。「クレイったら。みんなのためにあの大きいブタさんをつかまえてきてくれてから、まだ一日しかたってないよ」

「あんなの大きいもんか」クレイはため息をつき、しゅんと翼をたれた。「世界でいちばん小さいブタだよ」

「わたしのニンジン食べたらよかったのに」サニーはクレイの後ろで体を起こしてすわると、海原《うなばら》を見つめた。うすいピンク色の空に太陽が顔をだし、海をそめ始めている。ふたつの月はうっすらと銀に光りながら、山みゃくの向こうに消えようとしていた。

「みんな、おいらはまじめに言ってるんだよ」スターフライトが言った。「砂浜にいたんじゃあぶないんだってば。〈泥の翼《マドウイング》〉とスカイウイングがこっちをさがしてるんだよ？」

波のとどかないところで、両手の砂をはらい落とそうとしている。

ツナミはうんざりしていた。みんなが同意してくれるまでスターフライトが心配してぶつくさ言ってばかりいるものだから、〈ダイヤモンド・スプレー・三角州《デルタ》〉を南へとくだるのに、もう丸一日もむだにしてしまっていた。そう、スカイウイングがあとを追ってきているのだ。自分たちの牢獄からにげだしたドラゴンの子たちに、ものすごく腹《はら》を立てているにちがいない。そして脱走の途中《とちゅう》でグローリーが女王を殺してしまったことについては、きっと腹を立てているどころの話ではないに決まっている。

けれどツナミは、走り続けたいとは思わなかった。自分の家族をさがしたかった。自分の居場所《いばしょ》さえ伝《つた》えることができれば、シーウイングたちはきっと自分や仲間《なかま》たちを守ってくれるはずなのだ。

そしてなにより、あれこれとくよくよ思い悩み、ぶつくさもんくを言い、えらそうにばかりしているスターフライトには、もううんざりだった。おかげでみんながピリピリして、まとまりがなくなってしまいそうだ。どうせならあのまま〈夜の翼《ナイトウイング》〉たちが引き取ってくれたらよかったのに、とさえツナミは思いかけていた。

「**あんた**、なにがそんなに心配なのさ？」ツナミがスターフライトに声をかけた。「またシーウイングどもにつかまったって、どうせナイトウイングの仲間たちがきて助けてくれるんでしょ？」

　スターフライトはむっとした顔で、バサバサと羽ばたいた。「おいらが心配してるのは、**自分**のことじゃないよ！　おいらたち**全員**の安全を心配してるんだよ」そう言ってサニーのほうをちらりと見て、肩《かた》をすくめてみせる。

「みんなの安全なら、あたしがちゃんと守ってるでしょ！」ツナミが声をあらげた。

「あたし、どっかでなにかまちがったりした？」

「そうね……」グローリーが言った。「たしか一度、みんなでスカイウイングにつかまって、女王にみな殺しにされかけたかな……」

　ツナミはしっぽで水面をたたき、グローリーに冷《つめ》たい波を浴《あ》びせた。グローリーが短いさけび声をあげ、とびのくように海からあとずさる。

「やめてよ！」サニーが大声をあげた。「けんかしないで！　クレイもみんなを止めてよね」そう言って、足元を泳ぎ回る小魚の群《む》れに夢中《むちゅう》になっているクレイの頭を軽くたたく。

「ああ、そうね。じゃあクレイの意見を聞きましょう。なんといっても群れのリーダー、ビッグウイングなんだから」グローリーがおどけてみせた。今朝の彼女はサニーのような金色のうろこをまとい、そこに海原と同じ青の水しぶきのもようがゆらゆらとうかんでいる。彼女は、毒液《どくえき》のしたたる牙《きば》をむいてツナミのとなりに腰をおろし、あくびをした。

「みんな落ちつけよ」クレイはツナミの翼を自分の翼でおした。「スターフライトが心配するのも、無理ないだろ？　だって、スカーレット女王が本当に死んだのかもわからないんだぜ？　でも――」急いで言葉を続ける。「君がいっこくも早くシーウイングを見つけたい気持ちはわかってるよ。だからけんかはやめて、さっさとさがそうよ。見つけられたら、さっさと安全な場所にかくれられるんだからさ」

ツナミはもう一度、けわしい目でスターフライトをにらみつけると、また海のほうを向いた。クレイが正しい。重要《じゅうよう》なのは自分の家族を、そしてみんなの安全なかくれ場所を見つけることなのだ。

「あらまあ、ほんとに頭がいいのね。むだに大きくないってことか」グローリーが言った。

「本当だよね」サニーはクレイの首にだきついた。スターフライトはふきげんそうにすわりこみ、しっぽを脚《あし》の周《まわ》りにまきつけるようにして横たえた。

グローリーが、太陽の色をした翼をたたむ。「ああ、どうする？『シーウイングのみなさん！　行方不明《ゆくえふめい》の王女がここにいますよー！』ってさけんで、大よろこびのドラゴンたちが海から飛びだしてくるのでも待ってみる？」

「ごちそうもいっしょにね！」クレイがさけんだ。おどろいたカモメたちが宙《ちゅう》に舞《ま》いあがる。「物語の最後《さいご》には、すごいごちそうがでるんだよ！　行方不明だったシーウイングの王女が帰ったら、両親が大よろこびしてごちそうを作ってくれるんだ。クジラをまるまる一頭使うんだぜ？　ごちそう中のごちそうだよ。ぼくならまるごと食べちゃうな。ねえ、ごちそうあると思う？」

「まき物の『消えた王女』は、ただのおとぎ話だよ」スターフライトがため息をついた。「実際《じっさい》に〈海の王国《シーキングダム》〉に行ったらなにがあるかなんて、わかりっこないよ」

「たしかにそのとおりだね」クレイは落ちこんで翼をしゅんとたれた。「ツナミ、君が思ってるようなとこじゃないかもしれないよ。母さんがぼくを牛一頭と交換《こうかん》で売《う》り飛《と》ばしたみたいにさ」

「異議《いぎ》あり！　最低《さいてい》でも牛は二頭だったはずだよ」グローリーが言った。

「うーん、だったら少しはマシかもしれない」クレイが答えた。

自分はぜったいにそんなんじゃないはずだ、とツナミは信《しん》じていた。クレイの場合は夢《ゆめ》見《み》ていたような家族とはまったくちがったが、自分には完璧《かんぺき》な家族がいるはずだと。自分の卵《たまご》が王家の孵《ふ》化《か》室からぬすまれたのを知った今は、なおさらそう思う。

自分はシーウイングの女王の娘《むすめ》なのだ。

いや、それだけではない。スターフライトの話だと、女王の娘たちの中で大人になれたのは自分だけなのだ。つまり、シーウイングの国をつぐことができるのは、ツナミだけ。彼女はいつか、シーウイングの女王になる運命《さだめ》なのだ。

だが、女王となるためにはいつの日か自分の母親と戦い、殺してしまわなくてはいけない。しかし、その日のおとずれは先のばしにすることができる。今考えなくてはいけないようなことではないのだ。

ツナミは翼を広げ、潮《しお》の香《かお》りのする風をすいこんだ。ぼこぼこと砂浜に開いた小さなあなから飛びだしては消えていく小さな生きものたちのすがたが、視界《しかい》のはしに見えている。

「ちょっと海に飛びこんで、シーウイングの宮殿《きゅうでん》をさがしてみようか」ツナミが言った。

「飛びこむって、そこにかい？」スターフライトはおどろいて大声をあげた。翼を広げて砂をはらい落とし、不安《ふあん》そうに何度もまばたきをする。

「他のどこにシーウイングがいるっていうのよ？」ツナミがたずねた。

「海で泳ぐってのは、地底の川を泳ぐのとはわけがちがうんだよ」スターフライトが先生のような口調で言った。「流れもはげしいし、いきなり波がおそってくるし、牙を生やしたでっかい生きものだって――」

「あたしも牙が生えたでっかい生きものだよ」ツナミが楽しそうに、彼《かれ》に笑ってみせる。

スターフライトは、にこりともしなかった。「そんなのあぶないよ。今君を失《うしな》ったら、おいらたちはどうすればいいのさ？」

ツナミは、いちばんとがった爪の先で、不安そうにしわをよせた彼の鼻先をつついてやりたくなった。

「スターフライト、あまり心配しないで」サニーが横から口をはさんだ。「ツナミはなんだってできちゃうんだから。それに、海に入りもしないで、どうやって家族のところに行けばいいの？」

「待った！　やっぱりそれはだめだ！」いきなりクレイが砂を散《ち》らし、サニーをふり落としそうになりながら立ちあがった。悲鳴をあげたサニーが、彼の首にしがみつく。しっぽにはね飛ばされた貝がらや小さなカニたちが、砂といっしょに宙を舞う。

「ちょっと、気をつけてよ！」グローリーが両目をおおいながらどなった。

「ぼくたちはどうするのさ？」クレイは、大きな茶色い翼をバサバサと動かした。「うっかりしてたよ！　ツナミ、いっしょにシーウイングの宮殿をさがしに行くなんて無理だよ。みんな海じゃ息ができないからね！　みんなでいっしょにいなきゃなのに、君だけ海の中になんて行かせられないよ」砂浜に深いみぞを作りながら、海に向かって砂をけとばす。「どうしたらいいんだ？」

ツナミは、取りみだしたクレイを見るのが好きだった。〈シーキングダム〉が海の中にあるのに気づくのに丸一日かかったのも、かわいいと思っていた。

「まじめに言ってるの？」グローリーが言った。「あんなに地理の授業《じゅぎょう》を受けたのに、なんにも覚えてないの？」

クレイは、意味がわからないとでもいうような態度《たいど》でふり向いた。大きな足の周りから、カニたちが急いでにげていく。「え、なにを？」

「シーウイングは、海の上にも宮殿があるってことさ」スターフライトは、ほら、**もっと勉強しとけばよかったろ？** と言わんばかりの口調で言った。「同盟《どうめい》を組んでる〈砂の翼《サンドウイング》〉のブリスターみたいなお客さんを迎《むか》えるためにね。〈千のうろこ湾《わん》〉にうかぶどこかの島にあるはずだよ」

「なんだ……」クレイは大きなため息をついてすわりこんだ。

サニーがその肩を、ぽんとたたいた。「わたしも覚えてなかったよ。でも、これでいっしょに行けるね」

「でも、かんたんにはたどりつけないよ」スターフライトが言った。「海の中のも島のも、シーウイングの宮殿は念入《ねんい》りにかくされてるからね。だから、他の種族《しゆぞく》みたいに炎《ほのお》がはけなくても、この戦争《せんそう》でずっと生《い》き残《のこ》ってこられたんだ。お城《しろ》を攻撃《こうげき》しようにも、肝心《かんじん》のその場所が見つからないんだからね」

「まるでナイトウイングみたい」グローリーが皮肉っぽく言った。

「ぜんぜんちがうよ！」ツナミがさけんだ。「シーウイングはなぞめいたふりをしたり、えらそうにしたりなんてしないんだからね。自分たちのふるさとを守るために、ちゃんと考えてるだけなんだから！」

「あやしい島は千以上《いじょう》もあるけど、たぶん――」スターフライトは言いかけて口をつぐみ、また空を見あげた。「ねえ、なんだか炎のにおいがしない？」

「お月様たちがのぼっただけでしょ、スターフライト。いちいちつまらないことにびくびくして木かげにかくれてもしょうがないよ」ツナミが言った。

「待って、スターフライトの言うとおりかも」サニーも空を見あげた。「翼の羽ばたきが聞こえる」

「うん、おいらもだ」スターフライトがうなずいた。そして警戒《けいかい》してトゲトゲの背《せ》びれを立たせると、全速力で木かげにかけこんでいった。

「こんな遠くまで聞こえる？　あたし、なんにも見えないけど」ツナミは首をかしげたが、その瞬間《しゅんかん》、空に落ちた血のしずくのような赤い点がひとつ見えた。北西の山みゃくから、こちらに向かっておりてこようと羽ばたいている。

スカイウイングの見回りが飛んできていたのだ。

2

「海に飛《と》びこんで！　早く！」ツナミがみんなにさけんだ。海のほうが木立ちより近いし、同じくらいしっかりとすがたをかくすこともできるからだ。

「ぜったい無理《むり》！」グローリーはぶんぶんと首を横にふると、翼《つばさ》を広げてぱっと地面にふせ、体の色を変《か》えた。石の転がる砂浜《すなはま》と同じ色になり、すっかりすがたが見えなくなる。上空から見つけることなど、とてもできないだろう。一瞬《いっしゅん》のできごとだったものだから、ツナミもあやうく見失《みうしな》いかけてしまった。グローリーの擬態《ぎたい》は、すごく上達《じょう》《たっ》している。

「わかった。じゃあサニーはこっちに来て」ツナミは、小さなサンドウイングに手をのばした。

「わたしはいい」サニーは小さなさけび声をあげた。「急いで飛んで、あっちの木立ちに行く」そう言うやいなやクレイの背中《せなか》から飛びおり、スターフライトのあとを追うように飛び始める。

ツナミが足をふみ鳴らし、海水を砂浜にまき散《ち》らした。グローリーが腹《はら》を立て、低《ひく》いうなり声をあげる。

「海のほうが安全なのに」ツナミはいらだった声でつぶやくと、不安《ふあん》そうに空を見あげた。赤い点はぐんぐん近づいていた――サニーがかくれるよりも先に着いてしまうかもしれない。だが、もうサニーをつかまえるには手おくれだ。ツナミはふり向くと、ひといきに海へと飛びこんでいった。

クレイはもう浅瀬《あさせ》の中、つきでた泥《どろ》の下に身をかくしていた。おどろいた平らな魚たちがにげだし、小魚の群《む》れが雲のようにわきあがる。水中でも一時間は息を止めていられるクレイは、水の中でも他のみんなほど困《こま》りはしない。

ツナミが息をすいこむと、しょっぱい海水がいきおいよくエラに入ってきた。まるでけむりでもすいこんでしまったかのようなその刺激《しげき》に、ツナミはぎょっとした。地底《ちてい》ですいこんだあのすきとおった水とはぜんぜんちがう。そして、潮《しお》の流れもまったく勝手がちがった。ひっきりなしに彼女《かのじょ》の背中を陸《りく》のほうにおしたかと思うと、また沖《おき》のほうへ引っぱろうとするのだ。

しかしツナミは足を止めようとはせずにクレイの前を通りすぎ、バサバサと羽ばたきながらどんどん深いほうへともぐっていった。むらさき色をした小さな魚の群れが、まるで爆発《ばくはつ》する星々のように彼女の前から散っていく。やがて砂浜がとぎれていきなり深くなり、海の底《そこ》をうめつくすように藻《も》が生えているのが見えた。深緑色の長い海草がゆらゆらとゆれ、ツナミの腹にふれた。

ツナミは頭上を見あげてみたが、空にはなにも見えなかった。思いきって、海面まであがってみることにする。サニーがちゃんとかくれたか、たしかめなくてはいけない。

海面から頭をだして砂浜のほうをふり向いてみる。さっきの羽ばたきが、雷鳴《らいめい》のように大きくひびくほど近づいてきている。小さなサニーは、安全な場所まであとほんの少しだった。木立ちのスターフライトがサニーを引きよせようと、前足をのばしているのが見える。

頭の上を、オレンジ色のものがものすごいスピードですぎていった。どんなドラゴンの種族《しゅぞく》よりも速い、スカイウイングのフルスピードだ。一頭の赤いドラゴンがそのあとに続《つづ》き、さらにあとから三頭が飛んでくる。ドラゴンの子たちの真上を飛んでいくその翼はあまりにも巨大《きょだい》で、太陽をおおいかくしてしまうほどだった。

ツナミはやや深くもぐったが、たった一頭のシーウイングが見回りのドラゴンたちから見えるとは思えなかった。あの兵隊《へいたい》たちは、にげたドラゴンの子たちを追っているのではないのかもしれない。

そのとき、最後《さいご》のドラゴンが見えた——夕やけ色で、鼻のあなからチロチロと炎《ほのお》をだし、左の翼の先端《せんたん》がギザギザにやぶれている。他のドラゴンよりもゆっくりと飛んで群れのしんがりをつとめ、黒い目を左右に動かしながら地上になにかをさがしていた。

ツナミは、いつのまにか自分が息を止めていたのに気がついた。サニーのしっぽがすっかり木々の中にかくれたその瞬間《しゅんかん》、スカイウイングの鼻先が前を向く。

スカイウイングは羽ばたきを止めると、少しだけ空中で止まった。

木立ちを見ているのだろうか？

サニーに気づいたのだろうか？

先に飛んでいったドラゴンたちをよびもどされたら、どうすればいいのだろう？　見回りのドラゴンたちは、もうずいぶんはなれている——だが、ひと声さけべばいなずまのように舞《ま》いもどってきてしまうだろう。サニーとスターフライトだけでは、六頭ものスカイウイングの兵隊になど、とても太刀打《たちう》ちできるわけがない。

いや、一頭だけでも相手にはできないだろう。サニーとスターフライトだけでは、眠気《ねむけ》をこらえたコウモリ一匹《ぴき》にすら手こずりそうだ。

スカイウイングが鼻のあなからけむりをたちのぼらせながら口を開けた。仲間《なかま》を助けるためなら、今ツナミがあのドラゴンをだまらせるしかない。

彼女は大きく前にとびだして水面からでると、海面にしっぽをたたきつけてさらにいきおいをつけた。力強く羽ばたき、スカイウイングの腹めがけてつっこむ。

スカイウイングの兵隊は息ができなくなり、腹をおさえながらせきこんで炎とけむりをはきだした。彼《かれ》が回復《かいふく》して助けをよべるようになるまで、まだほんのわずかだがチャンスがある。ツナミはスカイウイングの頭にしっぽをたたきつけながら背後《はいご》に回りこむと、思いきり体重をかけて彼の背中にとびついた。

スカイウイングはあわや海に墜落《ついらく》しかけたが、必死《ひっし》に力をふりしぼって上昇《じょうしょう》した。ツナミは足のかぎ爪《づめ》をのばして彼の翼をけりつけ、全体重をかけて海に引きずりこもうとしっぽをすべりおりていった。ものすごい巨体《きょたい》と力を持つこのドラゴンを、空で相手にしたのではとてもかなわない。今は不意《ふい》打《う》ちのおかげで、少し有利《ゆうり》になっているだけにすぎないのだ。互角《ごかく》に戦《たたか》うには、海に引きずりこんでしまわなくては。

オレンジ色のスカイウイングはうなり声をあげて首をよじり、鼻から炎をふきだした。その炎が、ギリギリのところでツナミをかすめる。ツナミは相手を海に向けて引っぱったが、スカイウイングは大きな翼をますますはげしく羽ばたかせた。まるでツナミの耳元でハリケーンがあれくるっているかのようだ。どんどん高度をあげているのがわかる。すぐにでも他の見回りたちをよびもどしてしまうだろう。

あたしの仲間に手だしはさせないよ！　ツナミは心の中でさけんだ。敵《てき》のしっぽの弱点を見つけだし、そこに思いきりかみつく。スカイウイングはその激痛《げきつう》に大きく身をよじり、あわやツナミをふり落としそうになりながら、翼の下からもう一度彼女めがけて炎の息を

はきだした。

ツナミは、敵が攻撃《こうげき》をはずしたのかと思った。だが次の瞬間、彼女の首をやけつくような激痛がおそった。まるでまっ赤《か》にやけた熱線《ねっせん》でだれかにうろこを切りさかれてでもいるみたいな痛《いた》みだ。

まぶたをきつく閉《と》じる。目の前にはチカチカと星がおどっているが、それでもなにがあってもぜったいにはなすまいと心に決め、ツナミはさらにきつく牙《きば》をつき立てた。

と、敵のドラゴンがぐらりと海のほうによろめいた。ツナミがぱっと目を開く。敵の鼻先と自分の間にわりこんで翼を広げ、炎をふせいでくれているクレイのすがたが目に飛びこんできた。クレイのかぎ爪はスカイウイングの背中をしっかりとつかんでいる。スカイウイングはその重みでみるみる海面へと落ちていっている。

クレイとツナミは力を合わせ、スカイウイングを海に引きずりこんだ。敵はもうれつに抵抗《ていこう》してみせたが、いくら強烈《きょうれつ》な炎でもクレイのうろこにはきずひとつつけることができなかった。水中で息ができなくなっては、巨大な翼も役には立たない。

海の中に入るやいなやツナミはスカイウイングの頭めがけて泳ぎ、海面からでないように思いきりおさえつけた。あばれる敵がだんだんと力を失《うしな》い、やがてぴくりとも動かなくなった。

ツナミとクレイが手をはなした。ドラゴンの体が海底《かいてい》にゆっくりと沈《しず》んでいく。

ツナミのうろこをふるえがかけぬけた。やるかやられるかだった……。

正しいことをしたとは思えなかった。

もっと凶暴《きょうぼう》に、もっと無関心《むかんしん》になれたらどんなにいいだろう？

彼女はスカイウイングのあとを追い、片方《かたほう》の翼をつかんだ。そしてクレイのほうを見あげた。ふたりの目が合う。彼がちらりともためらわずもう片方の翼めがけて泳ぎだすのを見て、ツナミはほっと胸《むね》をなでおろした。

いっしょにスカイウイングを砂浜にあげるため、ふたりは泳ぎ始めた。思ったよりも潮の流れに遠くまで運ばれてしまっていたので、砂浜まで泳いでもどるのは大変《たいへん》だった。大人のドラゴンの重い体を引っぱっているのだからなおさらだ。

ツナミは首から伝《つた》わってくるやけどの痛みとつかれを無視《むし》し、歯を食いしばった。自分はシーウイングだ。海は自分の生まれた場所のはずだ。彼女が海の支配者《しはいしゃ》なのであって、その逆《ぎゃく》ではないのだ。

砂浜にたどりつくころには、他の見回りのドラゴンたちはすっかり見えなくなっていた。一頭足りないことに気づいてさがしにもどってくるまで、どのくらい時間があるだろう？

ツナミは砂浜に転がるスカイウイングの横に、どさりとたおれこんだ。クレイは兵隊の鼻に顔を近づけ、息をしていないのに気づくと、ドラゴンの胸をおし始めた。

「ちょっと、なにしてるのよ？」グローリーの大声が聞こえた。砂地《すなじ》に〈雨の翼《レインウイング》〉の体があらわれ、みるみるうちにうろこの色が茶色く変わっていく。グローリーは、ツナミをにらみつけた。「なんでこんなことしたの？」

「なんでって、いつもみたいにあんたの命を助けただけだよ」ツナミが答えた。

「適当《てきとう》にドラゴンを攻撃して？」グローリーがさけんだ。「ほんの一瞬待つだけで、こいつらみんなどっかに行っちゃったんだよ！　それにクレイ、あなたもなにしてるのよ！」そう言って、クレイのわき腹《ばら》を翼でたたく。

「ええと……息してないからさ……」クレイはもごもご言いながら、スカイウイングの胸を何度もおし続けた。

「はあ？」グローリーがぽかんとした。「生かしておくわけにはいかないでしょ！」そうさけんでクレイの片腕《かたうで》をつかもうとしたが、ツナミがそれをつき飛ばした。

「殺《ころ》しちゃう必要《ひつよう》はないはずだよ。しばりつけて、ここに置《お》き去《ざ》りにするだけでいいでしょう？」

「へえ、やさしいこと」グローリーがため息をついた。「じゃあこいつが飢《う》え死《じ》になんてしないように牛肉の山と、わたしたちの行き先がわかる地図でもいっしょに置《お》いてく？　他の連中《れんちゅう》に見つけてもらえるように森に火でもつけてく？　『ドラゴンの子はここにいました』って、でっかい岩をならべて文字を残《のこ》してく？」

「もういい！　ほら、好《す》きにして。殺したいんならやれば？」ツナミが答えた。

グローリーは意識《いしき》のないドラゴンを見おろし、ためらった。そしてしばらくだまりこんでから口を開き「反撃《はんげき》もできない相手を殺す気はないわ」と言った。

「どうして？」ツナミが答えた。「ちょっと顔に毒《どく》でもはきかけてとかしちゃえばいいじゃない。あんたならかんたんでしょう？」

グローリーは足の爪を砂浜に食いこませ、顔をしかめた。暗いむらさき色をしたあわが、体じゅうのうろこに広がっていく。

サニーとスターフライトが、ふたりのとなりにおりてきた。スカイウイングを見たサニーがおびえた顔をするのに気づいたツナミは、アリーナでの戦いの間、彼女が宮殿《きゅうでん》のどこか別《べつ》の場所に閉じこめられていたのを思いだした。仲間たちが他のドラゴンと戦うすがたなど、一度も見たことがなかったのだ。

「このドラゴン、だいじょうぶなの？」サニーはクレイの顔を見あげた。

「ためしてみよう」スターフライトが手をかしにきた。クレイはわきにどき、彼といっしょにスカイウイングの体をうつぶせに転がした。

「なんで攻撃なんかしたの？」サニーはおこったような声でツナミに言った。かわいらしいサンドウイングのしっぽが、不安そうに左右にゆれている。

「あんたを助けるためだよ！」ツナミがきつい口調で答えた。

「でもこのドラゴン、なんにもしてなかったじゃない」サニーは言い返した。「ただ空を飛んでただけだよ」

四頭のドラゴンの子たちがじっと自分を見ているのに気づいて、ツナミはむっとして顔をそらした。まるで自分が、おもしろ半分に他のドラゴンをおそったとでも言われているかのようだ。

「こいつがあんたを見つけたと思ったんだよ」うなるように反論《はんろん》する。「仲間たちをよびもどそうとしてたのよ。口を開けるの、ちゃんと見たんだから！」

「わたしも見てたけど、あれただのあくびだったと思う」グローリーが言った。

「だったと思う？」ツナミが言った。「そんなあやふやな判断《はんだん》に、命をかけろっていうつもり？」

ただのあくびだった？　じゃああたしは、なにもしてない相手を攻撃したというの？　そんなはずない。危険《きけん》をさっして、ちゃんと行動したはずよ。そうでしょう？

「ちょっとだけ落ち着いて考えてれば――」スターフライトが言った。

「ちょっとって、永遠《えいえん》に？　あんたみたいに？　考えて考えて心配して心配して、なにもせずにいればよかったの？」ツナミがさけんだ。

そのとき、いきなりスカイウイングがせきこみ、海水をたっぷりとはきだした。クレイがうれしそうに、翼をふるわせる。

「あ、よかった。敵さん、どうやら生きてるみたいよ。よくがんばったわね。さあ、早くみんなでここからにげなくちゃ」グローリーはそう言うと一歩あとずさり、他の兵隊たちが消え去った空を見あげた。「さあ、そいつをどうするの？　立派《りっぱ》なリーダーさん？」

ツナミにはわからなかった。あわててきょろきょろと辺《あた》りを見回す。どこかに、兵隊をしばりつけておけるようなツルでもあれば……。

「森の中に木があるんだ」スターフライトがそう言って、ぱっととび起きた。

「まさかあ」グローリーが言う。「森の中に木があるなんて」

「皮肉なんて言ってる場合じゃないでしょ！」ツナミがどなった。

「おいらが言ってるのは、たおれた木だよ。倒木《とうぼく》だ」スターフライトが答える。「そいつを使うんだよ。グローリー、ここに残ってそいつを見はっててくれ。クレイとツナミはいっしょに来て、急いで！」

クレイはスターフライトのあとを追って、砂浜をかけだした。ツナミは少しだけためらった——まだちゃんと目を覚《さ》ましていないとはいえ、この兵隊を置いていくなんて気が進まない。それに、スターフライトの命令《めいれい》にしたがうのも気に入らない。

「早く行って」サニーが彼女を翼でつついた。

森に入るとすぐ、大きな倒木が見つかった。枝《えだ》の先が地面の砂をかすめている。クレイとツナミはそれをおしたり転がしたりして砂浜にだすと、スカイウイングのところまで引きずっていった。スターフライトがあれこれと指示《しじ》をしながら、周《まわ》りを飛《と》び回《まわ》る。まるで

教えないと木も持っていけないみたいな言いぐさだね。ツナミはムカついた。

クレイたちがもどっていくと、兵隊は目をぱちぱちさせながら意識を取りもどした。何度もせきこみながら、まだぼんやりとした目でドラゴンの子たちを見回す。

「で、この木をどうするの？」ツナミがたずねた。

「そいつの上にのせるんだよ」スターフライトが答えた。「そうすればそいつはここから動けなくなるだろ。少なくとも、おいらたちが安全なところまでにげちまうまではね」

ツナミはみとめたくなかったが、これは名案《めいあん》だった。クレイといっしょに倒木を持ちあげ、オレンジ色をしたドラゴンの背中と二枚《まい》の翼の上にどっしりとのせる。スカイウイングはそれをおしのけて体を起こそうともがいたが、木にのしかかられているせいで砂浜から動くことはできなかった。

「永遠にこのままになっちゃったらどうするの？　自由にしてあげたほうがいいんじゃないかなあ……」サニーが心配そうに手をのばすと、スカイウイングの鼻先についた砂をはらい落としてやった。鼻のあなからけむりがたちのぼるのを見て、クレイがあわててサニーを引きもどす。

「それはできないね」ツナミは首を横にふった。

「ツナミがこのドラゴンを攻撃したのが悪いんだよ」サニーがうなだれた。

「まったくだよ」グローリーが続く。

「あれは頭のいい行動とはいえなかったね」スターフライトがうなずいた。

ツナミはエラをふくらませ、翼をひろげた。「どうだかね！　もしかしたら、またそのおかげでみんな助かったのかもしれないでしょ！」そう言ってクレイのほうを見たが、彼はただ肩《かた》をすくめてみせただけだった。

ツナミはむっとした。ふん、みんなずいぶんやさしいじゃない？　あたしはただ、みんなの安全を守りたいだけなのにさ。

「心配いらないよ、サニー」クレイは、小さなサンドウイングの頭をぽんぽんとたたいた。「そのうち仲間が飛んできて見つけてくれるさ」

「そのうちか、それとも今すぐか」グローリーが言った。「だから言ってるのよ、さっさとこんなとこにはおさらばしましょうって」

「待て」スカイウイングが声をしぼりだした。しゃがれた低い声だ。砂浜にしっぽをうごめかせ、身もだえする。「このまま置き去りになんてしないでくれ」

スターフライトは兵隊の目の前に立ち、見おろした。「いいかい、おいらたちには殺しちまうことだってできたんだよ。〈運命のドラゴンの子〉は慈悲深《じひぶか》いんだ。殺し合《あ》いよりも平和を望《のぞ》んでいるのさ。おいらたちは、このピリアをすくうために来たんだからね」

「やれやれ」ツナミは、あきれ顔をしているグローリーにささやいた。「ナイトウイングとつきあうのも大変だね」

「なんだかすてきだと思うなあ」サニーが言った。スターフライトがうれしそうに彼女をふり向く。

「サニー、調子にのるからやめなさい」グローリーが小声でしかった。

スターフライトは自分たちの行く先が見えないように、スカイウイングの顔に大きな木の葉をかぶせた。そして森を指差《ゆびさ》しながら、口だけを動かして「ねんのためさ」と言った。

ツナミはため息をついた。またおかしな方向に飛んでいかなくてはいけないのだ。もう、さっさとふるさとに帰ってしまいたかった。海へ……シーウイングと、王族である両親たちのもとへ。

けれど、このスカイウイングの前でそんな話をするわけにはいかなかったし、他のみんなはもうスターフライトのほうを見てうなずいていた。またしても全員、びくびくおびえてやたらと慎重《しんちょう》なスターフライトの言うとおりにする気なのだ。みんな、このスカイウイングを自分が攻撃したのはまちがいだったと思っている。せっかく、のんきな仲間たちを守ろうとしたのに……。

ツナミはひどくなごりおしそうに海原《うなばら》をふり返りながら、みんなといっしょに空に舞いあがった。

もうすぐだよ。もうすぐあたしの仲間たちと会える。彼女は心の中で言った。

3

〈千のうろこ湾《わん》〉は、ツナミが思っていたよりもずっと遠かった。ピリアの地図なら小さなころから勉強してよく知っていたが、あの地図が自分たちの下に広がる果《は》てしない世界と重なるとはどうしても思えなかった。ずっと、自分の手のひらにおさまるような、お行儀《ぎょうぎ》よくうずまき状《じょう》にならぶ島々を思いえがいていた。けれどじっさいには見わたすかぎりなにもない海原《うなばら》が広がるばかりで、ところどころにごつごつとした岩がつきだしているくらいのものだったのだ。

ドラゴンの子たちは逆方向《ぎゃくほうこう》に飛《と》び去ったとスカイウイングの兵隊《へいたい》に思わせるため、海とは逆《ぎゃく》に広がる陸地《りくち》のおくめがけてしばらく飛んでから、南に回りこんで海に飛びだした。そして夜になってからごつごつとした岩だらけの小島にたどり着いたが、スターフライトによると〈千のうろこ湾〉はまだずっと先だった。スターフライトは距離《きょり》と自分たちのスピードを計算し、なにもかも説明《せつめい》しようと、長々としたたいくつな授業《じゅぎょう》を始めた。だがみんなが途中《とちゅう》でねむりこけてしまったものだから、次の日のスターフライトは一日じゅうむっつりとふきげんにしていた。

しかし、声にこそださなかったものの、地理と飛行《ひこう》計画を頭に入れている仲間《なかま》がいて心強いのは、ツナミもみとめざるをえなかった。それから何日間かドラゴンの子たちは、島を見つけるたびにそこにおり、カモメや魚がつかまえられたらそれを食べ、また飛び続《つづ》けた。ツナミは何度か海に飛びこんでみたが、空を飛ぶほど速くは泳げないのだとわかってがっかりした。ただ、海水が首のやけどをいやす力をかしてくれたのだけは助かった。

それから四つの日の出をむかえたある朝のこと、ツナミはついに〈千のうろこ〉を形作る島々のひとつで目を覚《さ》ました。あの地底《ちてい》のどうくつが崩壊《ほうかい》してゆっくりとおしつぶされて死んでいく悪夢《あくむ》を見てとび起きると、夜の間に自分の上に転がってきたままそこでねているクレイのすがたが見えた。ぼやきながらなんとかその下からはいだし、持ちあげたしっぽをスターフライトの頭の上に落とす。五頭のドラゴンの子たちは、海を見おろす高い断崖《だんがい》の中ほどに口を開けた、どうくつの中に体をおしこむようにしていた。せまいし、居《い》心地《ごこち》が悪いし、カモメのふんのにおいがする。クレイは翼《つばさ》を思いきり低《ひく》くちぢめて、なんとか体が入るくらいだった。

下に広がる白くきれいな砂浜《すなはま》ではなく、どうしてわざわざこんなひどいあなぐらでねむらなくてはいけないのだろう？

ツナミはどうくつの入り口にすわりこんでスターフライトをにらみつけたが、みんなまだいびきをかいてねむりこけているのを見ると、思わずため息がもれた。クレイは両手にサニーをだくようなしせいでおくの壁《かべ》におしつけられており、そのとなりではスターフライトが丸くなっている。グローリーも、クレイのしっぽに自分のしっぽをからませている。そのうろこは朝日を浴《あ》びてオレンジ色と金色にきらめき、彼女《かのじょ》がねむそうに身じろぎすると、そこに赤い光が閃光《せんこう》のように走った。

ナイトウイングたちに帰されてきてから、スターフライトはずっと様子がおかしかった。まるでいきなり、**なんでもかんでも**ツナミと口論《こうろん》をしたがるようになってしまったみたいだ。たとえば彼女が「砂浜でねよう！　きっと楽しいよ！」と言えば、彼《かれ》は「だめだめ！　どうくつにかくれてねむるんだ。そのほうがずっと安全だからね」と言い返す。まったく！　こんなはるか遠く、しかも真夜中に、なにをびくびくする必要《ひつよう》があるというのだろう？

けれどみんなは、ツナミがあの兵隊を攻撃《こうげき》したのをまだおこっていて、スターフライトの味方をするのだ。

こんなふうになるなんて、ツナミはまったく気分が悪かった。

ツナミはしばらく、ねむっているみんなのすがたを見つめていた。ひっきりなしに**質問**《しつもん》されたり、あれやこれやと**不満**《ふまん》を言われたりしているので、みんなをうまくひきいていくのは本当に大変《たいへん》だ。自分はただ、みんなのためにベストをつくしたいだけなのだ。みんな、それがわからないのだろうか？　みんなを守るためならば、ツナミは百頭のスカイウイングと戦《たたか》う覚悟《かくご》だってあるというのに。

もしかしたら、そんなのよけいなお世話なのかもね。みんな、あたしに守ってほしいなんて思ってないのかもしれない。

みんな、スターフライトがリーダーのほうがいいのかもしれない。たとえ彼が、みんなのためにうろこ一枚《いちまい》のぎせいすらはらおうとしなくても。

ツナミは、きらめくアクアマリンの海を見おろした。この青緑色の海の底《そこ》のどこかに家族たちがいるのだ——両親も、王国も、自分が手にするべきだったものがなにもかもあるはずなのだ。〈平和のタロン〉に連《つ》れ去《さ》られたせいで、人生はすっかり台無《だいな》しにされてしまった。

もしかしたら仲間たちとぎくしゃくするのは、種族《しゅぞく》がちがうからなのかもしれない。みんなシーウイングのような分別《ふんべつ》がないものだから、がんこで混乱《こんらん》しているのかもしれない。シーウイングの仲間なら、自分のことをもっと理解《りかい》してくれるはずだ。どなったりせず、**感謝《かんしゃ》**してくれるはずだ。

このままみんなが起きるのを待っていてもしょうがない。どうせ、ふるさとをさがす役になど立ってはくれないのだから。

ツナミは翼をのばし、どうくつから飛びだした。急降下《きゅうこうか》する彼女の鼻先を風がびゅうびゅうとふきぬけ、しっぽをつかんでいるかのように引っぱる。ツナミは海面すれすれまで待ってから翼を大きく広げ、爪《つめ》が海の水をかすめるほど低くをすべるように飛んだ。体じゅうのうろこによろこびが広がっていく。彼女は身をひるがえし、一気に海の中に飛びこんでいった。

この辺《あた》りの海は暖《あたた》かく、海の生きものたちがたくさんいた。彼女が飛びこんだ瞬間《しゅんかん》に何千匹《びき》という魚たちが散《ち》りぢりににげだしていった。砂から化石のように生えている、ピンクがかったオレンジ色のサンゴ礁《しょう》にすがたを消していく魚たちもいた。視界《しかい》のはしには、水かきのついた彼女の手からにげようとする魚たちが、あざやかな黄色や銀色にきらめくのが見えた。

けれど、温かく迎《むか》えてくれるシーウイングたちのすがたは、どこにも見当たらなかった。コーラル女王の城《しろ》へと続く道を照《て》らしてくれるクラゲたちもいない。おじぎをするタツノオトシゴや、宝石《ほうせき》をまとったロブスターの道案内《みちあんない》のすがたもない。

とはいえ、『消えた王女』のような帰還《きかん》のシーンを思いえがいていたわけではなかった。

ツナミはすみやあなの中にひそんでいる生きものたちをのぞきこみながら、サンゴ礁にそって泳いでいった。ウナギのような、なにかおそろしい生きものが彼女をじっと見つめ返していた。ゆらゆらとゆれるラベンダー色のイソギンチャクには、オレンジや白の小魚がよりそっていた。

海で泳ぐのにまだなれていないせいで、ツナミはイライラした。いきなり思いがけない潮《しお》の流れがおそってきて、バランスをくずす。塩《しお》をふくんだ海水が、まるでエラにザラザラとこすれるようだ。シーウイングとしての本能《ほんのう》は、いったいどこに行ってしまったのだろうか？　自分の世界にもどってきたら、もっと強く、速く、たくましくなれるはずだというのに……それが、こんなになさけなくなってしまうとは。

潮の流れと戦いながら、ツナミは次の島まで泳ぎ続けた。海底《かいてい》にしきつめられた砂の上にはさらにたくさんのピンクがかったサンゴ礁が広がり、そこかしこに、緑色をしたおうぎやレースのようなシダ植物がゆらゆらとゆれていた。翼がすっかり痛《いた》くなりクタクタにつかれていたものだから、ツナミは羽ばたくのをあきらめ、翼を大きく広げて海面近くまでうかびあがった。もう陸地はすぐそこだ。

と、海の底に広がるサンゴ礁のかげでなにかが光るのが見えた。

とても大きい。

ツナミは一瞬《いっしゅん》、するどい歯を持つ海の生物のすがたを思いうかべたが、すぐにそれを頭からふりはらった。もしサメならば自分でたおして、みんなの食事にするため持ち帰るだろう――スターフライトがどんな顔をするか見ものだ。

ツナミはしっぽをゆらしながら近づいていった。

そこにいたのは、一頭のオスのシーウイングだった。

そのすがたを見たとたんに全身のうろこにざわざわとふるえが広がり、ツナミは心のかたすみで、仲間たちのもとに大急ぎで帰ってしまいたくなった。

スモーク・ブリーザー〔炎《ほのお》をはかない種族がよく使う、なまけ者やぐちしか言わないドラゴンへのぶじょくの言葉〕**になるな！**　彼女は自分をしかりつけた。**あんたが自分で望《のぞ》んだんでしょう？　同じ種族のドラゴンに会いたいってさ。**

ツナミは深呼吸《しんこきゅう》した。見知らぬシーウイングはダークブルーの角を二本頭に生やし、彼女よりもいくらかうすいスカイブルーのうろこに体をおおわれていた。ツナミには気づかず、かぎ爪《づめ》や翼を小きざみに動かして進路を変《か》えながら、サンゴ礁のそばを泳いでいる。なにかを警戒《けいかい》するかのように、左右をきょろきょろと見回している。

まあ、とりあえずしばらくあとをつけてみてもいいかもね。ツナミは心の中でそう言うとサンゴ礁の上にかくれ、ふちから顔をだして彼をのぞいてみた。かぎ爪の先が、サンゴ礁の小さなすきまに引っかかる。うっかりついてしまった黒いロブスターが腹《はら》を立て、長いひげをピンとのばしてハサミをガチガチと鳴らしながらとびだしてきた。しかし、ツナミのすがたをひと目見るとまたあわてて引っこんでいき、それっきりすっかり見えなくなってしまった。

ここのサンゴ礁は、まるでコケのような緑色の藻《も》にすっかりおおわれていた。ツナミは、そばをゆっくり泳いでいく二匹のウミガメたちの横を通りすぎた。触手《しょくしゅ》を生やした巨大《きょだい》なウミグモのようなものが、藻をかじっているのが見えた。暗いむらさき色をした八本脚《あし》の先と両目が、オレンジをおびた黄色の光を放っている。

下を進んでいたシーウイングがいきなり止まり、辺りを見回した。ツナミはサンゴ礁にはりつくようにふせた。ごつごつとした石灰岩《せっかいがん》がおなかにささるようだ。サンゴ礁に開いたあなをのぞきこむようにして、彼女はシーウイングの様子をうかがった。

海の深みをじっと見つめながら、シーウイングがゆっくりと体の向きを変えた。ツナミがたてた物音に気づかれたのだろうか？　だが、上を見ようとはしていない。ドラゴンはもう一度周《まわ》りをたしかめると、光を放つストライプもようをぱっと翼にうきあがらせた。

するとすぐ、サンゴ礁に口を開けたどうくつの中から新たなドラゴンが泳ぎでてきた。

うーん、たいしていい男じゃないな、とツナミは心の中で言った。緑色のうろこは完璧《かんぺき》な美しさだが、そこについている黒いらせんもようは趣味《しゅみ》に合わない。あんなもようをまとったドラゴンなど、見たこともない。顔つきも最初《さいしょ》のドラゴンほどハンサムでもやさしそうにも見えなかったが、それはもしかしたら、左目の上にできた大きなあざのせいかもしれなかった。

交代で見回りをする衛兵《えいへい》なのだろうか？　そうだとするならば、とても奇妙《きみょう》な見回りだ。二頭のドラゴンたちは同じ場所にうかび続けたまま、永遠《えいえん》とも思えるほどの間、ずっとおたがいを見つめ合っているのだ。ときどき一頭のドラゴンのストライプもようが光り、続けてもう一頭のストライプもようが光った。二頭とも魚でも追いはらおうとするかのように両手を動かしているが、魚などそばによってこようともしていない。

やがてらせんもようのドラゴンがまたどうくつへと引き返していき、スカイブルーのドラゴンが泳ぎだした。

シーウイングの見回りの儀式《ぎしき》かなにか？　ツナミは首をかしげた。**いつか女王様になるなら、ああいうこともいろいろお勉強しなくちゃいけないってわけね。**さっきのドラゴンのあとを追うために、地面にふせていた翼をあげる。するとその下から黄色いしまもようの魚が二匹はいだしてきて、ものすごいスピードでにげていった。

スカイブルーのドラゴンは来た道をもどりながら、ツナミの仲間たちがねむっている島とこの島の間に広がる海を目指して泳いでいく。

チャンスは今しかない、とツナミは思った。話をするならさっきのドラゴンよりもこっちのドラゴンだ。それも、ひとりきりのときのほうがいい。何頭ものドラゴンに囲《かこ》まれながら自分のことを説明するより、そっちのほうがずっとかんたんそうだ。

彼女はサンゴ礁の上から飛びだすと翼を羽ばたかせ、彼の前に回りこもうと急いで泳いでいった。

シーウイングは、まき起こる波紋《はもん》の中であとずさりした。あからさまにおどろいた顔をしてツナミを見つめている。黒と見まちがってしまいそうなほど暗い、青のひとみ。ツナミは海面を指さした。海からでて話をしようと合図を送りながら、相手にそれがちゃんと伝《つた》わってくれるよう祈《いの》った。

だが、彼がぱっと背《せ》を向けてにげだしたのを見て、ツナミはおどろいた。彼のしっぽが波を起こし、それがツナミの顔をおそう。

まったく、歓迎《かんげい》してくれちゃってさ。とツナミは心の中で言った。目の前のシーウイングよりも飛ばそうと、しっぽをふりながらあとを追いかける。シーウイングはちらりと後ろをふり向くと、ツナミが追いかけてくるのに気づいてさらにスピードをあげた。にげようとしているのだろうか？　それにしても、なんというスピードだろう？

「待って！」ツナミは水中で必死《ひっし》にさけんだ。「話がしたいだけだってば！」

もちろん声にはならなかった。ドラゴンはスピードをゆるめる様子さえ見せない。

だが、ドラゴンは後ろのツナミをふり向いてしまったせいで、前に広がる深みからいきなりあらわれた一頭のクジラに気づかなかった。

ツナミが手をふり、指さす。「前を見て！」とさけんだが、口からはごぼごぼとあわがでてくるだけだった。

シーウイングはクジラの横腹《よこばら》にぶつかり、そのまま後ろにはじき飛ばされてしまった。クジラは彼よりも少しだけ大きく、背中《せなか》はでこぼこした突起《とっき》でおおわれており、平たくおだやかな顔をしていた。甲高《かんだか》い奇妙な鳴き声をあげ、とまどったようにシーウイングを見つめる。

シーウイングが自分を取りもどそうとしてぶるぶると首をふっている間にツナミは追いつくと、彼のしっぽをつかんで海底の砂地《すなじ》から動けないようおしつけた。

クジラはもう一度目をぱちくりさせ、そのまま泳ぎ去っていった。力強く泳ぐクジラがたてた波が、ツナミたちの周りにうずをまき起こした。

さあ、どうしよう？　ツナミは考えた。**話をするには海面まで連《つ》れてかなきゃだけど、このしっぽをはなしたらまたにげようとするはずだしね。**

けわしい顔でドラゴンを見おろす。とはいえ、相手もがいているわけではない。ツナミの足にふまれて砂地に横たわりながら、ふしぎそうな顔で彼女を見あげている。

ツナミはもう一度、海面を指さした。海面には太陽の光が、まるでこなごなにわれた金白色のはへんのようにきらめいていた。

シーウイングは首をかしげてみせた。翼のストライプもようが放つ光が、速く、おそく、みゃく打っている。

ふん、それくらいあたしだってできる。こいつ、もしかしてあたしを試《ため》しているの？　ツナミは思った。

そして、自分のストライプもようを光らせた。鼻、しっぽ、最後《さいご》に翼のもようを光らせ

る。ほらね？　あたしのストライプも光るんだよ。あたしもシーウイングなの。上に行って話をしようよ。

ツナミは、相手がまたにげようとしたらすぐつかまえられるように身がまえながら、ゆっくりと翼を広げてうきあがった。ドラゴンはあわてて立ちあがったが、にげる様子はなかった。安心したツナミが、少しだけ海面へと近づいていく。シーウイングもそれに続いたが、すぐに進むのをやめて辺りを見回した。

今度は首としっぽのストライプもようが光を放っている。

ツナミはじれったい気持ちで、相手とそっくりに自分のストライプを光らせた。

シーウイングがばさりといきおいよく翼を広げる。サンゴ礁の魚たちがいっせいににげていく。彼はツナミめがけて、ものすごいいきおいで突進《とっしん》してきた。彼女に向けてかぎ爪をかまえている。

ツナミはほえ声をあげると相手の目に向けて一気にあわをはき、鼻先めがけてかぎ爪をふりぬいた。なぜ攻撃されているのかもわからない。もしかしたら、シーウイングのうらぎり者なのだろうか？　もしかしたら侵入者《しんにゅうしゃ》だと思われたのかもしれないが、最初はとつさににげだし、それからわけもなく攻撃をしかけてきたのだとしたら、大した衛兵とはいえそうにない。

あたしの正体を知ったら、きっと後悔《こうかい》するよ！　ツナミは心の中でさけんだ。

後《うし》ろ脚《あし》で相手の下腹《したばら》を思いきりけりつける。シーウイングはごぼごぼと派手《はで》にあわをはきながらあおむけにたおれた。ツナミは翼を広げ、もう一度相手に向かってうなり声をあげると、海面に向かって一気に泳ぎだした。

海面から飛びだし、羽ばたきながら空に舞《ま》いあがっていく。遠くのほうに、あの断崖のどうくつと、そこから心配そうに顔をだしている仲間たちのすがたが見えた。

背後《はいご》で、大きな水しぶきがたつ音が聞こえた。さっきのシーウイングが海から飛びだしてくる。彼は巨大なしっぽで海面を二度たたくと、周りにはでな波を立てながら宙《ちゅう》に飛《と》び立《た》った。

空中だと、巨体《きょたい》がさらに大きく見えた。太陽の光を受けたかぎ爪がするどく光っている。ダークブルーのひとみはツナミの翼にくぎづけになっている。

自分のふるさとの国でくらす初《はじ》めて出会ったドラゴンが、今自分を殺《ころ》すためにおそいかかってこようとしているのだ。

4

ツナミは仲間《なかま》たちが待つ島に向かい、猛《もう》スピードで飛《と》び始めた。すぐ後ろから、あのシーウイングが追ってくる。なにかほえているが、びゅうびゅうとふきつける風の音にかき消され、なにも聞こえない。

がけからぬけて宙《ちゅう》に飛びだしてくるクレイのすがたが見えた。援軍《えんぐん》……これがほしかったのだ。彼女《かのじょ》はすばやく翼《つばさ》に角度をつけると、前の晩《ばん》にあそこでねたいと思った細長い砂《すな》浜《はま》へと進路を取った。他の三頭は安全なあのどうくつにいればいい。クレイとふたりでシーウイングの相手をする。

ツナミはそうしたかった。

「待て！」後ろから、今度ははっきりと追っ手の声が聞こえた。「どこに行くんだ？　いったいどうした？」

一瞬《いっしゅん》ツナミは羽ばたくのを忘《わす》れ、海に落ちそうになった。さっと体の向きを変《か》え、どうくつと砂浜の間で空中に止まる。ぐるぐると旋回《せんかい》しながら彼女の動きを見守っているクレイのすがたが、目のはしに見えた。

例《れい》のシーウイングも動きを止め、二頭分はなれたところでツナミを見つめていた。鼻先にツナミがつけたきずから血が流れている。

「いったいどうしたかって？」ツナミは怒《いか》りに声をふるわせた。「さっきあたしを攻撃《こうげき》してきたじゃない！」

「攻撃なんてするかよ！」シーウイングが言い返した。鼻先から流れる血のすじがチラチラと光る。「だって君が……ふつうそう思うだろ……」彼《かれ》はどんどん気まずそうになっていったが、やがて「君がぼくを好《す》きだって言ったんだぞ！」と大声でさけんだ。

「そんなこと、ひとことも言ってないってば！」ツナミは目を丸くして、ぶんぶんと首を横にふった。

シーウイングはまゆをひそめた。「君、はっきりとぼくのことが好きだ、ぼくを追いかけてここまで来たんだって言ったじゃないか」

ツナミは空から落ちそうになった。「おかしな妄想《もうそう》して、まったくイカなみに頭が悪いんだね！」

「ま……まあ、たしかに言葉どおりにそう言ったわけじゃないかもしれないよ！」彼があわてて言い返す。「わかったよ、ちょっと混乱《こんらん》してたのかもしれない。いや、かなり混乱してたのかも。でも、そういうことを言ったのはまちがいないよ。じゃなきゃ、どうしてぼくのあとを追いかけてきたりしたんだよ？」

「あんたの妄想じゃあ、いったいあたしがいつそんなことを言ったの？」ツナミは問いつめた。「あたしのことをあんたが攻撃した直後辺《あた》り？」

シーウイングはそっと鼻先にふれ、痛《いた》みに顔をしかめた。「攻撃したのは君のほうだろ。君の話を聞いて、ぼくは友好的《ゆうこうてき》にしてたはずだぞ」

「ちょっと待って」ツナミが言った。もしかしたら、彼の行動を取りちがえていたのかもしれない。彼が近づいてきたのは、彼女がまだ知らないシーウイングのあいさつの儀式《ぎしき》だったのではないだろうか？　だとしたら……あの鼻はかわいそうなことをしてしまった。ツナミは罪悪感《ざいあくかん》に顔をしかめた。あんなにあわてて敵視《てきし》してはいけなかったのかもしれない。「あたしがなんて言ったと思ったのか、正確《せいかく》に教えてくれる？」

彼はあきれたようにため息をついた。「ぼくが『こんなところでなにしてるんだ？』と聞いたら、君は――」前足で頭をこすりながら、一度言葉を止めた。「君は『ねえ、キラキラした牙《きば》のあなた。あなたのかぎ爪《づめ》、三本は最高《さいこう》にすてきだけど、他のはそうでもないかな。あなたの鼻がニシンだったら食べちゃうのに。それにあなたの羽音、まるでサメのいびきみたい』って言ったんだよ」

ツナミはいきなり大笑《おおわら》いしだした。

「なるほどね、わかったわ」本当はまったくわかってなどいないが、そう答える。シーウイングはみんな、奇妙《きみょう》なジョークのセンスの持ち主なのだろうか？　自分もそのうち、それを身につけなくてはいけないのだろうか？　「作り話なんでしょ？」

彼はツナミを見つめた。「本気でなにも言わなかったふりをするつもりなのかい？」

「だって言ってないもん」ツナミが答えた。もしかしたらこのドラゴンはふざけてなどおらず、少し精神《せいしん》がおかしいのかもしれない。「だってなにか言えるわけないじゃない？　海の中にいたんだよ？」

奇妙なシーウイングは宙に止まったまま、青い体にストライプを光らせながら何度か羽ばたいた。そのけわしい顔にうかんだとまどいが、ゆっくりと怒りに変わっていく。

「おまえはだれなんだ？」問いつめるように、彼が言った。

「あたしはシーウイングだよ」ツナミは身を乗りだすようにして答えた。「あんたと同じさ。敵《てき》じゃないんだ」

「水中語《アクアティック》も話せないシーウイングだと？」彼が低《ひく》くうなる。「ありえない話だ。本当は何者なんだ？　どうやってシーウイングのすがたになった？」

ツナミの心が暗くなった。水中語？

シーウイングは、自分たちだけの言葉を持ってるというの？

そうだよ、あるに決まってるじゃない。彼女は気がついた。まるで自分の中で潮《しお》がすっかり引き、なにもない砂浜だけがあとに残《のこ》ったかのような気持ちだった。当然《とうぜん》、そんなことだれもわざわざ教えてなんてくれなかったわ。まったく、タロンもあたしの人生を台無《だいな》しにするために、いろんなことを考えてくれるわね。

しかし、なぜ今までそんなことに気づかなかったのだろう？　まったく、自分もクレイみたいにどんかんだったとは。シーウイングの宮殿《きゅうでん》は海の中にある——そこで会話をする方法《ほうほう》が必要《ひつよう》なことなんて、わかりきっているはずだ。おしゃべりをするのにわざわざ海面までういていくなんて、そんなのはありえない話なのだから。

ツナミは水かきのついた自分の手を見おろし、二頭のシーウイングたちがストライプを点滅《てんめつ》させながらしていた動きを思いだした。両手の合図と光るストライプ——きっと自分は気づかないうちに、ストライプでとてつもなくおかしなことを言ってしまっていたのだ。

シーウイングの言葉もわからないのに、女王様になんてなれるわけがないわ。

それに、なんでだれもそのことを今まで教えてくれなかったの？

クレイは生まれてからずっと、自分の種族《しゅぞく》のドラゴンと会ったことがなかった。だからマドウイングのことをなにも知らなかったのだ。だが、ツナミの場合はちがう。自分たちを育ててきた世話係《マインダー》の一頭はシーウイングだったのだから。

ならば**どうして**ウェブスは彼女にシーウイングの言葉を……いや、そもそもシーウイングには言葉があることを教えてくれなかったのだろう？

シーウイングについて書かれたまき物を思いだしてみる……海の底《そこ》についての文章は山ほど書かれていた。迷子《まいご》になった娘《むすめ》が両親と再会《さいかい》を果《は》たす物語、『消えた王女』もそうだ。ツナミは、物語とはああいうものだと思って読んでいたが、まさか本当に水中で伝《つた》わる言葉があったなんて。

ツナミは顔をあげ、目の前にいるおかしなシーウイングのダークブルーのひとみを見つめた。彼はふしぎそうに首をかしげていた。

「悪いと思っているようには見えないな」彼はじっくりとツナミを観察《かんさつ》しながら言った。「悲しそうな顔だ。それに、そいつはさすがに作りものじゃあごまかせないだろう」そう言って、ツナミの手についた水かきに向かって鼻でしゃくってみせる。「君がどこから来たのか、そしてなぜそんなにおかしいのか、聞かせてくれるか?」

ツナミはむっとした。「あたし、おかしくなんてないから。ただバカに育てられただけで——」

とつぜん彼は、ツナミの背後《はいご》に目を向けて「あぶない!」とさけんだ。しっぽをふり回し、彼女をはらいのける。ツナミはめまいとショックにおそわれながら、ぐるぐると海に落ちていった。翼を海面にかすらせながら体勢《たいせい》を立て直し、頭上をあおぐ。

空の上ではもう、あのおかしなシーウイングがクレイと取っ組み合っていた。

ツナミは息をのんだ。シーウイングはもう大人で、クレイよりも大きい。そのうえ牙、しっぽ、かぎ爪で容赦《ようしゃ》なく攻撃をしている。だが、もしかすると味方になるかもしれない相手をきずつけたりしないよう、クレイが手をださずにいるのがツナミにはわかったのだ。クレイは前足の間に頭をひっこめ、飛んでにげようとしていた。シーウイングがそのしっぽをつかみ、かぎ爪をクレイのうろこに食いこませる。クレイが激痛《げきつう》にさけびをあげる。

シーウイングは、クレイを海に引きずりこもうとし始めた。海の中に入ってしまったらすべてが彼の有利《ゆうり》になる。クレイはおぼれさせられてしまうだろう。

「クレイ!」サニーが悲鳴をあげて、断崖《だんがい》のどうくつから飛びだしてきた。

ツナミはひと足早くかけつけた。しっぽでシーウイングの頭をなぐりつけ、かぎ爪で翼をつかみ、おどろいてふり向いた相手をクレイから引きはがす。シーウイングは彼女を回りこんでもう一度獲物《えもの》に飛びかかろうとしたが、ツナミは翼を広げて道をふさぐと、また相手の鼻めがけてかぎ爪をふりぬいた。敵がひるんでいるすきに、クレイが安全なところまでにげのびる。

「なにをするんだ!」シーウイングはツナミをどなりつけた。「ぼくはあのマドウイングから君を守ってやってるんだぞ!」

「いいからほっといてよ!」ツナミもどなり返す。「あれ、あたしの仲間なの!」

「でも——」

そのとき、シーウイングの背後にサニーが体当たりし、両側《りょうがわ》の翼の間に入ると両手でがっしりと首をつかんだ。「手だししないで!」

シーウイングはおどろきよりも、ぼうぜんとした表情《ひょうじょう》になった。身をよじり、首をひねり、自分の背中《せなか》に乗ったものの正体を見ようとする。サニーに翼をけりつけられ、彼が悲鳴をあげた。

「その子もあたしの仲間だよ」サニーが言った。「サニー、あんまりけがさせちゃだめだよ。そのドラゴンに助けてもらわなくちゃいけないんだから」

「こんな小さな虫けらに、ぼくがきずつけられるとは思えないけどな」シーウイングがうなった。

サニーがもう一度彼をける。「クレイに手だししないって約束《やくそく》しなさい」

彼の目が、すぐ頭上を旋回しているドラゴンを見あげる。クレイは、今すぐ飛びこんで戦《たたか》いを再開《さいかい》すべきか迷《まよ》っているかのように、頭をさすっていた。

「マドウイングはぼくたちの敵だ」シーウイングは、ツナミにすごんでみせた。「そいつを知らないなら、この〈千のうろこ湾《わん》〉からでていったほうがいい。コーラル女王の軍隊《ぐんたい》に見つかれば、うらぎり者はいつも同じ運命をたどることになるんだからな」

「あたしはうらぎり者じゃないよ。それにクレイも、あんたの敵なんかじゃない」ツナミはそう言ってクレイを見あげ、またシーウイングに向き直った。「ちょっとは敬意《けいい》をはらったほうがいいと思うわよ、イカ頭。あたしたち、〈運命のドラゴンの子〉なんだから」

5

「リップタイド（荒波《あらなみ》）か。おもしろいお名前だね」サニーが言った。

「あたしは気に入った」ツナミがうなずく。「力強くてこわくて、あたしの名前みたい」

リップタイドはバタバタとしっぽで地面をたたき、砂《すな》の上に長いあとを残《のこ》しながら砂浜《すなはま》を歩き回っていた。朝日を浴《あ》びたスカイブルーのうろこが、金属《きんぞく》のようなかがやきを放っている。腹《はら》にはかぎ爪《づめ》でつけられたきずあとがあり、しっぽには古いかみきずのようなものが残っていた。ツナミが見たところ、彼女《かのじょ》よりも二、三歳《さい》くらい年上のようだった。彼女が鼻先につけたきずの血は、ようやく止まっていた。**あのきずあとまで残りませんように**、とツナミは心の中で祈《いの》った。きずあとさえなければ、とてもすてきな顔だちのドラゴンだった。

「なるほど」彼《かれ》が口を開いた。「じゃあ、〈平和のタロン〉は本当にあるんだな」

「残念《ざんねん》ながらね」グローリーが皮肉っぽく答えた。

リップタイドがグローリーに視線《しせん》を向ける。ツナミは、全身のうろこを奇妙《きみょう》な嫉妬《しっと》の感《かん》情《じょう》がかけ回るのを感じた。グローリーは大きな岩の上にすわって翼《つばさ》を広げて太陽を浴びており、うろこが銀色とバラ色にかがやいていた。

「タロンのことなんて、みんな知ってるって思ってたのに」サニーが言った。

「うわさくらいならね」リップタイドが答えた。「どの種族《しゅぞく》の女王だって、平和の組織《そしき》のメンバーが自分の国にいるなんて、歓迎《かんげい》しないだろうさ。他の種族となにかたくらんでいるかもしれない。それとも卵《たまご》をぬすもうとしているのかもしれない」そう言って首を横にふる。「タロンとこそこそなにかしてたら、どんなドラゴンだろうとコーラル女王は容赦《ようしゃ》なく殺《ころ》してしまうだろう」そして、なにかさぐるような目でツナミを見たが、彼女にはその視線の意味がわからなかった。

クレイはしっぽを海の中に入れながらすわっていた。リップタイドにつけられた爪《つめ》あとには、どろどろの砂をぬりつけてある。となりにすわるサニーは、歩き回るリップタイドがクレイのそばを通りかかるたびに、今にもおそいかかりそうな目でにらみつけた。

「君たちが、**あの**〈運命のドラゴンの子〉だというのか？　本当にか。あの予言にでてくる。本当に存在《そんざい》したのか」リップタイドは言葉を止めて大きく息をすいこみ、はきだした。「その君たちがここにいる。シーウイングの領土《りょうど》に。こいつは――」ツナミをちらりと見て、また歩き回り始める。

「興奮《こうふん》しちゃうのはわかるよ」ツナミが言った。「でもあたしたち、だれにも見つからない安全なかくれがをさがしてるの。〈平和のタロン〉からひどい目にあわされてね。シーウイングならきっと温かくむかえ入れて、守ってくれるはずだと思ったんだ」

「かもしれないな」リップタイドは、あまり本気ではなさそうな口ぶりで答えた。「じゃあ君たちはみんな、どうくつで育てられたのか？」ツナミの前で立ち止まり、彼女の目をじっとのぞきこむ。「海もないところでかい？　まったく？　君は海に入ったこともないのか？」

彼にはそれがどうしても信《しん》じられなかった。

「うん、脱走《だっそう》するまではね」ツナミが答えた。

「なんて**ひどい**話だ」リップタイドが言った。

「それは**どうも**」ツナミが翼をふくらませた。「ほんとにそう思うよ。あたしはずっと、こんな人生ひどすぎるって言ってたんだけど、そのたびにここのみんなと言《い》い争《あらそ》いになってさ」

「わたしはちがうよ」グローリーが言った。

「タロンが君たちにそんなことをするなんて、とても信じられん」リップタイドは、砂に爪を食いこませた。

「わかるよ」ツナミがうなずいた。「でも本当に最悪《さいあく》のやつらなんだ」

「ウェブスですら……ウェブスも君を海に連《つ》れていかなかったのか？」リップタイドがたずねた。

「ウェブスを知ってるの？」サニーがはっとした。

リップタイドはうつむき、けわしい顔で自分の両手を見おろした。「ぼくたちの中じゃ、あいつは相当悪名高いんだ。戦《たたか》いのさなかににげだし、あとで女王の卵をぬすむためにもどってきたんだからね。コーラル女王は、ウェブスがぬすんだと確信《かくしん》していたよ。でも、あいつが〈平和のタロン〉のためにぬすんだのか、それともなにか他の理由があってぬすんだのかは、だれも知らなかった。〈平和のタロン〉のうわさ話は、ぼくたちの中じゃあ禁止《きんし》されているからね」

「予言のために卵をぬすんだとは、だれも思わなかったの？」スターフライトがたずねた。

リップタイドがうなずく。「そう考える者もいたよ。でもやはりだれも、その話はしなかった。ブリスター女王は予言の話が大きらいだし、これもまた禁《きん》じられた話題だったからね」

ツナミは鼻先にしわをよせた。「シーウイングがなにを話していいか、ブリスターが決めるの？」

リップタイドはばつが悪そうにもぞもぞしながら、大きなまき貝をひとつ拾いあげた。

両手でそれをいじり回す。「会うときには、**ブリスター女王**とよんだほうがいいよ」

「女王に**なるべき**だと思ったら、そうするわ」ツナミががんこに言い返した。「それを決めるのは、あたしたち。覚《おぼ》えてるでしょう?」

リップタイドは一瞬《いっしゅん》、笑《わら》いをこらえているような顔をした。

「まあ、ブリスターは悪くないよ」スターフライトがあわてて口をはさんだ。「頭のいいドラゴンだし、もしかしたらおいらたちも――」

ツナミはスターフライトをにらみつけた。いったいなにをごちゃごちゃ言っているのだろう? スターフライトはぴたりと口を閉《と》じると、また自分のうろこについた砂を取りのぞき始めた。

「ウェブスとは知り合いだったのかい?」クレイが質問《しつもん》した。

シーウイングは足元に視線を落とした。「そういうわけじゃないんだ。彼が戦いからにげだしたのは、ぼくがまだ二歳のころでね。でもウェブスのうらぎりについては、昔から何回も聞かされて育ってきたから」リップタイドがため息をつく。「しかしまさか、君たちを今まで一度も海に連れていったことがないなんて、信じられないよ」

「ほんとだよ」ツナミが答えた。「水中語だって教えてくれなかったしね。まったく、〈平和のタロン〉のやつらが今ここにいたら、一頭残らずかみついてるところだよ」

「弁護《べんご》したいわけじゃないけど、〈平和のタロン〉はわたしたちを守ろうとしてくれてただけだよ」サニーが口をはさんだ。「予言を本当にするためには、わたしたちが生きていなくちゃいけなかったんだもの」

ツナミが鼻を鳴らし、サニーはきずついたような顔をしてみせた。

「でも予言じゃあ、スカイウイングが必要《ひつよう》なはずだぞ」リップタイドはそう言って、グローリーを指さした。「でもこの子はスカイウイングじゃないだろう?」

「ちょっとややこしい話なんだ」ツナミは、グローリーのうろこにさざなみのように広がるうっすらとした海緑色を見ながら答えた。「とにかく、あたしたちは本気で予言にこだわってるわけじゃないんだ。うばわれてしまった家族たちをさがしだすことにはこだわってるけどね」

「わたしは予言だって大事だよ!」サニーがそうさけんで、クレイの脇腹《わきばら》をつついた。クレイもうなずく。

スターフライトがせきばらいをした。ツナミは、また**授業**《じゅぎょう》が始まったら大変《たいへん》だとばかりに、あわてて話を続《つづ》けた。**彼の卵**はぬすまれたのとはちがう。ナイトウイングが自分から差《さ》しだしたのだ。もしかしたら、だからスターフライトはふるさとに帰ることになど興味《きょうみ》がないのかもしれないが、彼女にとってはぜんぜんちがう。

「あたしはつい何日か前、自分の卵が王家の孵化室《ふかしつ》からぬすまれたのを知ったの」ツナミが言った。「だから……だからたぶん両親があたしをさがしてるんじゃないかと思うんだ。

『消えた王女』みたいにね。あのまき物、あなたも知ってる？」

リップタイドは、今度は明らかに笑いをこらえていた。「知ってるとも。学校で課題《かだい》図書になってるからね」

「学校かあ……」スターフライトは、まるで食べものの話をするクレイのような、うっとりした声で言った。

「課題図書に？」ツナミは聞き返した。妙《みょう》な話だ。歴史《れきし》の話ではなく、ただのおとぎ話だというのに。彼女も内容《ないよう》のおかげでお気に入りのおとぎ話だが、もっとよく書かれた物語は他にもある。

「でも、君たちを宮殿《きゅうでん》に連れていくわけにはいかないな」リップタイドがはっきりと言った。「あいつがいっしょにいるんじゃね」そう言って、クレイのほうをあごでしゃくってみせる。

「ねえ、聞いてなかったの？」ツナミはいらだった。「あいつはただのマドウイングじゃないの。バーンともスカイウイングとも手を組んじゃいないんだから。信用《しんよう》できるドラゴンだよ」

「君たちにはここに残っててもらうっていうのはどうだろう？　で、ぼくがコーラル女王を連れてくるんだ」リップタイドは海の向こうにうかぶもうひとつの島を見つめた。黒いらせんもようをつけた緑のドラゴンと会った島だ。ツナミは、もしかしたら援軍《えんぐん》を連れてようと思っているのかもしれないと思った。

「だめ」彼女は首を横にふった。「みんなであなたといっしょに行くわ」

「コーラル女王には、もうたっぷりおこられてるんだよ」リップタイドが言い返した。

「だから、こんな遠くで見回りなんかさせられてるんだ。マドウイングを宮殿に連《つ》れて行《い》くなんて、わざわざ自分の牙《きば》をぬくようなもんなんだよ」

「やだ！」サニーが悲鳴をあげた。「本当にそんなばつがあるわけじゃないでしょう？」

ツナミは、答えを聞きたいとは思わなかった。おそろしいイメージをいだくことなく母親に会いたかったのだ。「こう考えてみて」と急いで口を開く。「行方不明《ゆくえふめい》の娘《むすめ》を見つけたのに宮殿に連れて**行かなかったら**、コーラル女王はどう思うだろうね？」

リップタイドは身もだえして悩《なや》み、鼻先にしわをよせた。「じゃあ他のみんなはここに残して、君だけ連れていくっていうのは？　とりあえず、コーラル女王の許可《きょか》がでるまではね」

「だめね」ツナミはがんとして首を横にふった。「みんなでいっしょに行く。あたしたちが〈運命のドラゴンの子〉だって知ったら、必《かなら》ず理解《りかい》してくれるはずだわ」

リップタイドはため息をついた。「わかったよ、でもそいつには目かくしをさせてもらうぞ」そう言って、あごをさすりながら他の三頭を見る。「できれば、みんなにも目かくしをしてもらいたいんだがな」

「**わたし**がなにかすると思ってるの？」グローリーがたずねた。「おっかないレインウイングを集めてきてあなたの家の屋根でねむらせるとでも？　わたしの仲間《なかま》のことなんて、だれもこわがったりしないと思ってたけど」

「こわがるもんかよ」リップタイドが言った。「レインウイングをこわがるなんて。笑っちまうね。まったくバカバカしいよ」

グローリーの体に淡《あわ》い緑色のしまもようがあらわれ、またすっと消えていった。

「よかった。じゃあわたしには目かくしなんていらないわね」そう言って、さっと海のほうを向く。

リップタイドはうたがいのまなざしでスターフライトとサニーを見つめた。

「ナイトウイングはなんでも知っているんだ」スターフライトがえらそうに言った。「ナイトウイングにひみつをかくそうとしたって、そんなのむだだよ。つまり**おいらたち**ってことさ。おいらの力を使えば、君たちの宮殿がどこにあるかなんて、すぐにわかっちゃうんだからね」

ツナミはあきれ顔をしてみせた。ドラゴンの子たちが知るかぎり、スターフライトにそんな力などありはしない。だが、もしこのシーウイングにそう思いこませられたら、いずれそれが役に立つことがあるかもしれない。

「なにか言い返そうなんて思わないでよね」ツナミがリップタイドに言った。「ナイトウイングがどれほどすばらしいかをあいつが語り始めちゃったら、もうだれにも止められないんだから」

スターフライトがむっとして翼をばたつかせた。リップタイドがなにかをつぶやき、岩の下に広がる浅瀬《あさせ》に視線を走らせてなにかをさがす。

「わたしは目かくししてもいいよ。ぜんぜん気にしない」サニーが口を開いた。

「目かくしするなら、この子はあたしの背中《せなか》に乗せるよ」ツナミが申しでた。自分を信頼《しんらい》して体をあずけてくれる小さなサンドウイングが、彼女はいとおしかった。スカイウイングの兵隊《へいたい》たちとの戦いから四日がすぎた今でもサニーは、またツナミがいきなりなんの理由もなくだれかを攻撃《こうげき》するのをおそれているかのように、彼女のそばでびくびくとおびえて落ち着かない様子だった。

「おいらの背中でもいいよ」スターフライトが、さっと口をはさんだ。ツナミがにらみつける。なぜこのドラゴンはこんなにも必死《ひっし》に役をうばおうとするのだろう？

「あんたの体力じゃ無理《むり》でしょ？」いどむようにツナミが言う。

「そんなことないよ」サニーが言った。「わたしはスターフライトに乗せてもらうから、ツナミはクレイを先導《せんどう》してあげて」

やれやれ、しょうがない。ツナミは心の中でため息をついた。みんな好《す》き勝手《かって》に指示《しじ》をだすようになっちゃって。

リップタイドは、細長くてじょうぶな海草を何本か手にもどってきた。すぐさま、サニーが自分の提案《ていあん》を後悔《こうかい》したような顔になる。巨体《きょたい》のシーウイングが海草を彼女の頭にしっかりとまきつけ、閉じたまぶたの上から目かくしをする。

「うわっ、びしょびしょでヌルヌルしてる」サニーが身ぶるいした。

「びしょびしょでヌルヌルしてるの、ぼくは好《す》きだぜ」クレイはそう言うと、リップタイドが目かくしをしやすいよう頭を低《ひく》くさげた。

「変《へん》だよ、クレイ……」グローリーがつぶやいた。

リップタイドは、クレイの大きな頭に海草をぴっちりとまくのにすっかり集中していた。ようやくまき終わってみると目かくしというよりも、タコがクレイの脳《のう》みそを食べようとしてまきついているようにしか見えなかった。けれど、クレイはもんくを言わなかった。クレイがもんくを言うのは、空腹《くうふく》なときだけなのだ。ツナミが彼を好きな理由のひとつがそれだった。

ツナミはよたよたとスターフライトの背中に乗るサニーを手伝《てつだ》い、せまい二枚《まい》の翼の間にしっかりと乗せてやった。サンドウイングは体が小さいが、スターフライトはツナミやクレイほどたくましい体をしていないのだ。

「スターフライト、無理そうなら言うんだよ。そのときはあたしが乗せるからさ」ツナミが声をかけた。

スターフライトは深呼吸《しんこきゅう》しながらうなずいた。サニーが背中にふせて頭を彼の首に乗せ、信頼するように両腕《りょううで》をしっかり肩《かた》に回すと、スターフライトは緊張《きんちょう》に身ぶるいして二枚の翼を軽く丸めた。

ツナミはクレイのほうを向き、自分の翼の先で彼の翼の先にそっとふれた。

「今、ふれたのわかった？　空で同じことしたら、そばについてこれる？」

「だいじょうぶだと思う」クレイは自信《じしん》なさそうに答えた。

「わたしが反対側《はんたいがわ》を飛《と》んであげる」グローリーが岩から飛びおりてきた。翼をのばし、クレイのもう片方《かたほう》の翼にふれる。「こうやって、ふたりでクレイに方向を教えてあげよう」

クレイがうなずくと、たれさがった海草のはしが首にぺたぺたと当たった。

「ほんとに変な気分だよ」クレイが言った。「あの地底《ちてい》の川みたいにまっ暗でさ。まあ、息ができるだけマシだけどね。呼吸《こきゅう》できないと、ほんとに大変だから」

「飛ぶときはあまりスピードをあげないこと。あと、あたしの指示をちゃんと聞いて」ツナミが言い聞かせた。

「**わたしたち**の指示をね」グローリーが横から言う。「ぜったいにおぼれさせたりしないから」そう言って、いたずらっぽい目でツナミの顔を見た。

だれかをおぼれさせるなら最初《さいしょ》の一頭はあんたで決まりね、とツナミは声にださずに言いながらグローリーをにらみつけた。「さあ、行こう」とリップタイドに声をかける。

スカイブルーのシーウイングはクレイの目の前で手をふって、反応《はんのう》がないのをたしかめた。そして、ドラゴンの子たちをすぐ後ろにしたがえながら、一気に空へと飛《と》び立《た》った。

入《い》り江《え》の上空を飛んでいると、ツナミはグローリーとスターフライトに腹を立てていたのもすっかり忘《わす》れてしまった。まるで海にちりばめられた宝石《ほうせき》みたいに、緑や白の島々がかがやいている。中にはいくつか、かぎ爪のようにきれいな曲線をえがいて海にうかんでいる島も見えた。雲の上からは、うずまき状《じょう》にならぶ列島の一部が見えていた。そして海面のそばまでおりていくと、すきとおった海で真珠《しんじゅ》のようにきらめきながらジャンプするピンク色のイルカの群《む》れが見えた。

グローリーがイルカのことを教えてやると、クレイはうれしそうに顔をあげた。「食べていいの？」彼がたずねる。

「だめだ」リップタイドが後ろをふり向いて大声をだした。「コーラル女王が禁じておられる。イルカのことを遠い親戚《しんせき》ではないかと思っておいでなんだ」

ツナミはすばしこく泳ぎ回る、なめらかなイルカたちを見おろした。ドラゴンの親戚とは、なんて妙なことを考えるのだろう？　自分が思いえがいている母親のすがたとは、まったくちがっている。

まあ、すぐに思いえがいたりしなくてすむようになるわ。ツナミは心の中で言った。

彼女には、この列島のどこかにシーウイングがどのように宮殿をかくしてしまったのか、想像《そうぞう》もできなかった。空から見おろすと、すべてが見えるかのような気持ちになる――島々を取りまく青い海原《うなばら》の底《そこ》に広がる白い砂も、いびつな形をした岩礁《がんしよう》に開いたあなも、がけの上に立つたくさんのヤシの木やウミウの巣《す》も、ぼさぼさにのび放題のしげみも、なにもかもがよく見えるのだ。小島がたくさんうかんでいるが、なにせ十八年も戦いが続いているのだから、どの島も敵《てき》が捜索《そうさく》してしまったにちがいない。

「さあ、歓迎隊《たい》が来たぞ」リップタイドがツナミにも聞こえるように言った。

ツナミは、自分たちのほうに青と緑のドラゴンたちが飛んでくるのに気づいた――十五頭をこえるドラゴンが翼をひろげ、牙をむきだしにしている。シュウシュウとするどいかく音をだしているのが、遠くからでもはっきりと聞こえた。

「おっと、こいつはまずいぞ」リップタイドがもらした。

「クレイ、止まって」ツナミが指示した。クレイはグローリーにつきそわれながら、空中で止まった。

「なにが起きてるの？」サニーは追いついてくると、スターフライトの肩から顔をあげてたずねた。スターフライトは、なにも言わなかった。サニーを乗せたまま宙《ちゆう》で止まっているのがせいいっぱいのようだ。

「あれは前衛部隊《ぜんえいぶたい》だ」リップタイドはそう言うと、ドラゴンの子たちの周《まわ》りをぐるりとひと回りしてからまた先頭に立ち、近づいてくるドラゴンたちのほうを向いた。「だれも

〈夏宮《サマーパレス》〉に近づけないのが、あいつらの役目さ」

みんなはあっというまに囲《かこ》まれていた。羽ばたきの音が辺《あた》りを満《み》たし、気流がみだれる。

「リイィィップタイド」先頭のドラゴンがうなり声をあげた。まるでコケのはがれた石のように、ほとんど灰色《はいいろ》といってもいいようなにぶい緑のうろこに体をおおわれている。ごつごつとしたひたいの下についた目は骨《ほね》のように白くて小さくてほとんどまばたきもせず、角は内側《うちがわ》に向かって奇妙な形にねじれていた。と、リップタイドとちがい、この新たなドラゴンには戦いのきずあとがひとつもないことにツナミは気がついた。戦いにくわわらずに生きてきたのか、それともとてつもなくすぐれた戦士《せんし》なのか、どちらかだ。

「いったいなにをぞろぞろと引《ひ》き連《つ》れてきた？」ドラゴンが口を開いた。

リップタイドは相手の目をまっすぐに見つめた。「消えた王女を見つけたんだ」

へえ、そういう言いかたするんだ。ツナミは声にださず言った。**なにもかもつき止めたのは、このあたしなのにさ。**

他のシーウイングたちに衝撃《しょうげき》が走った。部隊の全員の視線が自分に集まるのを感じ、ツナミはうろこの下を虫がはい回っているような気持ちになった。鼻を上に向け、威厳《いげん》と威《い》圧《あつ》感をだそうとする。

「ほほう、本当か？　なみいるドラゴンの中で、よりにもよってリップタイド、おまえがか？　そいつはなんともめずらしいぐうぜんだな」隊長《たいちょう》はそう言うと、ぶきみな目つきでツナミを翼の先からつま先までじろじろとながめ回した。まるで、砂浜でだれかが半分食《た》べ残《のこ》したウナギの死体でも見るような目だ。うたがいに満ちたそのえらそうな顔を、ツナミはズタズタに切りさいてやりたくなった。

「で、あんただれなのさ?」ツナミがいどむように言った。

リップタイドが顔をしかめる。「こいつはシャークだよ。宮殿防衛隊《ぼうえいたい》の司令官《しれいかん》で、女王陛下《へいか》の兄だ」

「へえ、**あんた**が」ツナミはわざと、シャークよりもさらに無礼《ぶれい》で挑戦的《ちょうせんてき》な口調で答えた。新たに出会う兵隊すべてにこびへつらうところからシーウイングとのくらしを始めるつもりなど、これっぽっちもないのだ。相手が自分の伯父《おじ》だろうと関係《かんけい》ない。

シャークは、ほとんどうろこにかくれて消えてしまいそうなほど目を細めた。「この小娘《こむすめ》がぬすまれた王家の卵から生まれたドラゴンだなどと、おまえはなぜ信じたりしたのだ?」とリップタイドにたずねる。

「どうして? そんなにたくさん卵をぬすまれたの?」ツナミが口をはさんだ。「たぶん、衛兵《えいへい》の責任者《せきにんしゃ》が仕事をサボってたんだね。あ、待って、それもしかしてあんたのこと?」

「この娘の話はつじつまが合ってるんだよ」リップタイドが必死に説明《せつめい》した。「ウェブスのことだって知ってるんだぞ。それに、翼のうら側《がわ》が光るとどんなもようがあらわれるのか、見てみてくれよ」

シーウイングたちは、ツナミの翼を見ようといっせいに首をのばした。ツナミは顔を近づけすぎた何頭かにかみついて追いはらうと、いったい彼らがなにを見ようとしているのかきょろきょろとさがした。

ツナミが翼を光らせると、そのうら側のふちにそうようにしてらせん状のストライプもようがあらわれた。それぞれの線の中ほどからは、水かきのついたドラゴンの足あとみたいな星形のもようが枝《えだ》わかれしている。ツナミは、いったいなにがちがうのかと、シーウイングたちを見回した。ほとんどのドラゴンたちの星形は小さく、うずまきもようは見当たらない。彼女と同じもようをまとったドラゴンはシャークだけだった。

ふたりとも王家の血をついでいるからだ。彼女は顔をあげて、勝ちほこったようにシャークの目を見つめた。**もっともいつか女王様になるあたしにくらべて、あんたは永遠《えいえん》にただの兵隊だけどね。**

シャークは長々と息をはきだすと「いいだろう」と言った。「他の四頭は殺して、この娘だけ連れていけ」

6

「みんなには手をふれるな！」ツナミはさけんだ。さっとふり向き、クレイに手をのばしていたシーウイングを空からたたき落とす。スターフライトはもう、クレイの大きな翼《つばさ》の下に身をかくしていた。グローリーは首を引き、牙《きば》をむいていた。

「あたしは女王の娘《むすめ》だ。このドラゴンの子たちに手だしをしないように命令《めいれい》する！」

衛兵《えいへい》たちは不安《ふあん》そうに、彼女《かのじょ》とシャークの顔を見くらべた。シャークの目は空をうつした湖のようなうすいブルーで、なにを考えているのか読めなかった。彼《かれ》がゆっくりと片手《かたて》をあげ、円をえがく奇妙《きみょう》なしぐさをする――シーウイングの言葉で合図をしているのだとツナミは思った。意味はわからなかったが、合図がたしかに伝《つた》わったのがわかった。衛兵たちが後ろにさがる。ツナミはほっと胸《むね》をなでおろした。

だがふり向いてみると、リップタイドはまだ緊張《きんちょう》して暗い顔をしていた。もしかしてシ

ャークにビビってるの？　ツナミは声にださず言った。

「それでいいわ」ツナミは、まるで指揮官《しきかん》のような声色《こわいろ》で言った。「さあ、あたしたちを母さんのところに連《つ》れてってちょうだい」

「女王陛下《へいか》は現在《げんざい》、〈深海宮《ディープパレス》〉で公務《こうむ》についておいでだ」シャークが冷《つめ》たい声で言った。

「おまえたちは〈サマーパレス〉に連れていくから、そこで待っていろ」そしてもう一度手をあげて合図を送ると、二頭の兵隊《へいたい》が群《む》れからはなれて海の上を飛《と》んでいった。**母さんに伝言《でんごん》をとどけに行ったんだ。**ツナミはそう思うと、うれしさのあまり翼が勝手に広がった。ずっと思いえがいてきた夢《ゆめ》が、今や目と鼻の先にあるのだ。**本当に今日、父さんと母さんに会えるんだ。**

シーウイングの兵隊にがっちりと周《まわ》りを固《かた》められながら飛んでいると、海原《うなばら》にうかぶ島がびゅんびゅんとすぎていった。ドラゴン一頭が着地するのがせいぜいといった小さな砂《すな》の島や、海からつきでたごつごつとした岩だけの島もある。前を向くと、巨大《きょだい》なドラゴンの骨格《こっかく》にも似《に》た島がうかんでいるのが見えた。白い岩のあちこちに、あなやすきまがあいている。

岩でできた骨格の鼻先は別《べつ》の島のほうを向いていた。威圧《いあつ》するような岩に囲《かこ》まれ、四方すべてが高く切り立つ断崖絶壁《だんがいぜっぺき》になっている島だ。頂上《ちょうじょう》にはうっそうとしたジャングルが広がっている。緑のツルや木々がすきまなく生《お》いしげっており、着地ができるような空き地はひとつも見当たらなかった。

シャークがいきなり向きを変《か》えてがけのふもとへと急降下《きゅうこうか》をし始めたものだから、ツナミは意表をつかれた。シャークは、まるでドラゴンの角のようにするどくとがった二本のらせん状《じょう》の岩の間に水しぶきをあげて飛びこむと、青い水の中へと消えていった。ツナミは目をぱちくりさせた。いったいどこに消えてしまったのだろう？　ここの水はとてつもなくよくすんでいて、海の底《そこ》に広がる砂の上をゆっくりと歩いていく大きな黒いカメたちのすがたまで見える。

だが、兵隊たちは次々と同じ場所に飛びこんでいっては、同じように見えなくなっていく――水しぶきとあわがなくなるころには、すっかり消えてしまっているのだ。

「クレイ、止まって」ツナミは彼の翼にふれた。「リップタイド？」

「ここが〈サマーパレス〉の入り口なのさ」リップタイドが答えた。「他に出入り口はない。泳ぎじゃないと行けないぞ」

サニーはおどおどした小さな声で「どのくらい泳ぐの？」とたずねた。

「たいした距離《きょり》じゃない」リップタイドが答えた。「ブリスター女王がおいでになるときのため、作り直されたからな」

「ブリスター女王もサンドウイングだし、水が大きらいだものね」サニーが自分をはげますように言った。

「ブリスター女王が……ええと……今来てるの?」スターフライトがたずねた。

リップタイドは首を横にふった。「泳ぐのがたいそうおきらいでな。こうして作り変えてからも、めったにいらっしゃらないよ」

それを聞いて、ツナミは心の中でほっとした。バーンのことを思いだすと、敵対《てきたい》する残《のこ》り二頭のサンドウイングの姉妹《しまい》とでくわしてしまうのはさけたかった。三頭みな同じくらい危険《きけん》で、クレイジーで、支配者《しはいしゃ》気取りだったらとてもたまらない。

だがドラゴンの子たちはいずれ、その三頭のだれが戦《たたか》いに勝利《しょうり》するのか選《えら》ばなくてはいけなくなるのだ。公平であるためには、ブリスターとブレイズにも会わなくてはいけないのかもしれないと、ツナミは思っていた。

それにしても、もしツナミの母親のお気に入りがブリスターで、彼女のために宮殿《きゅうでん》を改《かい》装《そう》するほどだとするならば、それはブリスターが有利《ゆうり》だという兆候《ちょうこう》ではないだろうか?ならば、ブレイズには会う必要《ひつよう》がないのかもしれない。シーウイングとブリスターの味方をすることこそ、最《もっと》も正しい道なのかもしれない。

「後ろからついてくるんだ。ぜったいにはなれるなよ」リップタイドが言った。「見失《みうしな》わないように体のストライプを光らせておく。息つぎができる場所がきたら点滅《てんめつ》させて合図を送るからな」

「あのう」クレイがおずおずと口を開いた。「この……目かくしなんだけど、その……よかったら……」

「トンネルに入ったらはずしてやる」リップタイドが答えると前を向き、ドラゴンの角の形をした岩の間に飛びこんでいった。

ツナミがしっぽをクレイの前足にまきつけ、引《ひ》き連《つ》れるようにしてあとを追って飛びこむ。全身のうろこが興奮《こうふん》でピリピリとうずいた。

「クレイ、大きく息をすって」と、後ろのクレイに声をかける。

リップタイドのすぐあとに続《つづ》いて飛びこんだはずだったが、水中に入ると顔の周りをたくさんのあわに囲まれて、あやうく彼のすがたを見失いそうになった。必死《ひっし》にまばたきし、あなやトンネルの入り口をさがす。

海底《かいてい》に広がる砂地《すなじ》から生える太陽の色をした触手《しょくしゅ》のような海草が、頭上からさしこんでくる光を浴《あ》びてオレンジをおびた金色にかがやいていた。がけのすぐ下に生いしげっているその海草はドラゴン五頭分もの長さで、タコの触手のようにゆらゆらとゆれているのだった。

この触手の中にあながかくれているはずだが、いったいどこだろうか？

と、リップタイドの光るしっぽが海草のカーテンをかきわけるのが見え、ツナミはすぐそのあとを追った。クレイがしっぽにしがみついているせいで、思うようなスピードで泳げない。クレイも翼を羽ばたかせて力になろうとしてくれているのだが、ときどき水中で岩にぶつかり、そのたびにツナミのスピードが落ちてしまうのだ。

海草の森に首をつっこんでみると、海草のツルが鼻先をすべり、からみついてくるのを感じた。そばで見てみると、すきとおった小さな球が海草に生えているのが見えた。ツルそのものはすべるほどになめらかだが、この球はびっくりするほどネバネバしていた。まるで金色のイモムシにぐるりと取《と》り囲《かこ》まれてしまったかのようだ。

うっそうと生いしげった海草の中、ツナミはリップタイドの光るしっぽだけをたよりに泳ぎ続け、ようやくがけの岩ぺきにたどりついた。すると、そのとたんにツルがするりと体からはなれ、彼女は暗い水中トンネルの中に飛びこんでいたのだった。

すぐ目の前のリップタイドが全身のストライプを光らせてくれていたおかげで、中は真っ暗やみというわけではなかった。彼がツナミの後ろに手をのばしてクレイをトンネルの中にいざない、海草の目かくしをほどいてやる。クレイはぱちぱちとまばたきをしてから両手で目をこすり、すぐにかすかな太陽の光のほうをふり向くと他の仲間《なかま》たちをさがした。

次にやってきたのはグローリーだった。鼻先にしわをよせながら、翼からツルを引きはがしている。ツナミは、銀色だった彼女のうろこの上に、オレンジをおびた金色が十字に交《こう》差《さ》しているのに気づいた。グローリーがわざとそうしているのだろうか？　それともストレスを感じると、環境《かんきょう》に合わせて自然《しぜん》に変化《へんか》するのだろうか？

しばらくして、今度はスターフライトが飛びこんできた。顔が今にもはれつしそうなほど赤くなってふくらんでおり、背中《せなか》のサニーはもうれつにふるえている。

　リップタイドはしっぽをぱっと光らせて合図すると、入り口から少し入ったところの天《てん》井《じょう》に開いたあなめがけて一気に上昇《じょうしょう》し始めた。ツナミもすぐにあとを追ったが、あっというまに頭が水面からでたものだから、おどろいてしまった。てっきり、もっと長く泳ぐことになると思っていたのに。

　そこは空気も少ない小さなどうくつで、細長い煙突《えんとつ》のようなあなの向こうからかすかに太陽がさしこんでいるだけだった。みんなはまだ水から頭しかだしていなかったが、みっちりと身をよせ合うようにしても、頭をだしているのがせいいっぱいくらいの広さしかなかった。ツナミは、ここで水からあがるわけではないのだと気がついた。このどうくつは、ひと休みして息つぎをするためだけの場所なのだ。

　サニーもスターフライトも、まるで何か月も息を止めていたかのように必死に呼吸《こきゅう》していた。クレイが暗やみの中、おぼつかない様子でサニーの頭を手探《てさぐ》りして見つけだし、目かくしをはずしてやる。

「ここに息つぎあながあってよかったよ」クレイはリップタイドに声をかけた。「入り口のこんな近くにさ」

　リップタイドはうなずくように頭を下に向けた。「ブリスター女王がどうしてもとおっしゃるものだからな」

ツナミは、自分たちのすぐ下をシーウイングの兵隊が泳いでいくのを感じた。ドラゴンの子たちがにげだして〈サマーパレス〉の場所をだれかに知らせたりしないよう、後方に何頭か兵隊が残っているはずだとは彼女も思っていた。

翼をじっとさせておくことができなかった。まるでつかまったトンボのようにふるえながら、二枚《まい》の翼は自由に羽ばたきたがっていた。もう**目の前**なのだ。ここは彼女の宮殿なのだ！　あと何度か羽ばたくだけで、仲間のドラゴンたちのところに行けるのだ！　この瞬間《しゅんかん》を六年間も思いえがき続けてきた彼女には、もう一瞬《いっしゅん》たりとも待つことなどできなかった。

「早く、早く行こう」ツナミは、しっぽで水面をたたいてばしゃばしゃとみんなに水を浴びせた。

「まったくもう、サニーにでも取りつかれちゃったみたい」グローリーが首を横にふった。

「ほら、もうすぐそこなんだから」ツナミが自分の体のストライプをぱっと光らせ、みんながそのまぶしさに目をおおう。

「わたし、ここからは自分で泳ぐ」サニーがスターフライトに言った。「みんなについて行けなかったら、クレイのしっぽをにぎってるから」

スターフライトは、がっかりとほっとした気持ちが入りまじった顔になった。

リップタイドが水にもぐると、ツナミが胸をおどらせながら、他のみんななんて待っていられるかとばかりにそれに続いた。

光を放つリップタイドを、ツナミはすいすいと追いかけていった。トンネルはのぼり、おり、右に左にくねりながら続いている。あちこちにさっきのような息つぎ場所があったが、ツナミに言わせればたくさんありすぎた。休けいするたびに、早く出発したいあまりに岩の壁《かべ》に頭を打ちつけたくなってしまう。四回目に休んでからはもう数えてすらいられなくなったが、少なくとも十回は息つぎのために止まっただろう。このトンネルは、いったいどのくらい続いているのだろうか？

そのときいきなり、ついに前方に光が見えた——かがやくうろこの光ではなく、本物の光だ。みんなはあっというまに広い湖にでて、水面から顔をだして深々と息をすいこんだ。最初《さいしょ》は緑をおびた日差《ひざ》しにみんなは目がくらんだが、だんだんなれてくると、ツナミは目の前にドラゴンたちがいるのに気がついた。

百頭をこえる青や緑のドラゴンたちがみんなを取り囲み、待ちかねたようにツナミを見つめていた。

彼女の種族《しゅぞく》。彼女のドラゴンたち。そして未来《みらい》の臣下《しんか》たち。

ついに〈シーキングダム〉の中心、シーウイングたちの〈サマーパレス〉にやって来たのだ。

第2部

王国のひみつ

7

ツナミはあっとうされ、翼《つばさ》を広げて水にうかびながら周《まわ》りを見回した。

そこは、そびえたつ断崖《だんがい》にぐるりと囲《かこ》まれた、島の内側《うちがわ》だった。はるか頭上には深い緑色の天井《てんじょう》を通して太陽の光が入りこんできている——いや、あれは天井ではなく、空から目にしたツタや木々のいただきだ。あまりにもうっそうとしげっているものだから、空からだとジャングルのように見えたのだ。木々はまるでエメラルド色の傘《かさ》のように島をおおい、外から〈夏宮《サマーパレス》〉が見えないようにかくしていた。海緑色にそまったその光を浴《あ》びていると、ツナミはまだ水中にいるような気持ちになった。

断崖に開いたあなのいくつかからは、まるで銀色をした細長いドラゴンのしっぽのような滝《たき》が流れ落ち、水しぶきをあげながら湖に流れこんでいた。ツナミが見るかぎり、出口はたった今ぬけてきたばかりのトンネルしかない。

水中からは四本の青みがかった白い石の柱がらせんをえがきながら立っており、それが湖の中央でからみ合うようにして、そびえたつような巨大《きょだい》な天守《パヴィリオン》〔展示会《てんじかい》や博覧会《はくらんかい》などで使われる大型《おおがた》の建物《たてもの》〕を作りだしていた。パヴィリオンは十二階建《だ》てで、どのフロアも円形だったが、上に行くにしたがって少しずつ小さくなっていた。壁《かべ》はほとんど見当たらなかったが、あるにしてもやけに低《ひく》く、建物全体が柱が作るゆったりとした曲線や、あなや、小さなプールがおりなす格子状《こうしじょう》になっている。だれかが建《た》てたというよりも、まるで自然《しぜん》にのびてそうなったようなすがただったが、ツナミにはそんなはずがないのがわかっていた。

ドラゴンたちはパヴィリオンのふちや、がけからはりだした岩だなや、あちこちの水辺《みずべ》に集まっていた。ツナミは、自分と似《に》た顔を持つドラゴンがこんなに集まっているところなど見たことがなかった。深い青や青い緑のうろこのドラゴンたちが、暗やみも見通するどい目で自分のほうを見つめているのだ。

聞こえるのは滝が落ちる水音と、ドラゴンたちの静《しず》かな息づかい、そして湖の砂浜《すなはま》に静かに打ちよせる波の音だけだった。

少しするとスターフライトがすぐそばの砂浜のほうを向き、必死《ひっし》に水をかいてそちらに向かっていった。水をかくひどくやかましい音が静寂《せいじゃく》をやぶる。サニー、クレイ、グローリーが彼《かれ》に続《つづ》いた。

ツナミは、全身にあふれるつかれを無視《むし》してその場に残《のこ》っていた。自分の国のドラゴンたちに、みっともないところを見せたくなかったのだ。湖にはたくさんのドラゴンが同じようにうかんでいたが、がけのあちこちやどうくつの口、それから湖につきでた岩に腰《こし》かけているドラゴンの数はもっと多かった。浅瀬《あさせ》の砂浜にもずらりとならんでいる。自分があらわれて注目を集めるまでこのドラゴンたちはいったいなにをしていたのだろう、とツナミはふしぎに思った。

と、いちばんそばの柱がえがくらせんの上で、シャークが小さくなってすわっているのにツナミは気づいた。彼女《かのじょ》に歓迎《かんげい》のスピーチのひとつでもしてくれてよさそうなのに、まばたきひとつせずに青白い目でじっと彼女を見つめているだけだ。

物語では国王と王妃《おうひ》がパレードとオーケストラを引《ひ》き連《つ》れて、消えた王女の帰還《きかん》を歓迎してくれるはずだった。だが彼女の両親はまだすがたを見せないし、そもそもよく考えてみればハープを弾《ひ》くイルカなど、少しおかしいのではないだろうか。

とにかく自分は未来《みらい》の女王なのだから、どれだけドラゴンたちにじろじろ見られようがひるんだりはしない。ツナミは首を横にふると、水中から首を持ちあげた。

「こんにちは、〈海の翼《シーウィング》〉のみなさん」彼女は大声でよびかけると、岩に反響《はんきょう》する声が思ったより大きかったものだから、少し言葉を止めた。「あたしはツナミ。やっとふるさとに帰って来られてすごくうれしいわ……みんなに会うのも楽しみにしていたの」

こんなにもひどいスピーチが、ピリア史《し》にかつてあっただろうか？　ドラゴンたちはなにを思い、ぴくりとも動かずに静まり返《かえ》っているのだろうか？　いずれ彼女が自分たちの女王になることに、胸《むね》をおどらせているのだろうか？

彼女は王家の血を引くあかしであるあのストライプもようを思いだし、だれにでも見えるよう、水につかっていた翼を高くかかげてみせた。そしてストライプがはっきりと見えるよう光らせたが、あのときリップタイドにぐうぜん伝《つた》わってしまった言葉の意味を思いだしてぎくりとした。もしかして自分は王国全体に、おいしい魚みたいな息のにおいだなどと言ってしまったのではないかと思い、心の底《そこ》からぞっとする。

集まったドラゴンたちにざわめきが広がったが、それがいいざわめきなのか悪いざわめきなのか、ツナミにはわからなかった。いかめしい顔でシャークを見ているリップタイドのほうをふり返る。

「どこか、母さんを待てる場所に連《つ》れていって」ツナミは声を殺《ころ》してたのんだ……つもりだったが、その声はまたしても岩ぺきにはね返ると水面をこえて彼女のところまで返ってきた。ざわめきがさらに大きくなる。〈夜の翼《ナイトウイング》〉の力が自分にもあったら、とツナミは願《ねが》った。そうすれば、あのドラゴンたちの心が読めるのに。

「あの上だ」リップタイドは、パヴィリオンのてっぺんをあごでしゃくってみせた。またちらりとシャークを見る。「お仲間《なかま》も連れてこい」

仲間たちは大きなどうくつの入り口の前に広がる白い丸石の地面ですっかりのびてしまっていた。みんな翼をだらしなく広げ、あまりゆうがではない様子でぜえぜえとあえいでいた。グローリーひとりだけがどうくつの横にきちんとすわり、中をのぞきこんでいる。銀色だったうろこが、あざやかな青のまだらもようになっている。ツナミを見ていないシーウイングたちは、みんなグローリーのほうを向いていた。

ツナミがしっぽで水面をたたき、みんなの注目を集める。クレイがようやく気づくと、彼女はパヴィリオンを指さした。彼がうなずくのをたしかめ、ツナミが宙《ちゅう》に舞《ま》いあがる。水からでると翼がやけに重く感じ、何度か羽ばたいてからようやくバランスを取りもどした。**シーウイングたちがさっさと自分の仕事にもどってくれますように**、とツナミは心の中で言った。

リップタイドが横に追いついてきた。彼もまた、みんなの注目を浴びてうんざりしているようだった。

「〈サマーパレス〉のことを教えて」ツナミは、自分と彼の気をまぎらわそうとして質問《しつもん》した。

リップタイドがしっぽでがけをさしてみせる。「どうくつの中に客室があるんだ。ブリスター女王はいつも、トンネルにいちばん近いどうくつに滞在《たいざい》するんだよ。だからよぶんな砂をしかなくちゃならないし、そこのどうくつだけは火を使うことがゆるされているんだ」どんどん高度をあげていきながら、リップタイドは鼻先をパヴィリオンに向けた。「ブリスター女王は上から二番目のフロアでコーラル女王と面会する。ここをおとずれる王族のためのフロアさ。それぞれの階にはちがった目的《もくてき》があってね……子竜《ドラゴネット》学校の来客用フロア、祝宴《しゆくえん》のショー用のフロア、そして戦争《せんそう》計画のためのフロアもある。女王陛下《へいか》が〈深海宮《ディープパレス》〉ではなくこちらにいらっしゃるときには、ここの中層《ちゆうそう》で評議会《ひようぎかい》が開かれるんだよ」

リップタイドはツナミにもそこが見えるように、羽ばたきながら空中で停止《ていし》した。ドラゴン一頭が入れるほどの大きさに作られた十二個《こ》のプールが円形に配置《はいち》されており、そのひとつひとつが一本の水路につながれている。そして、さらにその円の中心で十字に交差《こうさ》するように、二本の水路が走っていた。それぞれのプールのそばの石には、魚の卵《たまご》くらいの大きさのきらめくエメラルドがうめこまれ、言葉をつづっているのが見えた。「財宝《ざいほう》」と「防衛《ぼうえい》」、そして「ひみつとスパイ」という言葉がツナミからも見えた。もっと読もうと目をこらしたが、リップタイドはさらに高く舞いあがった。

「評議会って？」ツナミは追いつきながらたずねた。

「評議会のやつらは〈ディープパレス〉のほうが好《す》きでね、女王もそうさ」リップタイドが答えた。「今ここに残っているのは、シャークとラグーンだけだよ」

ツナミは彼がなにを話しているのかさっぱりわからなかったが、自分がシーウイングの国についてまったくなにも知らないのをさとられたくはなかった。スターフライトのお気に入りのまき物のどれかに、その評議会のことも書いてあったのだろうか。

「じゃあ、消えた王女のフロアはどれなの？」ツナミがじょうだんを飛《と》ばす。

「パヴィリオンのてっぺんがいちばんいいだろうな」リップタイドが答えた。「新しい客人用なんだが、そんな客人なんてほとんど来たことがなくってね。たぶん最後《さいご》の客人は、ブリスター女王だったか……あ、いや、あのナイトウイングがいたっけな」パヴィリオンの最上階《さいじょうかい》に、リップタイドはゆうがに舞いおりた。足のかぎ爪《づめ》が、みがきぬかれた青白いゆか石のふちをしっかりとつかむ。

「あのナイトウイングって、どのナイトウイング？」ツナミは彼のとなりに舞いおりながらたずねた。このフロアは、彼女が思っていたよりも広かった。ゆかには水かきのついた足あとがうずまき状《じょう》にほられてきらめく水で満《み》たされており、底には小さな真珠《しんじゅ》がしきつめられている。ツナミはそのもようが自分の翼のもようとおそろいなのに気がついた。

「さあな」リップタイドが答えた。「女王陛下とブリスター女王としか話はしなかったんだ。聞いたのはそのナイトウイングがトンネルではなく、てっぺんの木々のいただきをぬけて帰りたがったという話だけさ……もちろん、そんなことはゆるされなかったけどね。やたらきげんの悪い、巨体《きょたい》のドラゴンだったそうだよ」

「モロウシーアのやつっぽいね」ツナミはつぶやいたが、彼とくらべられるようなナイトウイングをたくさん知っているわけではなかった。それでも、モロウシーアは他のナイトウイングよりもあれこれとうっとうしいように感じる。ほとんどのナイトウイングはひみつの場所にかくれて、なぞめいたまませっかくの能力《のうりょく》も役立ててくれないというのに、モロウシーアだけはたびたびすがたを見せる……〈運命のドラゴンの子〉の予言を伝えに来たり、グローリーを殺そうとしたり、〈空の翼《スカイウイング》〉からスターフライトをすくったり（ただしスターフライトだけだったが）、みんながにげだしたあとに彼を帰してきたりしてきたのだ。だから、モロウシーアがこんなところをうろついていてもツナミはまったく意外には思わなかったが、なぜそうしているのかがわからなかった。

リップタイドが下のドラゴンたちを見おろした。柱の上から動こうとしないシャークのすがたもあった。「しかし、シャークにあんな口のききかたをするなんて、びっくりしたぜ。女王陛下とブリスター女王のほかに、彼に言い返すやつなんて**見たこともない**」

「あんなやつ、言い返されて当然《とうぜん》よ」ツナミは翼をしずまらせながら言った。「あのえらそうなフグ頭。あたしが女王になったら、あんなやつサンゴ礁《しょう》に行かせて海草の世話でもさせてやる」

リップタイドは笑《わら》いをごまかすために大きなせきばらいをした。「そんな口をきくんじゃない！」と小さな声でするどく警告《けいこく》する。「勇《ゆう》かんなのと無謀《むぼう》なのはぜんぜんちがうんだからな。シャークは君を自分の脅威《きょうい》だと思ったら、君もお仲間もランチに食っちまうぞ」

「うーん、上等じゃない」ツナミは、シャークのまばたきひとつしない悪意に満ちたぶきみな目の記憶《きおく》を頭からふりはらった。

「やれやれ、君にはまったくハラハラさせられるよ」リップタイドがため息をついた。

最上階のはしの岩が高くもりあがっており、そこに、見事な玉座《ぎょくざ》がほられていた。エメラルドとサファイアをちりばめて金の波形があしらわれている。その横と下には小さな宝石《ほうせき》で飾《かざ》られた小さめの玉座がひとつずつほられている。

ふたつ目の玉座を見て、ツナミは首をかしげた。王様のにしては小さすぎる。だとしたら、もしかして自分のための玉座だろうか？　コーラル女王は消えた娘《むすめ》のためにこの玉座を用意し、何年も待ち続けてくれていたのだろうか？

興奮《こうふん》で胸を高鳴らせながら、ツナミは玉座に一歩近づいた。自分の玉座があったなんて！　それも、ずっと前から！

だがそのとき、四頭の仲間たちが大きな音をたててフロアにおりてきたので、ツナミは足を止めた。サニーは水路をよけてひらりと着地したが、クレイはかぎ爪を石にぶつけてつまずき、あやうくフロアから落ちかけていた。グローリーがあわてて飛びこんで彼をささえ、さっと旋回《せんかい》して玉座の近くにおりたつ。彼女の緑色の目が、まるで今にも自分のですわってやろうかというように玉座をじっと見つめていた。

最後にスターフライトがようやくフロアにたどりつくとふちを足でつかみ、もう自分の翼ではとても羽ばたけないというかのように前のめりにたおれてしまった。しばらくそのまま黒い水たまりみたいになって、ぜえぜえと大きく息をしていた。サニーは水の足あとをとびこえるとスターフライトの翼に手をかけ、そっと体を起こしてやった。

ツナミは、なんとかため息をつかないようにこらえた。みんなせめて、**もう少しかっこよくしよう**と思えないのだろうか？

「こんなに大きいなんて、すごいね！」クレイがツナミとリップタイドにさけんだ。うっかりしっぽでグローリーに水をはねてしまったが、彼女は玉座を見つめるのにすっかり夢中《むちゅう》になっており、彼のことなどおかまいなしだった。「ほら、今ぼくたちが立ってるこのことだよ。なんていう名前なの？〈空の王国《スカイキングダム》〉の牢獄《ろうごく》もすごく高かったけど、あれよりずっと高いと思うよ」リップタイドが向けるするどい視線《しせん》にも気づかず、ふちから顔をだして下を見おろす。ツナミは、彼がスカーレットとスカイウイングにとらえられていたことを、まだリップタイドに話していなかったことを思いだした。

「気に入っちゃったよ」クレイはまたグローリーに水を浴びせながら腰をおろした。「今は翼が自由に使えるんだから、なおさらさ。まあ、スカイウイングたちはたまにブタを持ってきてくれたけどね。ねえ、ブタはいる？　もしいないなら、タコでもいいんだけど。イカでもマナティでもいいんだ。ああ、今すぐマナティ食べたいよ。クジラでもいいな。ぼくは好物《こうぶつ》だらけのドラゴンだからね。ところで、どうやってこんなでかい建物を作ったんだい？　永遠《えいえん》に時間がかかりそうだよ」

リップタイドは一瞬《いっしゅん》だけきょとんとしたが、すぐにクレイの話に合わせてきた。「このパヴィリオンか？　アニムスのシーウイング……つまり〈命のドラゴン〉たちが何世代も前に設計《せっけい》して、こう育つよう石に魔法《まほう》をかけたのさ」リップタイドが説明《せつめい》した。「それでも、この形になるまで十年近くもかかったんだぜ？」

「すごい」クレイが息をのんだが、ツナミもすっかりおどろいてしまっていた。アニムスにそんなことができる力があるとは知らなかったのだ。ウェブスは授業《じゅぎょう》で、〈命のドラゴン〉はチェスのコマに魔法をかけて勝手に遊ばせることもできると話していた。ときには宝石に魔法をかけ、ぬすもうとする者に毒《どく》をしかけることもあるらしい。だが、石をこんな大きなパヴィリオンに成長《せいちょう》させるなど……ナイトウイングのどんな魔法もかなわない、強力な魔法であるように思えた。

スターフライトが鼻先に不満《ふまん》げなしわをよせているが、まちがいなく同じことを考えていたのだろう。ツナミは**授業**が始まってしまう前に、あわてて口を開いた。

「この最上階はコーラル女王が、わたしたちみたいな新しいお客さんと会うためのフロアなのよ」大事な話をするような声で、仲間たちに言う。「だから女王が来たら、みんなおぼれかけたカモメみたいじゃなくて、ちゃんと〈運命のドラゴンの子〉らしくしてよね」

サニーがきずついたような顔をし、スターフライトが大きな音で鼻をすすった。グローリーは、ツナミの命令《めいれい》は受けないとばかりにそっぽを向いている。クレイはフロアのふちから顔をだし、目をキラキラさせながらパヴィリオンの下層《かそう》をながめていた。

「ごちそうはどのフロアなの？」クレイは茶色の目を大きく見開いてリップタイドをふり向いた。「パーティーしたりするんだろう？　特《とく》に理由はないんだけど、ちょっと気になってさ」

「ああ、パーティーならときどきやるとも」リップタイドがうなずいた。「特にブリスター女王が――」

そのとき、下のほうのフロアでさわぎがおき、彼は言葉を止めた。ツナミがフロアのふちにかけつけ、湖を見おろす。

その瞬間《しゅんかん》、ツナミとまったく同じ青いうろこを持つ巨大なシーウイングが、トンネルからいきおいよく飛びだしてきた。角には真珠をつないだツタがまかれ、しっぽの先には凶暴《きょうぼう》そうにねじれた白い角がついている。そしてかぎ爪には奇妙《きみょう》な黒いしみがあったが、それでもツナミはこんなにも美しい光景《こうけい》を見たことがなかった。

宮殿《きゅうでん》じゅうのドラゴンたちが、低く頭をさげておじぎをしている。

ツナミの母親……シーウイングの女王にちがいない。ツナミはあまりのうれしさにクラクラしながら、リップタイドの腕《うで》をつかもうと手をのばした。

しかしコーラル女王が水から飛びだしたその瞬間、ツナミは女王がうすいあみでつくられた装具《ハーネス》を身につけ、そこに一本の長いひもがついているのに気がついた……もう一頭、すぐ後ろから飛んでくる別《べつ》のドラゴンが着ているハーネスにつながっている。

二頭目はずっと小さく、おそらくまだ一歳《さい》くらいの幼《おさな》いメスのドラゴンだった。なんとか女王についていこうと、必死に翼を羽ばたかせている。ツナミはその翼のうら側《がわ》に王家のあかしであるストライプもようがあるのに気づいて、かみなりに打たれたようなショックを受けた。

「あれはだれ？」声を殺し、リップタイドにたずねる。彼は玉座からいちばん遠い、フロアのはしまであとずさろうとしていた。

「アネモネ様さ。君の妹だよ」おどろいた顔で、彼が言った。

8 妹？ 姉？ アネモネ……？

ツナミにはリップタイドの言った言葉の意味がなかなか理解《りかい》できなかった。しばらくしてようやく、それが名前なのだと、彼女《かのじょ》にもわかってきた。

アネモネ。ツナミの妹。玉座《ぎょくざ》をつぐ、もうひとりのドラゴン。

自分は特別《とくべつ》ではないのだ。この国は自分のものになどならないかもしれないのだ。

「おっと、あなたにライバル出現《しゅつげん》とはね」グローリーが、まるでツナミの心を読んだかのように言った。「もしかしたら、女王様になる運命《さだめ》なんかじゃないのかもよ？」

ツナミはエラをふくらませ、さっとスターフライトのほうを見た。「あたしだけだって言ったじゃないの！　生《い》き残《のこ》ったのはあたしだけだって！」

「だって、そう書いてあったから……」スターフライトが黒いかぎ爪《づめ》を広げて弁解《べんかい》した。

「もんくならおいらじゃなくってタロンに言ってくれよ。おいらたちが読んでたまき物の中にはよく、古くて時代おくれのやつがまざってたんだよ。『シーウイング王家の血すじ——焦土時代《スコーチング》から現代《げんだい》まで』は、きっとあの子が生まれる前に書かれたにちがいないよ」

そう言って、女王の後ろで必死《ひっし》に羽ばたいている小さなドラゴンのほうをあごでしゃくってみせた。

アネモネはまるで〈氷の翼《アイスウイング》〉のような、ほとんど白と見まちがうようなブルーで、翼《つばさ》と耳と角辺《あた》りにうっすらとピンクがまざっていた。少しだけ、さっき見かけたイルカに似《に》ている。ツナミはどんよりといやな気持ちになった。コーラル女王がシーウイングたちにイルカを食べるなと禁《きん》じたのは、だれかがうっかりアネモネを食べてしまわないようにそうしたのではないだろうか？　アネモネの目は大きく、そして青く、首としっぽには母親とおそろいのように、小さな真珠《しんじゅ》のひもかざりがあみこんであった。

あたしがあそこにいたかもしれないんだ。ツナミは心の中で言った。**タロンにさらわれたりしなければ、おそろいの真珠と玉座と愛《あい》してくれる母さんを手に入れてたのは、このあたしだったはずなんだ。**

他のことは、なにも気づくひまもなかった。とつぜんコーラル女王が着地して、かけよってきたからだ。

「わたしの赤ちゃん！」コーラルがさけぶ。巨大《きょだい》な青い翼がツナミを取《と》り囲《かこ》み、潮《しお》のかおりとヒトデのにおいでつつみこみながらツナミをだきしめる。女王がきつくだきよせると、真珠かざりがツナミの顔に食いこんできた。コーラルのぬれたうろこは温かく、爪《つめ》はやさしくツナミの背中《せなか》と翼をなでた。

「きっと帰ってきてくれると信《しん》じていたのよ」女王が言った。「どこかで生きていて、帰る方法《ほうほう》をさがしてくれてるんだってわかってたの。あなたをさがすのだって、一度たりともやめたりしなかったわ」

ずっとツナミが聞きたかった言葉だった。

実を言うと『消えた王女』で女王様が口にするセリフとまったく同じだったのだが、今のツナミにはどうでもいいことだった。

ツナミは母親に体をあずけ、角からつま先までよろこびがあふれ返るのを感じていた。**あたしを必要《ひつよう》としてくれる相手がいるんだ。世界にあたしの居場所《いばしょ》があるんだ。**

「母様」ふたりの後ろからしょんぼりとした声が聞こえた。「もう、速く飛《と》びすぎだよ。おかげで爪をいためちゃったじゃない」

コーラル女王はツナミからはなれると後ろをふり向き、ひもを引っぱってアネモネを引きよせた。小さなドラゴンが女王の翼の下によたよたとやってきて、いかにもあわれな顔

をして前足を差《さ》しだした。

「ごめんなさいね、かわいこちゃん」コーラルはアネモネの爪をじっくり調べてから、ふたつにわかれた舌《した》でさっとなめてやった。「さあ、これでよくなった？」

「たぶん」アネモネは、悲しげな顔で手のひらを広げた。

「ごらんなさい、かわいこちゃん。この子はあなたのお姉さんよ。ほら、お話ししたことがあったでしょう？　六年前にぬすまれてしまった子のことを」コーラルはそう言うと、水かきのついた手でツナミの鼻すじをなでた。「きれいな子だと思わない？」

アネモネは、目をぱちくりさせながらツナミを見つめた。本当に小さくて、ゴミあさり《スカベンジャー》くらいしか背《せ》たけもなく、たいして強そうにも見えない。**この子は心配しなくてもよさそうだね。**ツナミは思った。**かんたんにたおせちゃいそうだし、あたしのほうがいい女王様になれるのなんて、考えなくたってわかるもの。**

けれどふと、本当の家族と初《はじ》めて会ったばかりだというのにそんなことを考えてしまった自分に、ツナミは罪悪感《ざいあくかん》をいだいた。アネモネに向けて両手を差しだす。アネモネは少し考えてから、自分の両手をそれにくっつけた。

「こんにちは。あたしはツナミだよ」ツナミがあいさつした。

「ああ、いい名前だわ。ウェブスもたったひとつ、いいことをしてくれたわけね」コーラル女王は目を細めた。「ところでウェブスはどこにいるの？　もう何年も、どんなばつをあたえてやろうか考えているのよ」そう言ってツナミの後ろをにらみつけたが、ツナミがふり向いても、そこにはリップタイドしかいなかった。頭をさげ、翼をできるだけ低《ひく》くたたんでいる。

「ウェブスがおくびょう者の脱走者《だっそうしゃ》だとは知っていたけれど、卵《たまご》をぬすみに舞《ま》いもどってきたのだから……まあ、苦しませずに殺《ころ》すなんてことはできやしないわね」

「やだ、やめて」サニーがおどろいて声をあげた。「ウェブスにひどいことしないであげてください。わたしたちに本当にやさしくしてくれたの、ウェブスだけだったんです」

「今どこにいるか、あたしたちも知らないの」ツナミは、サニーに視線《しせん》を向けた女王に言った。「どこかにすがたをくらませて――」

「**おまえ**は何者？」コーラルがサニーにたずねた。そして、他のドラゴンの子たちに目を向けると、今にも攻撃《こうげき》しそうないきおいでぶんぶんとしっぽをふった。

「**わたしの〈サマーパレス〉に、どうして〈泥の翼《マドウイング》〉がいるの？**」エラをふくらませ、クレイに向けて足をふみだす。

「あたしの友達《ともだち》なの！」ツナミはそうさけび、クレイの前に飛びだした。「信用《しんよう》できる仲《なか》間《ま》だよ、あたしが保証《ほしょう》する。みんな卵だったころにふるさとからぬすまれたんだ。あたしたち、予言にでてくる〈運命のドラゴンの子〉なんだよ」

「ほほう」と小さな声が聞こえた。ツナミは、フロアのふちにいるシャークの横に、いつのまにかとても大きなドラゴンが九頭くわわっているのに気がついた。

「あら、まあそうだったの」コーラル女王がゆっくりと口を開く。そしてうたぐるようにクレイをじろじろながめまわすと、今度はスターフライト、サニー、グローリーのほうに顔を向けた。「ええ、うわさではそのようね。もっとも、予言のようなものを信じるものにとっては、だけれど。〈運命のドラゴンの子〉、なるほど。ブリスター女王なら、さぞかし会いたがるでしょうね。あなたたちを、どこにも行かせないようにしないとね」女王は翼の王家のもようを光らせながら、手をたたいた。がっしりとした七頭のシーウイングたちが、ぶきみにかぎ爪をゆらしながら、みんなの背後《はいご》にあらわれた。

「この四頭をブリスターのどうくつに入れ、見はりをつけて閉《と》じこめておきなさい」コーラル女王が命令《めいれい》する。

「えっ？」サニーがさけんだ。「安全を求《もと》めてここにきたのに！　また牢屋《ろうや》に入れられるなんていやだ！」一頭の衛兵《えいへい》につかまり空に舞いあがりながら、悲鳴をあげる。スターフライトは爪をむきだしかけたままその場に固《かた》まり、サニーを見あげていた。

「わたしにさわるな！」グローリーは、自分に手をのばしてきたシーウイングにほえた。全身のうろこにもくもくと黒雲がわきだす。

「サニーに手をだす……うわ！」クレイは三頭のシーウイングに飛びかかられ、地面におさえつけられてしまった。「痛《いた》い！　やめてよ！」一頭の兵士《へいし》が海草で作ったロープでクレイの翼を、手を、そして鼻をぐるぐるまきにする。

「待って！」ツナミは両手を組んで必死に頼《たの》んだ。「陛下《へいか》……母さん」

今まで数えきれないほど心の中でくり返してきたはずの言葉。なのにいざ口にだしてみると、なんだかとても奇妙《きみよう》な気持ちになった。「こんなことしないで。あたしの仲間なの。守ってもらいたくてここに連《つ》れてきたんだよ。信用できる仲間なんだってば」

「この子たちの安全のためにこうするのよ」コーラルはそう言って、またツナミの頭をなでた。「ひどいことなんてしやしないわ。あなたたちはちゃんと、安全な場所に来たのよ。けれど、あの子たちが監視《かんし》もつけずに宮殿《きゅうでん》を歩き回るのはだめ——ここのドラゴンたちのほとんどは、マドウイングや見知らぬ〈砂の翼《サンドウイング》〉を見たら、すぐに攻撃してしまうでしょうからね」

「たとえ他のなにかだとしてもな……」シャークがつぶやき、くんくんとサニーのにおいをかいだ。スターフライトはぎろりとにらみつけたが、シャークが自分のほうをふり向くのを見てさっと目をそらした。

「つまり、ごちそうはぬきっていうこと？」クレイが悲しげな顔をした。ため息をつき、石のゆかにぐったりと首を横たえる。

「お食事はもちろん用意するわ」女王が言った。「ラグーン、お客様たちにちゃんとおなかいっぱい食べさせてあげるのよ」ターコイズ色の太ったドラゴンがおじぎをし、フロアから飛びおりていった。「ほらね。あなたもお友達も、ちゃんとお世話してあげるわ。だからあの子に、あんなこわい顔しないように言ってちょうだい」コーラルがグローリーのほうを小さく指さした。グローリーはまだ、おじけづいたようなシーウイングの衛兵とにらみ合いを続《つづ》けていた。

ツナミは不安《ふあん》な気持ちで、グローリーのひみつの武器《ぶき》のことを考えた。スカイウイングの宮殿で彼女が見せたあの命取りの毒液《どくえき》。〈雨の翼《レインウイング》〉があんなものを持っているなど、ほとんどのドラゴンは知らないにちがいない。どのまき物にだってのっているはずがない。なにせレインウイングのことさえほとんど書かれていないのだから。

ツナミは、まだグローリーがあの毒液をひみつにしておいてくれるよう祈《いの》った。これからシーウイングたちに〈運命のドラゴンの子〉を紹介《しょうかい》しようというのに、女王の兵隊《へいたい》をとかしてしまったのでは先が思いやられる。

「わざわざみんなをしばったりする必要ないよ。みんな大人しくついていくから」ツナミが言った。

「勝手に決めないで」グローリーがうなった。

「グローリー、落ちついて」ツナミが声をかける。母親にもほかのドラゴンたちにも、自分をドラゴンの子のリーダーだと思ってもらいたい。「女王様の言葉が聞こえたでしょう？　これはあなたの安全のためなの。だいじょうぶよ」

母さんの前であたしと言い争《あらそ》いはやめて！　ツナミは祈った。

グローリーはもう少しだけシーウイングの衛兵をにらみつけてから「わかった」といいましげに答えた。「いっしょに行くわ。でもだれにもわたしにはさわらせないから」

「ありがとう」コーラル女王は満足《まんぞく》そうにうなずくと、またストライプを光らせて合図した。「それじゃあみなさん、ごゆっくり。ツナミ、いらっしゃい。こっちにすわってお話ししましょう」そう言って、アネモネを連れて玉座に進んでいく。小さなアネモネは小さな玉座にすわり、真珠のような翼をひらめかせながら大きな目でツナミの仲間たちを見つめていた。

「だいじょうぶ、すぐにもどってくるから」ツナミは、衛兵たちに連《つ》れ去《さ》られて飛んでいくクレイに声をかけた。クレイは、まだ心配そうな顔のままうなずいた。別《べつ》の衛兵がおずおずと、フロアのふちにいるスターフライトを追いはらおうとしている。スターフライトは不満《ふまん》げな顔でその衛兵からあとずさり、サニーを連れ去った衛兵のあとを追って飛《と》び立《た》った。

ぐるぐるとらせんをえがきながらどうくつへとおりていく仲間たちを、ツナミは見送った――茶色、金色、黒、銀色。みんなひどく場ちがいに見える。やがてみんなが暗いどうくつの中にすがたを消してしまうと、中から衛兵たちがでてきて外に立った。お客のようなあつかいには、とても見えない。

それでもスカイウイングの宮殿よりはましね。とツナミは心の中で言った。だって、命がけの戦《たたか》いをしなくてもいいんだもの。母さんがあたしたちを、安全に守ってくれる。母さんなりに、ちゃんと歓迎《かんげい》してくれているんだ。彼女は、母親の温かなまなざしを見あげた。特《とく》にあたしをね。

仲間たちはだいじょうぶだと、ツナミは確信《かくしん》していた。なにせここは、シーウイングの宮殿だ。自分は家族たちとともにふるさとにいるのだ。生まれてからずっと、このときを夢見《ゆめみ》ていた。

なにも心配ない。なんにもね。彼女はそう自分に言い聞かせた。

9

「これを」コーラル女王はそう言うと、ひもでつながれた真珠《しんじゅ》を自分の角からはずした。「あなた、本当にかざり気がないのね。今までプレゼントをあげられなかったぶん、これからうめ合わせをしなくちゃね」身を乗りだし、ツナミの首に真珠をかけてやる。真珠は重くすべすべで、ツナミのうろこの上を音もなくすべった。

初《はじ》めてのあたしの宝《たから》もの。

自分だけのものを手に入れたことに、ツナミはふしぎな興奮《こうふん》を感じた。ドラゴンならばだれでも財宝《ざいほう》が大好《だいす》きだ――それが、ドラゴンとゴミあさり《スカベンジャー》のたったひとつの共通点《きょうつうてん》だった。けれどこの真珠は、ただキラキラしたきれいなもの以上《いじょう》の意味を持っていた。これはツナミのもので、他のだれのものでもない。それにこれをかけたツナミはさらに母親によく似《に》ているのだ。

ツナミは爪《つめ》で真珠をなでながら、地面にたらしたしっぽを後ろ足の周《まわ》りにぐるりとまきつけた。アネモネにじろじろ見られているのがいやでたまらない。**きっとあたしがきらいなんだ。逆《ぎゃく》の立場だったらあたしだってきらいだもの。自分のものになるはずだった玉座《ぎょくざ》をあたしが手に入れたがってるのを、あの子は知ってるんだわ。**ツナミは思った。

だが、まだそのときではない。今は、母親のことをもっとよく知るときなのだ。

「ふたりだけで話ができる？」ツナミはたずねた。十頭のドラゴンたちはまるでぶきみな番人のようにとどまっていた。いちばんぶきみなのはシャークだ。

「もちろんよ」女王が答えた。「評議会《ひょうぎかい》は解散《かいさん》。モーレイ、ブリスター女王に伝令《でんれい》をだしなさい。どれだけ早くここまで来られるか、ひとつ見てやるとしましょう。それからそこのばけもの、あなたは持ち場にもどり、だれか緊急《きんきゅう》の用件《ようけん》がある者があらわれるまで見はりをしていなさい」

リップタイドはひざをついてうなずき、水に飛《と》びこんでいった。泳いでトンネルに入っていくそのすがたを、ツナミは身を乗りだして見つめた。

「リップタイド、どうかしたの？」彼女《かのじょ》が質問《しつもん》すると、十頭のドラゴンたちはかみなりのような音をたてて羽ばたき、いっせいに飛び去ってしまった。「いいドラゴンだと思ったんだけどな……」

「まあ、**とんでもない！**」コーラル女王はガタガタとふるえてみせた。「信頼《しんらい》できるものですか。あれの父親はウェブスなのよ。あの血すじにはうらぎりがしみついているわ」

ツナミは、まるで巨大《きょだい》な波にたたきのめされたような気分になった。「ウェブスが**父親？**」しかし、彼女はリップタイドが好《す》きだった。友達《ともだち》になりたかったし、自分の過去《かこ》だって話して聞かせた。なのに彼《かれ》は、自分をさらった犯人《はんにん》の息子《むすこ》だったのだ。リップタイドは慎重《しんちょう》にそれをかくしていた。他にいったい、どんなことをかくしているのだろう？

「いやしい一族よ」コーラルが続《つづ》けた。ふり回したしっぽが、あぶなくアネモネの頭に当たりそうになる。「あらゆる意味で、王族のそばに置《お》くのにふさわしくないわ。だから、できるだけ遠ざけているのよ」

かわいそうなリップタイド。ツナミは心の中で言った。父親がうらぎり者になったのは彼のせいではないのに、そのせいで苦しんでいるだなんて。

だけど、彼は真実をかくしていたのだ。ツナミは気に入らなかった。

コーラル女王が言ったリップタイドの話は、本当のことなのだろうか？　自分の家来のことなのだから、ツナミよりくわしく知っているのはたしかだ。

しかし、ツナミはまだ心のどこかでまた彼に会いたいと思っていた。

ちらりとアネモネのほうを見る。「たしか、ふたりだけで話を……ということだった……はずでは？」

「ああ、それがアネモネったら、わたしのそばからぜったいにはなれないのよ」コーラル女王が言った。手をのばし、小さなアネモネの頭を愛《いと》おしそうになでてやる。「やっと手に入れた生きた娘《むすめ》だもの、ずっとそのままでいてほしいのよ」

「わたしを**ずっと**見はりながらね」アネモネはそう言うと、目を大きく見開いてツナミを見つめた。ツナミは妹の言葉に、自分への当てこすりを感じたような気がした。

「それが今、娘がふたりになったなんて！」コーラル女王がほこらしげに言った。「トータスがうまくやってくれたなら、来週の終わりには四人になるかもしれないわ」そして、心配そうな目をしてツナミのほうを見た。「あなたの分のハーネスも作ってあげたほうがいいかしら」

「あ、いや、あたしはいいよ」ツナミはコーラルとアネモネをつなぐひもを見ながら答えた。「これまでは自分の力でやってくることができたもの。ちゃんと生きてくって約束《やくそく》するわ」母親のことがもうすっかり大好きになっていたが、毎日毎日、ずっとだれかにつながれているだなんて、そんなのは想像《そうぞう》もできなかった。

「うーん……」女王がうなった。「まあ、そのことは考えておくとしましょう」そう言って、まるで心の中でハーネスのサイズでも計るかのように、ツナミの両肩《りょうかた》をじっくりと見つめた。

「言わなきゃいけないことがあるの」ツナミはなんとか話題を変《か》えようとして言った。「あの……あたし水中語《アクアティック》がわからないの。ウェブスが教えてくれなくて」

コーラル女王が彼女を見つめ、ふきげんそうに言った。「あのドラゴン、なにしてたのかしら。だいじょうぶよ、ワールプールに教えさせましょう。すばらしい先生なの。そうよね、アネモネ？」

アネモネも、そうだとばかりにうなずいた。

「じゃあ、**なに**を知ってるのか教えてちょうだい」コーラル女王が言った。「なにか教わったりしたの？」

「もちろん！」ツナミは答えた。女王には向いていないと母親に思われるのはいやだった。「戦闘訓練《せんとうくんれん》をたくさん受けたわ。ウェブスには、ピリアの歴史《れきし》も教わった。焦土時代《スコーチング》のことも、ドラゴンの種族《しゅぞく》たちがどうやって生まれたのかも、それからドラゴンがほとんどゴミあさりを絶滅《ぜつめつ》させかけたことなんかもね。あと地理も教わったわ。デューンからは狩《か》りもしこまれたのよ。ケストレルは他の種族が持つ力や弱点を教えてくれるはずだったんだけど、ほとんどずっとどなりちらしたり、あたしたちを燃《も》やそうとしたりしてばかりだったな」

アネモネは好奇心《こうきしん》に目をキラキラさせていた。「母様、わたしもそういうの教わりたい」とコーラルにおねだりする。

「もちろんよ、かわいこちゃん」コーラル女王がほほえんだ。「あなたがその歳《とし》になったらそのときね」

「あなたはなにをお勉強してるの？」ツナミがたずねた。

アネモネが母親の顔を見あげた。「評議会の働《はたら》きとか、もちろん水中語も。戦闘の報告《ほうこく》を解析《かいせき》して防衛命令《ぼうえいめいれい》をだす方法《ほうほう》とか。食料《しょくりょう》の供給《きょうきゅう》や財務管理《ざいむかんり》とかも。まあ、ほんとは全部評議会の司令官《しれいかん》たちがやってるんだけどさ」

「それでも評議会をしっかり使いこなすのが大事なのよ」女王がねこなで声で言った。「あなたがじっと監視《かんし》していれば、ドラゴンたちは最高《さいこう》の働きをしてくれるんですから」

「でもほとんどずっと、ワールプールの訓練を受けっぱなしなんだよ」アネモネが、しゅんと翼《つばさ》をたれた。

「訓練て？　水中語の？」ツナミが首をかしげた。

「気にしなくていいのよ、ツナミ」コーラル女王が口をはさんだ。「そのうちわかるのだから。それより〈平和のタロン〉には、とてもひどい目にあわされたの？」

「ええ、ほんとにね！」ツナミが言った。この話題なら大好きだ。「あのどうくつから一歩も外にだしてくれなかったんだから！　あたしたちのことを、まるで脳《のう》みそがないカタツムリみたいに扱《あつか》ってさ！　あたしの話なんて、だれも聞いてなんてくれなかった。家族のことも、あたしがどこから来たのかも、なんにも教えちゃくれなかった。母さんのことを知ったのだって、つい何日か前なのよ」

「ああ、なんてかわいそうなわたしの赤ちゃん」コーラル女王はそう言って、またツナミの頭をなでた。

これがほしかったんだ……。ツナミは思った。いつも、こんなふうに同情《どうじょう》してほしかったのだ。だが、アネモネの顔にうかんだうたがいの表情《ひょうじょう》を見るとうれしくなかった。

「これはなに？」ツナミは身を乗りだして爪を一本立てると、女王の爪についた黒いしみにふれた。血のしみというには黒すぎるが、ツナミには他にはなにもその正体が思いつかなかった。

「仕事の代償《だいしょう》っていうところね！」コーラル女王が大声で笑《わら》った。「まあ、わたしの趣味《しゅみ》よ。芸術《げいじゅつ》作品ってよんでくれてもいいわ。あなたにも見せてあげなきゃね」女王はアネモネを引っぱりながら、さっと立ちあがった。「それからワールプールに会いに行くとしましょう。きっと気に入るわよ。あんなにすばらしくて知的《ちてき》な若《わか》きドラゴン、他にいやしないんだから」

ツナミは、アネモネがあきれ顔するのをたしかに見た気がした。女王とアネモネのあとについて四つ下の階までおりていく。そこは低《ひく》い壁《かべ》にぐるりと囲《かこ》まれた、大釜《おおがま》のようなものがいくつか石にほりこまれたフロアだった。ゆかじゅうに水かきのついた黒や青の足あとがついており、片《かた》はしにはドラゴン三十頭がすわれるほどの広さと小さな壇《だん》があった。

もう片方《かたほう》のはしには灰色《はいいろ》の石でできた長いテーブルが置かれていた。上にはまき物が一本広げられており、その両側《りょうがわ》を深い茶色の木でほって作られた小さなタツノオトシゴがおさえていた。ツナミはちらりとそのまき物をのぞきこんでみたが、まだ書いている途中《とちゅう》のようだった。

「わたしがいま取り組んでいる作品よ」コーラル女王はじまんげに言った。「ワールプール、こちらにいらっしゃい！」彼女が大釜のならんでいるほうにどしどしと歩いていった。ツナミは、どの大釜にもきちんとまかれたまき物がいっぱいにしまわれているのに気がついた。

木ぼりのタツノオトシゴを手に取り、思わず「きれい！」と声をあげる。ずっしりと重く、繊細《せんさい》にほられていて、小さな顔はどこかドラゴンのような表情に感じられた。

「オルカの作品よ」コーラル女王が悲しげに言った。「わたしの最初《さいしょ》の娘でね。才能《さいのう》にめぐまれた彫刻家《ちょうこくか》だったわ」

最初の娘？　その子はどうしちゃったの？　ツナミには、本物の芸術家《げいじゅつか》になるまで長生きできた娘がいたとは思えなかった。ツナミは、答えを求《もと》めるようにアネモネの顔を見たが、妹は女王を見たまま目をはなそうとしなかった。**あとでスターフライトに聞いてみよう。あのシーウイングの血すじのまき物に、きっとオルカの名前もあるはずだわ。**

評議会用の下のフロアから、深緑色のうろこにおおわれたあわい緑色の目のドラゴンがのぼってきた。片耳《かたみみ》に金の輪《わ》っかのピアスをして、背中《せなか》にはまだらもようの入ったうすい緑色のうろこが波形に走っている。彼の爪にも、女王と同じ黒ずみがあった。

「陛下《へいか》、それに小さな殿下《でんか》たち」ドラゴンがていねいにおじぎをした。ゆっくりとまとわりついてくるようなその声を聞くと、ツナミはイカが耳から入りこんでくるような気持ちになった。きっとこのドラゴンがワールプールにちがいないと思ったが、これといってすばらしいようにも知的にも見えなかった。

アネモネとツナミにもおじぎをしてから、ワールプールが石のテーブルの向こうにかける。そしてすぐに目の前のまき物に視線《しせん》をうつし、考えこむように首をかたむけた。少し間を置いてから彼が手をのばし、テーブルのすみにある黒いインクの小さな水たまりに爪をつけた。そしてそのインクを使い、まき物の書きかけになっている部分に言葉をいくつか書きくわえたのだった。

「ああ！　なるほど、インクだったのね」ツナミは、彼の爪から母親の爪に目をうつしながら言った。

「ええ、そのとおりよ」コーラル女王がうなずき、大釜のひとつから両腕《りょううで》いっぱいにまき物をかかえて引っぱりだした。「イカスミにほんの少しクジラの血をまぜた特別《とくべつ》なインクでね、けっして色あせることがないの。永遠《えいえん》にあせることがないのなら、爪に多少しみがついたってかまわないでしょう？　ワールプールの発明品。本当に才能ゆたかなドラゴンだわ」そう言って、彼が書いている言葉を見つめる。「わたしが考えていたこと、そのものだわ！　どう？　すばらしい文だと思わなくて？」

「王国じゅうのありとあらゆる賞《しょう》を総《そう》なめにすることまちがいなしです、陛下」ワールプールがねっとりとした声で答えた。

コーラル女王がツナミの手に、四本のまき物をつみあげた。「さあ、わたしのお気に入りの作品たちよ。今夜と明日はそれを読んでおすごしなさい。また明日、別《べつ》のお気に入りを四本あげるから」

「今夜これを全部？」ツナミはうんざりしたように言った。読書はスターフライトの得《とく》意技《いわざ》だ。ツナミもまったくきらいではないが、胸《むね》がおどるような物語やドラゴンの女戦士《せんし》の物語しか読まない。読むのも速くはないし、本当は戦《たたか》いなどのほうが好きなのだ。

「これから始めなさい」コーラル女王が、一本のまき物を引きぬいた。

『消えた王女』だ！　ツナミはほっとした。「これ、読んだことある！　あたしの最高のお気に入り！」

「本当に？　あなたを思って、このわたしが書いたのよ！」コーラル女王がぱっと顔をかがやかせた。ツナミは、またしてもアネモネがあきれ顔をしたのを見のがさなかった。

「母さんが――」ツナミはコーラル女王を見て、それからワールプールとテーブルの上のまき物のほうを見た。「母さんが『消えた王女』を書いたの？」

「これを全部わたしが書いたのよ」コーラル女王はさっと手をふって、大釜にしまわれたすべてのまき物をしめした。「わたしは本当にたくさん書くからね。するとワールプールが何百部も同じものを作って、シーウイングの領地《りょうち》にとどけるの……それと、このピリアでわたしたちが送れる場所すべてにもね。モーレイ通信伝令官《つうしんでんれいかん》が、水中用のまき物を作る印刷《いんさつ》ドラゴンたちを監督《かんとく》しているわ。あらゆる学校にちゃんととどくよう、彼女が手配をしてくれるの。そしてワールプールがここでわたしの朗読会《ろうどくかい》を開いてくれるのよ。すばらしいドラゴンでしょう?」女王は声を落とし、ツナミにウインクしてみせた。「それに、すごくかっこいいと思わない?」

ワールプールはツナミに向けて顔をあげると、無表情《むひょうじょう》な目のまま歯だけをむきだして笑ってみせた。歯は異様《いよう》に小さく、両目は色がうすくてまるまるとふくれ、まるでカエルの目のようだった。ツナミは、リップタイドを思いださずにはいられなかった。**彼のほうがずっとかっこいい**——もっとも、コーラルに言わずにおいたほうがいいのは彼女にもわかっていたが。

「きっといつか、すばらしい国王になるでしょうね」コーラル女王はささやき声を大きくした。

なんてこと! コーラル女王、あたしにおしつけようっていうの? ツナミは身ぶるいをこらえた。ちらりとアネモネのほうを見ると、彼女があわててうっとりとした表情を消したのがわかった。**どういうことなの……?** もしアネモネとふたりきりになることができれば、きっとたくさんのなぞがとけるだろう。だがあいにく、そんなことは不可能《ふかのう》に思えた。

「陛下」いきなり声がひびき、全員がふり返る。すると評議会のメスのドラゴンが一頭、小さなドラゴンを連れて、女王の背後《はいご》で宙《ちゅう》で羽ばたいているのが見えた。「お話のじゃまをして申しわけありませんが、アーチンが妙《みょう》なしらせを持ってきたのです。すぐお耳に入れなくてはと思い、参上《さんじょう》いたしました」

「問題ないわ、モーレイ」コーラル女王が言った。「いつだってあなたの意見は正しいのだもの」

モーレイの体はシャークと同じく灰色をおびたくすんだ緑で、目も小さくて色がなかった。もしかしたら親戚同士《しんせきどうし》だろうか、とツナミは思った。評議会のドラゴンが一瞬《いっしゅん》、うぬぼれたような表情を鼻先にうかべた。「それは、ピリア史上最《しじょうもっと》もすばらしい女王様のそばで最高の教育を受けられたからですわ」彼女が言った。

なんてしらじらしい！　ツナミはうんざりした。アネモネのほうをちらりと見ると、今度ははっきり「心にもないことを」という顔をしているのが見えた。気づいた彼女が、「見てて、これからもっとひどくなるから」というような表情をツナミに返す。

モーレイが言葉を続けた。「なんでも〈サマーパレス〉からほんのいくつか先の島で、ドラゴンの死体が見つかったのだとか」

「あらまあ、悲しいお話ね」コーラル女王は小さなあくびをした。早く話をもどしたいといわんばかりに、ちらりとまき物に目をやる。「オスのドラゴン？　それともメス？」

「メスです」モーレイが答えた。「まだくわしいことはわかりませんが、奇妙《きみょう》なのは、シーウイングの死体ではないというところです。スカイウイングなのです」

「**なんですって?**」コーラル女王がぱっと立ちあがり、翼を広げて宙にほえた。「宮殿《きゅうでん》のそんな近くで? シャークとピラニアをここに。今すぐわたしを死体のところに案内《あんない》しなさい。今すぐによ」

女王が飛《と》び立《た》ち、アネモネが必死《ひっし》に羽ばたきながらそれを追いかけた。ツナミはまき物を放りだしてすぐに自分も舞《ま》いあがり、急ならせんをえがきながら水面めがけておりていった。ついに、活動する女王を目の当《ま》たり《あ》にするチャンスがおとずれたのだ!

水しぶきをあげながら水中に飛びこむその瞬間《しゅんかん》、ツナミはだれかが自分の名前をよぶ声が聞こえた気がした。サニーかクレイだろうか? 耳に水が入りこんできて、その声をかき消す。心配ない。すぐに帰ってくるのだから。みんなここにいれば安全だ。

シャークがひと息に彼女を追いこし、はげしく水をかきながらトンネルに突進《とっしん》していく。あっというまにコーラルとの間に入られてしまったが、それでもツナミは止まる気はなかった。全速力で二頭を追いかけていく。すぐ後ろに別のドラゴンがせまっているのを感じたが、ふり向こうともスピードを落とそうともしなかった。

あっというまに、ツナミの鼻先が金色をした海草のカーテンをつきぬけた。前を行くドラゴンのしっぽがたてたうずを追いかけていくうちに、ツナミは前の二頭が海面を目指して泳いでいるのではないことに気がついた。死体のところまで飛んでいくのではなく、泳いでいく気らしい。当然《とうぜん》だ。みんなシーウイングなのだから。

上等じゃない。あたしだってそのくらいできる。ツナミはクタクタの翼を無視《むし》し、二頭に追いつこうとさらに力強く羽ばたいた。だというのに、背後にいた二頭のドラゴンたち――モーレイと、評議会のドラゴンがあと一頭。おそらくピラニアだろうか――は、みるみる彼女を追いこしていってしまった。

ツナミの目の前でその二頭がさらに深みを目指し、いきなりスピードをあげた。ツナミは絶望的《ぜつぼうてき》な気持ちになりながらも自分もついていこうと思い、同じ深さまでもぐるため翼に角度をつけた。その瞬間、強烈《きょうれつ》な潮《しお》の流れがおしよせてきて、先を行く二頭のあとを追わせるように彼女をぐいぐいとおし始めた。

ツナミは一瞬、その流れに逆《さか》らおうともがいた。自分よりも強く、そして速いものにとらえられるなどごめんだ。だが、他のドラゴンたちが同じ流れを利用《りよう》してスピードをあげているのに気づくと、ついていくのなら同じことをしなくてはだめだと思い直した。

ゆっくりと体の力みをぬき、流れに身をまかせていく。すると、周りを見回すよゆうが生まれた。銀色のまだらもようがついた黒い魚の群《む》れが頭の上を飛ぶように泳いでいく。まるでカラスかナイトウイングのように、回転したりぐるぐる泳ぎ回ったりしながらどんどん群れの形を変えていく。海底《かいてい》にはすきとおった大きなキノコが生えていて、その周りにはオレンジ色の小魚たちが群《むら》がっていた。

赤みをおびたピンクのタコがゆらりゆらりと通っていくのを見て、ツナミは食べたらおいしいのだろうかと考えてみた。あれだけ動きがおそいなら、かんたんにつかまえられそうだ。

視界《しかい》のはし、にじ色をしたクラゲの群れの向こうでなにかが動くのが見えた。目を細めてよく見てみると、その正体は遠くから彼女を追ってくるリップタイドだった。彼女が片方の翼をあげて彼に手をふると、向こうもおずおずと手をふり返してきた。

彼がなにをする**つもり**なのかは知らないが、おそらく手をふってあいさつしたかったわけではないだろう。

理由はともあれ彼がそばにいても悪い気はしなかったので、ツナミはコーラルには言わないでおくことにした。とりあえず、「ウェブスが父親だ」という事実に自分がどのくらい腹《はら》を立てているのかが、はっきりとわかるときまでは。

もう何マイルも泳ぎ続けているような気がした。海草におおわれた広いサンゴ礁《しょう》をこえる。サンゴ礁はまるで石づくりの宮殿か寺院がくずれ落ちた古代の廃墟《はいきょ》のようだった。ときどき、緑がかった銀色の大きな魚がぱっとあらわれては、一瞬だけツナミのそばを泳ぎ、すぐ彼女に気づいておどろくとあっというまににげ去っていった。ツナミはおなかがぺこぺこだったが、魚たちをつかまえて食べるような気力はなかった。

海流の助けをかりているというのに、もうたおれてしまいそうなほどクタクタだ。だが、やがて前を泳いでいるモーレイとピラニアが海面に向かってあがっていくのが見えた。ツナミはほっとすると海流からぬけだし、そのあとを追って海面を目指していった。

コーラル女王はすでに巨大ながけの下、海につきでたごつごつとした岩の上に立っていた。そのとなりではアネモネが、海面から顔をだした小さな岩にしがみついていた。少しはなれたところにいるアザラシが、女王たちに気づかれないよう音もなく海の中に消えていった。

打ちよせる波は怒《いか》りくるったドラゴンのようにごう音をたてながら、女王の周りに集まるドラゴンたちに海水を浴《あ》びせかけていた。

ツナミはほどよい大きさの黒い岩を見つけ、それによじのぼった。そしてしばらく、体を動かさずにすむのがうれしくて、ただ呼吸《こきゅう》をし続けた。もう、どうやって〈サマーパレス〉まで帰ればいいのかもわからなかった。**まあ、あとで考えよう。**はるか北、水平線の上に黒雲が集まり、稲光《いなびかり》を光らせながらざわめいていた。

「死んでから一日二日といったところか」シャークがけわしい顔で言った。「見たところ、ひどい殺《ころ》されかたをしたようだな」

岩に引っかかっているぼろぼろの赤い死体をツナミは見おろした。シャークが死体の上にかがみこみ、深々とのどにきざまれた切りきずを調べていたが、やがて首を横にふってさがった。
その瞬間、ツナミの全身にショックと恐怖《きょうふ》が走った。
このスカイウイングを知っている。
それは、彼女たちを育ててくれたドラゴン、あのケストレルだったのだ。
ケストレルが死んだ。それも、明らかに何者かの手によって殺されたのだ。

10

言う。

言わない。

母さんには知らせなくちゃいけない。

でも、殺《ころ》したのがあたしたちだと思われたらどうする？

ツナミはどうすればいいかわからなかった。ぐうぜんにしてはできすぎている。ドラゴンの子たちが〈サマーパレス〉に到着《とうちゃく》したと同時に、ほんのいくらかはなれた島でケストレルの死体が見つかるなんて。もしツナミがこのドラゴンは知り合いだなどと言ったなら母親はまず、〈運命のドラゴンの子〉たちが自分の手で殺したにちがいないと考えるだろう。

このごろ仲間《なかま》たちが自分を見る目が変《か》わってきたと感じていたツナミは、母親にまで同じような顔をされるようなことはしたくなかった……。**おまえはいったい何者なんだ？　信用《しんよう》できるのか？　他にだれを攻撃《こうげき》するつもりなんだ？**　そんな目で見られるのはいやだ。

そんな心配をしながら、〈サマーパレス〉までの道のりをたどる――さいわい帰りは飛《と》んで帰れたので、クタクタになった筋肉《きんにく》も休めることができた――が、辺《あた》りにはいろいろな命令《めいれい》がひびきわたり、伝令《でんれい》が忙《いそが》しく飛《と》び回《まわ》っているものだから、女王とふたりきりで話すなど無理《むり》な話だった。

宮殿《きゅうでん》に帰るとコーラル女王はツナミに待っているよう言いつけ、何頭か評議会《ひょうぎかい》のドラゴンたちを引き連《つ》れて戦略会議室《せんりゃくかいぎしつ》へと向かっていった。ツナミはパヴィリオンの柱のところにすわり、飛《ひ》び回るドラゴンたちのすがたをながめていた。

だれがケストレルを殺したの？　あたしやグローリーの他に、あいつを殺したがってたやつでもいるっていうの？

仲間たちが閉《と》じこめられているどうくつのほうに目をやる。外にはまだ衛兵《えいへい》たちが立っていた。みんなの様子を見に行くべきなのはわかっているが……でも、ケストレルのことを話したら、みんなどんな気持ちになるだろう？

ここは安全ではないと思われてしまったらどうしよう？　スターフライトが他のみんなに、ケストレルを殺した犯人《はんにん》がどこか近くにいて自分たちのことも殺そうとしていると言い聞かせ、みんながそれを信《しん》じてしまうかもしれない。そうしたらみんなを説得《せっとく》して〈海の王国《シーキングダム》〉からでていこうとするに決まっているが、ツナミにはまだやることがあるのだ。

今はみんなおこっているから、自分の話になんて冷静《れいせい》に耳をかしてくれないだろう。それに、午後の間ずっと衛兵たちに見はられながらどうくつに閉じこめられ、ひどくふきげんになっているはずだ。今は大人しくしていて、ここがどんなにすばらしい場所かをみんなが自分の目で見てから、すべてを話すほうがいいだろう。明日母親にたのみ、みんなを外にだしてごちそうを食べさせてあげれば、きっときげんをなおしてくれる仲間もいるはずだ。

うん、そのほうがいい。明日まで待って、それからみんなにすべて話そう。

それに今は、ひどくつかれている。〈サマーパレス〉まで飛んでいる間にすっかり夜になっており、どうくつを照《て》らすものといえば、下の海にただようクラゲが放つ光しかなかった。シーウイングは暗やみでも目が見えるからだいじょうぶだが、仲間たちは明かりがなくて困《こま》っているだろう。だが、そんな話も明日まで先のばしにしよう。

やがて、ようやく女王が会議室からもどってきて、ツナミを連《つ》れて湖の上を飛び始めると、彼女《かのじょ》はほっとした。この〈サマーパレス〉の女王の部屋は、深緑色や金色にかがやくイソギンチャクがゆらめきながらならんでいる、滝《たき》の下《した》に広がる巨大《きょだい》な水中どうくつの中にあった。入り口の周《まわ》りにはおどるイルカたちの石像《せきぞう》があった。壁《かべ》にはエメラルドと真珠《しんじゅ》がちりばめられ、ベッドはふわふわとした海草でやわらかくおおわれていた。

アネモネのベッドのとなりには、もうツナミのためのベッドも用意されていた。ため息をつき、彼女がそこにたおれこむ。ごつごつとかたい岩だなではなく、水中で気持ちいい海草の上でねむるのは、胸《むね》に思いえがいていたよりもはるかにすばらしかった。

ツナミは頭上から聞こえてくる波しぶきの音を聞きながらねむりに落ち、朝までぐっすりねむり続《つづ》けた。

まぶたを開いたツナミは、ピンクをおびた青いアネモネの頭が自分の体をまくらにしているのに気がついた。おどろいてさけびながらとびのき、岩ぺきにぶつかってはでにあわをたてる。一瞬《いっしゅん》、アネモネが自分を殺そうとしているのではないかと思って取りみだしたが、妹は手をふると静《しず》かにするよう合図をしてきた。

アネモネはまだねむりこけているコーラル女王を指さしてから、両手を胸の前で組み、翼《つばさ》としっぽに走るストライプもようをいくつか点滅《てんめつ》させた。

ごめん、小さな妹ちゃん。ツナミは両手を広げて首を横にふってみせた。**あたしも話せたらいいんだけど。**

アネモネはまたストライプを光らせたが、ツナミが水中語を話せないのを思いだして自分の頭をたたいた。片足《かたあし》でバタバタと地面をたたきながら、イライラしたように顔をしかめる。

ツナミも同じくらいイライラしていた。ふたりでこっそり海面にでて話すのは無理だ。アネモネはハーネスで女王とつながれていて、ここから動くことができないからだ。そしてツナミは水中では話ができない。ふたりきりで話す機会《きかい》なんて、おとずれるわけがない。

ツナミは妹のところに泳いでいくと、ハーネスをじっくりと調べてみた。伸縮性《しんしゅくせい》があって、ネバネバした透明《とうめい》な素材《そざい》でできており、まるで彼女の成長《せいちょう》に合わせていっしょに育ってきたかのようにぴったりとうろこにくっついている。**もしかしたら、本当にそうなのかもしれない。**ツナミは心の中で言った。かわいそうに、アネモネはツナミと同じくらいの歳《とし》になるまで、いや、もしかしたらもっと成長するまでこれを身につけていなくてはいけないのだろうか。

ツナミが軽くハーネスを引っぱると、アネモネは首を横にふった。もぞもぞとハーネスからぬけだそうとするふりをしてから、もう一度女王を指さす。**ぬけだしたりしたら、ぜったいに起こしちゃう。だいたいぬげるかどうかもわからないし、**と言っているのだとツナミは思った。

アネモネは何度もふり返って女王がねむっているのをたしかめながら、ぬき足さし足で入り口に向かって進んでいった。丸いたばになってまかれていたひもが、ふたりの間でするするとほどけ、のびていく。小さなアネモネはゆかからうきあがってドアのてっぺんまで泳いでいくと、ひもがいっぱいにのびきったところでツナミを手まねきした。

滝《たき》が湖に落ちてくるところ――滝のちょうどうら側《がわ》で、どうくつの入り口をでたすぐのところだ――には、空気がたまっている小さな空間があった。ひもにつながれたアネモネの鼻先が、なんとか水からでる。ツナミがその横で頭をだした。

「頭いい」ツナミは周りを見回した。ここならば、こんな朝早くに〈サマーパレス〉から出歩いているシーウイングにも見つからないだろう。

「起きないといいんだけど」アネモネはそう言うと、しばらくツナミを見てからいきなり「ああもう、あなたが来てくれて本当にうれしいんだから！」とさけんだ。片手《かたて》を差《さ》しだし、今度はツナミが昨日《きのう》のように自分の手を合わせる。

「本当に？」ツナミはびっくりした。**でも、ライバルだったんじゃないの？　あたしがいたら、あなたが玉座《ぎょくざ》を手に入れるじゃまになるんじゃないの？**

「もしかしてあなたがいたら、どうかしちゃってる母様の頭を少し冷《ひ》やせるかもしれないもの」アネモネがささやいた。「それか、あなたがいればわたしを自由にしてくれるかも。だから母様に話してみてほしいんだ。このハーネス、ぬぎたくてたまらないんだよ。ツナミ、わたしの人生がどんなに最低《さいてい》だったかなんて、あなたには想像《そうぞう》できっこないわ」

ツナミは、まるで自分の言葉を聞いたかのようにまじまじとアネモネを見た。「**あなた**の人生が最低だったの？　最低っていうのがどんなものか、あなたに想像できるの？　海もなくて、太陽の光もろくにとどかない山の底《そこ》で育てられて、泳げる場所といえば川だけ。あなたのことが大きらいで、きったないオタマジャクシみたいにあつかうドラゴン三頭に育てられる気持ち、想像してごらんよ？」

「オタマジャクシみたいなあつかいを受けてたのは、**わたし**だよ」アネモネが言い返した。

「母様が信用してくれなくて、**なんにも**ひとりだけでさせてくれないんだから」

「でもあなた、まだ、ええと……一歳《さい》とかでしょ？」ツナミが言った。「ぜったいにこの先ずっとそんなじゃないってば」**きっとそうに決まってる。半分くらいはそうに決まってる。**「それに、そんなだったとしても大切には思われてきたんでしょう？」

「母様は大切にしすぎなの」アネモネがため息をついた。「自分と同じことばかりさせて、他のことはなんにもゆるしてくれないんだよ。でもあなたにはお友達《ともだち》がいるじゃない。わたしは他の子たちなんて、見たことだってないよ」

「それは、あの四頭といっしょにいるしかなかったようなものだからね」ツナミが答えた。「でも、みんないつだってあたしがなにか言えば言い返してきたり、なにかするたびにおこったりしてばかりだよ」彼女はふと、前の夜にみんなのところに行かなかったことを悪く感じた。みんなきっと、彼女がどこに行ってしまったのかふしぎに思っているにちがいない。

ま、あたしがいなくてしばらくさみしい思いをしたら、次に会ったときにもっとよろこんでくれるかもしれないしね。

「最高《さいこう》の友達じゃない」アネモネはうらやましそうにため息をついた。「わたし、ずっと同じ血をわけたドラゴンが……はらからがほしかったんだよ」

「ひとりもいないの？」

アネモネは、ふんと鼻を鳴らした。「いるよ。でも母様は、兄様たちがらんぼうすぎるからって、わたしのそばに近づけさせてくれないんだ。従姉妹《いとこ》たちは、モーレイをのぞいてみんな信用されてないわ。モーレイは完璧《かんぺき》で、たいくつで、年よりで、悪いこともぜんぜんしないから別《べつ》なんだ。それに、王族じゃない子たちは特別《とくべつ》じゃないから、わたしとは遊べないんだってさ」アネモネがため息をついた。そのため息が水の中であぶくになり、ふわふわとツナミへとただよっていく。

「あたしの仲間も、つべこべ言わなければいいやつらなんだけどね」ツナミが言った。

「なのにもんくばかりでうるさいったらないよ」

「わたしも一回だけ、もんく言ったことあるよ」アネモネが、怒《いか》りを声ににじませた。

「母様がハーネスとおそろいの口輪《くちわ》をわたしにはめようとしてね」

「それでも、愛《あい》してもらってるじゃない。それに、自分の種族《しゅぞく》といっしょにくらしてるわ。それに、自分たちだけが話すおかしな言葉だって使えるしね」

「母様は、あなたのことだって愛してるよ」アネモネはそう言うと、少しためらってからどうくつの中を見おろした。コーラル女王は青いうろこを静かに上下させながら、まだぐっすりねむっている。「あなたがワールプールをもらってくれたらいいのに」アネモネがぽつりと言った。「ああもう、わたしがあれと結婚《けっこん》させられるに決まってると思ってたんだよ？　でもこうしてあなたが来てくれたんだし、あなたがあいつと結婚したら、そのほうがずっといいよ」

「そんなの無理だってば！」ツナミははげしくしっぽをふった。「ぜったいにぜったいに無理！」頭の中に一瞬、リップタイドのすがたがちらついた。ほとんど知らないのに、なんてバカげているのだろう？　「ぜったいにだめ、そんなの。第一あたし、結婚なんてしてる時間ないんだから。戦争《せんそう》を止めて世界をすくわなくちゃいけないんだもの」そして
（いや、「それか」かもしれないけど）どうすればシーウイングの女王になれるかを学ばないといけないのよ。「第二に、あのドラゴンでしょ？　ごめんだわ。だったらカミツキガメにしっぽをかじられてるほうがましだね」

アネモネは、おかしそうに笑《わら》った。「あいつ最悪《さいあく》でしょ？」

「小さな殿下《でんか》たち」ツナミはワールプールの作《つく》り笑《わら》いと小さなおじぎをまねしてみせた。

笑ったせいでハーネスをゆらして女王を起こしたりしないよう、アネモネが水の中に頭をつっこんでくすくす笑った。

「とにかく、あたしたちがだれと結婚するか母さんが決める権利《けんり》なんてない」ツナミが言った。

「ほんとに？」アネモネは自信《じしん》なさそうにたずねた。「他のことはなにもかも全部母様が決めてるのに」

「あたしたち王族なんだよ？」ツナミが答えた。「ようするに、自分がしたいようにでき

るってこと」

「えええ、わたしが見てきた王族、ぜんぜんちがうよ」アネモネがとまどった。「むしろ『わたしたちは王族だから過去《かこ》のシーウイングの女王たちがみとめることしかゆるされません。臣民《しんみん》のため、玉座の名誉《めいよ》のため、**ああもうたいくつで死んじゃいそう！**』っていう感じだもん」

ツナミは笑ったが、エラがつまって全身のうろこがチクチクと痛《いた》むようないやな感覚《かんかく》におそわれた。王族がそんなだなんて、考えたこともない。本当に女王は、名誉や他のドラゴンたちの目を気にしなくてはいけないのだろうか？

もしシーウイングの女王が――いや、未来《みらい》の女王が――種族のみんなが反対する相手と結婚するって決めたら、どうなるんだろう？　それか、一回も結婚しないと言ったら？

尊敬《そんけい》もしてくれない民《たみ》をおさめるのは、きっと大変《たいへん》だろう。いつもの四頭だけが相手でも、じゅうぶん手をやいているのだ。グローリーやスターフライトみたいにもんくばかりのシーウイングたちを、ツナミは想像してみた。だが、わざわざ女王にもんくを言おうとする者などいるだろうか？　もしかしたら、どんな女王になるかでちがうのかもしれない。スカイウイングの女王、あのスカーレットにはだれも逆《さか》らおうとしなかったのだから。

でも、スカーレットみたいになんてなりたくない。あんな残虐《ざんぎゃく》で、頭がおかしい女王だなんて。

ツナミは翼をのばし、滝の水しぶきを感じた。かくれ場所の外からは、〈サマーパレス〉が目を覚《さ》ます物音が静かに聞こえてきていた。頭上からドラゴンの羽ばたきが聞こえてきている。シーウイングの多くがねむっている水中どうくつから、ごぼごぼとあぶくがのぼってきている。パヴィリオンのキッチンがあるフロアから鍋《なべ》のぶつかる音が聞こえてきて、ツナミはおなかがぺこぺこになっているのに気がついた。

「大変」アネモネが女王のほうを見おろしながらささやいた。「もう起きちゃいそう。もどらなくちゃ」

ツナミはためらった。今すぐ仲間たちのところに行くべきだろうか？　だが、目を覚ました女王がツナミがいないのに気づいたら、どう思われるだろう？

「わかった。でもあとひとつだけ質問《しつもん》させて。いったいオルカになにがあったの？」ツナミはたずねた。今アネモネが答えてくれたら、スターフライトに聞きにいくのがあとでもよくなる。

ピンク色をおびたアネモネの翼が、水中でふるえた。「まだ七歳だっていうのに、母様の玉座にいどんだのよ。みんな、おそろしい光景《こうけい》だったって言ってるよ。オルカはもう少しで勝てそうだったんだけど、最後《さいご》には母様に殺されてしまったの」小さな声で言い、またた下の様子をたしかめる。「変な感じなの。母様はオルカを心から愛してて、恋《こい》しがっているけれど、女王を殺しかけたオルカを今でもきらっているドラゴンたちはたくさんいるんだ。モーレイの前では、オルカの名前を口にださないほうがいいよ」

「モーレイか」ツナミは、その名前をくり返した。「あのドラゴン……」

「つまらない？　頭悪そう？　ナマコみたいにたいくつ？」

「変わってるって言おうとしてたんだけど」ツナミは笑った。「でも、どれもぴったり当てはまるね」

「まずい！」アネモネが水の下にすがたを消した。ツナミもすぐあとを追い、コーラル女王がまぶたを開く一瞬前に、ギリギリで自分のベッドにもどった。女王が起きあがり、海水をみだしながら翼を広げる。それからツナミとアネモネのほうを向いてほほえむと、コーラルは爪《つめ》でふたりの頭をやさしくなでた。

夜の間サンゴの枝《えだ》にかけていた真珠かざりを手に取る。そしてまたそれを身につけると、アネモネにも同じようにかけてやった。

ツナミは前の日にもらったまま、真珠かざりをまだつけていた。それを見た母親はほほえみ、もう一本、長い真珠かざりを取りだした。今度のものはあわいむらさき色にかがやき、丸ではないふしぎな形をしていた。

コーラル女王は爪をたくみに使い、ツナミの胸と翼にそれをまきつけていった。とても美しいかざりだったが、ツナミは自分ではない重みをずっしりと感じて変な気持ちだった。まるで財宝《ざいほう》のハーネスをまかれているような気分だ。けれど、もんくを言う気はなかった。

〈平和のタロン〉はドラゴンの子たちに、きれいなものなどなにひとつあたえてはくれなかった。

やがて女王は、自分についてパヴィリオンに来るようふたりに言った。

ツナミは、まだ一歳のアネモネと同じようにあつかわれて、なんともいえない気持ちだった。けれど、彼女が本当にそこにいるのをたしかめるかのように、母親が何度もなでてくれるのはうれしかった。

パヴィリオン目指して舞《ま》いあがると、ツナミはいちばん下のフロアに何頭かの衛兵が集まっているのに気がついた。半分はねむっており、あとの半分は手に持った小さな釜《かま》からなにか湯気の立つものを飲んでいる。みんなよく食べ、よく休み、満《み》ち足《た》りている。スカイウイングの宮殿で見た、やせていらだっていた衛兵たちとはまったくちがう。**母さんがスカーレットよりもすぐれた女王だっていう証明《しょうめい》だわ、**とツナミは思った。

評議会のフロアに女王がおりたつと、宮殿じゅうからいっせいに羽ばたきの音がひびき始めた。空からも水中からも、評議会のドラゴンたちがどんどん集まってくる。コーラルはいちばん大きな、「女王」とラベルのついたプールに入った。アネモネもいっしょに連れこんだのだがプールは少しせますぎて、小さなアネモネは女王の翼の下で小さくなっていなくてはいけなかった。

「母様、つぶれちゃうよ！」アネモネはそう言うと体をくねらせ、ほんの少しだけスペースを作った。

評議会のドラゴンたちが次々と自分のプールに入っていく。ターコイズ色の小さなドラゴンたちが食べものをのせた皿を手に飛び回り、その周りにならべていった。ツナミはすみのほうで、居心地悪《いごこち》そうに立っていた。自分のしっぽも翼も、すべてのじゃまをしてしまっているような気がしてならない。

「ああ、ツナミ。あなたはそこにかけておいでなさいな」コーラル女王がようやく気がついた。「トータスは〈ディープパレス〉の孵化室《ふか》の警護《けいご》をしているから、今日はここに来ないのよ」女王は、自分からふたつはなれたところにある、小さなエメラルドで「子竜《ドラゴネット》の世話係」と書かれたプールを爪でさした。ツナミがそこに入ると、ぬれた石が足に冷《つめ》たく感じられた。

女王の両側《りょうがわ》のプールにはそれぞれ「防衛《ぼうえい》」「通信《つうしん》」と書かれていた。シャークが水しぶきをたてながら「防衛」のプールに入り、すぐにモーレイが「通信」のプールに飛びこんでくる。

「おはようございます、陛下《へいか》」モーレイは翼を広げておじぎした。「昨日は大変な一日でしたが、ゆっくりお休みになられましたか？　ひと晩《ばん》じゅう心配しておりました」

「ありがとう、モーレイ」女王が答えた。その目は、評議会の他のドラゴンたちを見回していた。

モーレイのとなりにワールプールがやって来た。彼《かれ》のプールには「魔法《まほう》と出版《しゅっぱん》」とラベルがつけられている。ツナミはそれを見て首をかしげた。どうやってそんなものの専門家《せんもんか》になるのだろう？　彼がどんな魔法を知っているというのだろう？

ツナミは、もしかしてどこかに「王」のプールがあるのではないかと思いきょろきょろしたが、どこにも見当たらなかった。昨日のコーラル女王はツナミの父親の話はなにもしていなかったし、ケストレルの死体発見さわぎで、ツナミから質問するような時間もなかった。もしかしたら父親は〈ディープパレス〉にいるのかもしれない。もしかしたら今日、あとで会えるかもしれない。

昨日見かけた評議会のドラゴンたちのことは、ちゃんと覚《おぼ》えていた。クレイたちに食事をあたえるよう命令されたあの太ったドラゴン、ラグーンは「農業」と書かれたプールにすわっていた。ケストレルの死体の調査《ちょうさ》と処分《しょぶん》のためシャークとともにかりだされたドラゴン、ピラニアは「戦争」のプールにいた。他のドラゴンたちの名前はツナミも知らなかったが、彼女がすわっているところからも「財宝」「司法《しほう》」「狩猟《しゅりょう》」と書かれたラベルが見えた。

この**評議会**がいったいなんなのか、ツナミは知らなかった。なにをしているのかも、なぜこんなものが必要《ひつよう》なのかもわからなかった。女王がいるだけでいいのではないだろうか？　なにもかもコーラルがひとりで決めるのではいけないのだろうか？

あたしならそうするけどな、とツナミは思った。**こんな評議会なんてやめて、ちゃんと女王らしく種族をおさめてみせるのに。**コーラルは評議会があったほうがいいのかもしれないが、ツナミは十一頭ものドラゴンが周りに群《むら》がりいちいちアドバイスをしてくるなど、必要だとも、そうしてほしいとも思わなかった。

おなかがなる。最後になにか食べたのはいつだったか、ツナミは思いだそうとした。周りの皿にはあざやかな赤い生魚が山のようにもられていた。ほとんどが切り身にされ、骨《ほね》を取られ、海草で丸くまかれ、きれいな料理《りょうり》にされている。ツナミが食べたことのある魚は生のままか、晩ごはんで仲間が火にかけ黒こげにしてしまった魚くらいだった。

緑色の小さなカニが山もりになっている釜もいくつかあった。大きなボウルが三つ置《お》かれていたが、そこにはタコの足とハーブを使った、サラダのような料理が入れられていた。そんなもの、ツナミは見たこともなかった。

タコの足を一本つまみあげ、味見してみる。ぐにゃぐにゃした歯ごたえだったが、あまく、レモンや塩《しお》のようなピリっとした刺激《しげき》的な味がした。もう一本食べようと手をのばしたツナミは、全員の視線《しせん》が自分に集まっていることに気がついた。だれもまだ食事には手をつけていない。

やばい！

評議会のドラゴンたちが、いっせいに女王のほうを向く。コーラルはツナミがつまんだタコの足にじっと見入っていたが、すぐさまわれにかえった。

「だいじょうぶよ」女王が手をたたいた。「ずっと行方《ゆくえ》しれずだった娘《むすめ》だもの、うっかり無礼《ぶれい》を働《はたら》いたってゆるしてあげますとも。みんなも知ってのとおり、この子は下品《げひん》な連中に育てられたのだから、礼儀《れいぎ》を知らなくとも当たり前でしょう？　さあ、みんなもお食べなさいな」

ツナミはかぎ爪《づめ》の間でタコをつぶした。下品な連中に育てられたとは！　たしかに本当のことかもしれないが、いずれ自分の家来になるドラゴンたちの前でそんなことを言うだなんて。きっと全員から、シーウイングの風習をなにも知らないと思われただろう。そんな評判《ひょうばん》がたったら、どうやって彼らの尊敬を勝ち取ればいいというのだろう？

もしかしてコーラルは、わざと他のドラゴンたちにツナミのみっともないところを見せようとしているのだろうか？　ツナミは、いちばん大きな魚の切り身を自分の皿に取り両手いっぱいにわしづかみにしたカニをバリバリと食べている母親のすがたをじっと見つめた。コーラルは食事をしながら、アネモネが開けた口に食べものを落としている。

ただの思いすごしかもしれない。ツナミはただ、かんちがいをしているだけなのかもしれない。

だが今からは、もう少しだけ慎重《しんちょう》にしようとツナミは心の中で言った。

11

「パール、報告《ほうこく》を」女王はしばらくすると、だまって食事をしているドラゴンたちに命令《めいれい》した。

「変化《へんか》ありません」財宝《ざいほう》のプールの中で、うす緑色の上品なメスのドラゴンが答えた。「すべての宝石《ほうせき》はいつものように安全です。ゴミあさり《スカベンジャー》には手だしなどできませんし、あえてぬすもうとするドラゴンもおりますまい」

「すばらしい」コーラルは、釜《かま》に残《のこ》った最後《さいご》のカニを口の中に放りこんだ。「シャーク、報告を」

「防衛《ぼうえい》に不安《ふあん》があります」灰緑色《かいりょくしょく》のドラゴンが深刻《しんこく》そうに言い、ツナミをにらみつけた。「侵入者《しんにゅうしゃ》をわれわれの中にまねき入れるなど危険《きけん》なことです。何者かを宮殿《きゅうでん》に手引きするかもしれませんし、なにをたくらんでいるかもわかりません」

「まあまあ」女王がなだめた。「あの子たちは侵入者ではなくて、お客様なのよ。娘《むすめ》が信《しん》頼《らい》しているのなら、わたしだって信頼しますとも」

「ああ、よかった」ツナミはさっと口をはさんだ。「みんなもいっしょに朝ごはんにできたらって思ってたの。きっとおなかをすかせてるだろうし。みんなにも、温かくむかえてもらえるんだって思ってもらえたら――」女王が首を横にふるのを見て、ツナミの声はとだえた。

「評議会《ひょうぎかい》の会議《かいぎ》に参加《さんか》していいのは、評議員《ひょうぎいん》と王族だけなのよ」コーラル女王が、真珠《しんじゅ》かざりを爪《つめ》でなぞった。「だけど、おなかをすかせたままにはさせないわ。ラグーン、朝食の手配はたっぷりしてあるのよね？」

ターコイズ色のドラゴンがうなずいた。

「この残りものもみんなにあげてちょうだい」コーラルは手をふって、朝食の残りをしめした。さっきの小さなドラゴンたちが急いでキッチンからすがたをあらわし、皿を集めてどうくつに飛《と》び去っていった。ツナミはパヴィリオンのふちからそれを見送った。しかし仲間《なかま》たちはだれもどうくつから顔をださなかった。中でふてくされているのだろうか？まだツナミに腹《はら》を立てているのだろうか？

もっとも、今こうしているだけでもわれながらみっともなくてたまらないのだ。仲間たちがでてきて、もっとはずかしい思いをすることなどないだろう。

「ワールプール、報告を」

ワールプールは耳につけた輪《わ》っかのピアスにふれ、翼《つばさ》を広げると「アネモネ様の授業《じゅぎょう》は順調《じゅんちょう》です」と答えた。ツナミはなぜ彼《かれ》の声を聞いてそんなにイライラしてしまうのかふしぎだったが、まるで爪で石を引っかく音でも聞かされているようだった。「それから、陛《へい》下《か》の書かれたまき物は過去《かこ》最高《さいこう》の人気です。最新作《さいしんさく》は、すべてのシーウイングが購入《こうにゅう》いたしました」

「売れているのは、ほとんどが水中版《ばん》です」モーレイがわりこんだ。「いちばん人気のようで。もちろん、わたしが全力をかけて宣伝《せんでん》しているわけですが――」

「ですが、次の朗読会《ろうどくかい》を企画《きかく》したのはわたしです」ワールプールが口をはさんだ。「名家のドラゴンたちがそろって参加を希望《きぼう》しています。今回の参加料《さんかりょう》は、一頭につきエメラルドひとつの予定です」

コーラル女王はしっぽをふりながら、じっと考えこむような顔をした。「でも、ウナギを食べる庶民《しょみん》たちにまでちゃんととどいてほしいのよ。自分で買えるようなお金持ちだけでなく、わたしの文章はみんなと共有《きょうゆう》されるべきだわ」

「おっしゃるとおり」モーレイがおじぎした。「ですので、学校では授業の内容《ないよう》を変更《へんこう》し、子どもたちが陛下の作品をすべて読めるよう時間の確保《かくほ》につとめています。学ぶべき最《もっと》も重要《じゅうよう》な科目として」

「本気で言ってるの?」ツナミが思わず声をだした。「戦争《せんそう》の戦《たたか》いかたよりも重要だというの？」

こおりついたような沈黙《ちんもく》が広がる。

コーラル女王はきずついたような顔をして、胸《むね》を手でおさえた。「ああ、ツナミ。わたしの作品はすべてのものごとについて書かれているのよ。昨日《きのう》わたしたまき物をすべて読んでくれたら、あなたにもきっとわかるわ。どうだったか聞かせてちょうだい？」

ツナミは、ケストレルの死体を見に行ったときに放りだしたまき物を思いだし、罪悪感《ざいあくかん》をいだいた。図書館に取りにいこうとすらしていなかったのだ。

「ええと……」もごもごつぶやく。「やっぱり『消えた王女』がいちばん好《す》きかな……」

集まったドラゴンたちの間に、しのび笑《わら》いが起きた。ツナミははずかしくて顔が熱《あつ》くなった。こんな評議会、本当にバカバカしい！　自分が女王になったら、こんな会議なんてぜったいに開いたりしないのに！

「それで思いだしたわ」女王がはっとした。「ワールプール、ツナミに水中語を教えてあげてほしいの。かわいそうに、一度も教わったことがないっていうのよ。信《しん》じられる？」目の前の石を爪でこつこつとたたき、女王は「なんて悲しい育てられかたをしたのかしら」とため息をついた。同情《どうじょう》するような顔をしてはいるが、体のストライプが光を放っている。ツナミは、もしかしたら自分には水中語がわからないことを知っている女王が、評議会に言葉とはちがうことを伝《つた》えているのではないかと思ってイライラした。

「御意《ぎょい》、陛下」ワールプールがおじぎして、ツナミのほうに向いた。「よろこんで、王女殿下《でんか》にご指導《しどう》いたしましょう」

「ピラニア、報告を」コーラル女王は、さっと戦争のプールに顔を向けた。

戦争司令官《しれいかん》のピラニアは体が爪あとだらけで、まるでうろこよりもきずあとのほうが多いように見えるほどだった。角の片方《かたほう》が半分に折《お》れ、牙《きば》の何本かが欠《か》けてしまっている。

「死んだスカイウイングの情報《じょうほう》は、まだなにもありません」ピラニアがうめいた。ツナミが頭を低《ひく》くさげる。いつか母親に本当のことを話さなくては――ケストレルがだれなのかを、そしてツナミがどうして彼女《かのじょ》を知っているのかを。けれど、ハーネスでしばられたり、つきっきりの見はりをつけられたりしたらたまらない。それに、まずは仲間たちと話さなくてはいけない。**母さんにはあとで話そう。そうしよう。**

「今朝早くに戦闘部隊《せんとうぶたい》が帰還《きかん》いたしました」ピラニアが続《つづ》けた。「部隊からの報告をお聞きになりますか？」

コーラル女王はため息をつき、ちょいちょいと爪を動かして合図した。

ピラニアがパヴィリオンのふちに向かって大声でよびかけると、シーウイングの兵隊《へいたい》が二頭、下の階から飛んできた。片方はひとりで飛べないほどのけがを負い、もう片方が彼を支《ささ》えている。二頭はぎごちなくらせんをえがきながら飛び、会議場《かいぎじょう》のまん中に重々しくおりてきた。

飛べないほうのドラゴンは体の横に長いやけどを負い、片方の翼はこげて、ほとんどまっ黒になってしまっていた。腹にはまだ血のにじむ爪あとがあった。そこから流れでた血が評議会のドラゴンたちの間をきらめきながら流れていく水路にしたたり、底《そこ》にしかれた真珠を赤くそめていく。ツナミは、飾《かざ》りたてられたゆかを見ながら女王が心配そうな顔をしているのに気づいた。

もう一頭のシーウイングはしっぽのまん中にこげあとがあり、首にはひどい切りきずがついていた。ぜえぜえと肩《かた》で息をしており、エラからはうすい赤の血がぶくぶくとあわ立ちながら流れている。

「聞かせてちょうだい」コーラル女王が命じた。

「陛下、〈スカイキングダム〉でなにか妙《みょう》なことが起きているようです」飛べないほうのドラゴンが言った。「部隊が展開《てんかい》しているのですが、だれが指揮《しき》をとっているのかまったくわからないのです。外島の偵察《ていさつ》をしていたのですが、三つの別々《べつべつ》の部隊から襲撃《しゅうげき》を受けました。最初《さいしょ》の部隊は、スカイウイングとサンドウイングが半々でした。二度目の襲撃では、スカイウイングが『ルビーのため！』とさけんでいるのが聞こえました。三度目では、少なくとも一頭のドラゴンが『女王は死んでいない！　女王陛下万歳《ばんざい》！』とさけんでいました」

コーラル女王は水しぶきをたて、アネモネをおしつぶしながら、プールのふちから身を乗りだした。「**ルビー**のため、ですって？」

「スカーレットの娘のひとりです」ピラニアがうなり声をあげた。「ようするに、スカーレット女王が死んだということでしょうか？」

ツナミは両手をきつくにぎり、また開いた。評議会に、いったいどこまで話せばいいのだろう？　グローリーのひみつの武器《ぶき》のことは言いたくない。いつまた**あれ**が必要《ひつよう》になるかわからないのだ。脱走《だつそう》の途中《とちゆう》でグローリーがスカーレット女王を殺害《さつがい》したのかどうかも、まだわからない。

「だれかが玉座《ぎよくざ》にいどんだのであれば、まちがいなくこちらの耳にも入っていたはずです」モーレイが言った。

コーラル女王は、「ひみつとスパイ」のプールにいる青いドラゴンをにらみつけた。「あなた、どうしてなにも知らないの？」

「ここ何日か、スパイからの報告はひとつもありません」彼が説明《せつめい》した。「〈スカイキングダム〉でおかしな動きがあるなど、まったく知らなかったのです」

飛べない兵隊は、さらにひどいめまいを感じて仲間にもたれかかっていた。血だまりが足元をぬらしている。

「母さん」ツナミは口を開いた。「だれか、あのけがを見てあげたほうがいいんじゃない？」と兵隊たちを指さす。

コーラル女王は兵隊たちを、上から下までじろじろとながめ回した。「他になにか報告することは？」

「十二頭が命を落としました。残りの者も、みな重傷《じゅうしょう》を負っています」とかすれた声で兵隊が言う。

「宮殿まで、あとはつけられていないんだろうな？」シャークが問いつめた。

「じゅうぶん気をつけました」兵隊は痛《いた》みに顔をゆがめながら答えた。「いちばん遠いルートで帰ってきたのです」

「大変《たいへん》けっこう」コーラル女王は、どうでもいいように爪をふった。「もう行きなさい」そう言って、「健康《けんこう》」と書かれたプールにいる、評議会でいちばん小さなドラゴンのほうにしっぽをむけた。モーレイはあわててプールから飛びだすと、ゆかの血をきれいにそうじし始めた。

「〈スカイキングダム〉で混乱《こんらん》が起きているのなら、今こそ攻撃《こうげき》のチャンスかもしれないわね」コーラルは、真珠かざりをかぎ爪《づめ》にまきつけながら続けた。「今すぐに救出《きゅうしゅつ》部隊をだしなさい。**今日**、彼を取りもどせるかもしれないわ」

「まだ情報が足りません」ひみつとスパイのドラゴンがうめいた。「スカーレットが死んだとしたら、どうして死んだのでしょう？ルビーが殺《ころ》したのでしょうか？もしかしたらルビーが玉座をかけて姉妹《しまい》と争《あらそ》っているのかもしれません」

モーレイは、足の下の血だまりを見おろしながら、いまいましそうに言った。「まるで、あのときのサンドウイングの争いと同じね。戦争がさらにひどくなるわ」

「それか、バーンが国を乗っ取ったのか……」ピラニアが言った。「その場にいたのなら、乗っ取ったとしてもおかしくありません」

「けれどあそこの娘たちは、おとなしくバーンの言いなりにはならないでしょう」モーレイが言った。

「いったいなにが起きたというの？」コーラルが言った。「スカーレット女王は、とても強力なドラゴンだというのに」

ツナミは冷《つめ》たい水がうろこをとおしてしみこんでくるのを感じながら、不安そうに身じろぎした。これほどまでに母親が情報をほしがっているのに、自分が知っている事実をかくしていることなどできやしない。重大な事実のいくつかくらい、話してもいいのではないだろうか。「あの……」ツナミが口を開き、評議会の全員が彼女のほうを向いた。「それ……あたしたちかもしれない……」

衝撃《しょうげき》につつまれた静寂《せいじゃく》が評議会に流れた。

「おまえが！」ピラニアがほえた。

「バカげてる」シャークが鼻で笑った。

「山の底にいるのをスカーレット女王に見つかったの」ツナミは説明した。「で、つかまって女王の宮殿にとらえられて、それからにげだしたんだけど、そのときに殺しちゃったかもしれない。たぶんだよ。わからないけどね。あたしたちは、**殺そうとした**って感じで……」このしらせを受けてシャークがおののいているのが、ツナミはおかしかった。**どう？　あたしたちのことちょっとはすごいと思い始めたでしょ？**　彼女は心の中で言った。

「あなたたちがスカイウイングの宮殿に？」コーラルはざばりとプールからでるとのしのしとゆかをつっきってきてツナミの前足をわしづかみにし、少し痛いくらいにきつくにぎりしめた。背後《はいご》では半分プールから引きずりだされたアネモネが小さな悲鳴をあげていたが、コーラルは無視《むし》した。

「ジルっていう名前のシーウイングを見かけなかった？」女王はさけんだ。「緑のうろこで、大きくてたくましくて、勇《ゆう》かんな目をしたドラゴンよ！」

ツナミはめまいがした。ジル。たしかに、ジルのことは覚《おぼ》えている——けれど、コーラル女王が言うようなドラゴンではなかった。スカーレットの闘技場《アリーナ》で、何か月も水をうばわれてかわきでおかしくなってしまったジルと、無理《むり》やり戦わされたのだ。まるで自分の血でも飲もうとしたかのように、ジルは全身きずだらけだった。

自分の足の下からひびく、ドラゴンの骨《ほね》が折れるあの音。

「ええ、会ったよ」ツナミはゆっくりと口を開いた。周《まわ》りからおどろきの声があがり、評議員の中にざわめきが広がった。冷たい敵意《てきい》に満《み》ちたシャークの目が、まるでタコの触手《しょくしゅ》のように首にまきついてくるようにツナミは感じた。

「ジルはどこにいるの？　教えて！」コーラル女王は身を乗りだすようにしてたずねた。「救出作戦《さくせん》をこころみたのに、他のドラゴンたちがとらえられている牢屋《ろうや》にはいなかったのよ。どうしても連《つ》れもどさなくてはいけないの、ツナミ。あなたには想像《そうぞう》もつかないくらいに大事なことなのよ」

ツナミは自分の足元にしっぽをまきつけた。湖に飛びこんでいちばん底までもぐり、翼で頭をおおってずっとそこから動きたくないと思った。

「ジルは……」声がかすれる。ツナミはつばを飲んでから、また口を開いた。「ジルはもう死んでるわ」

アリーナであのシーウイングを殺したのは、しかたのないことだった。彼の命か自分の命か、ふたつにひとつだったのだ。殺したくはなかった……自分ではたしかに、殺したくなかったと思っている。だが殺してしまったあのとき……本当のことを言うと、自分がジルの首を折ったときにスカーレット女王が見せた表情《ひょうじょう》がたまらなく好きだった。自分が強く危険な存在《そんざい》だと感じられて最高だった。

ジルの正気はとっくに失《うしな》われていた。彼がどこから来たのか、そしてスカイウイングの牢屋に入る前にはどんな生きかたをしていたのか、ツナミには考える必要もないことだった。本当のドラゴンだとは思わないほうが、ずっと楽だった。

まさか自分の母親があのドラゴンを取りもどそうと、必死《ひっし》に計画を立てていただなんて——それに、まさかジルの死をだれかに話して聞かせなくてはいけなくなるだなんて。

「死んだ？」コーラル女王はツナミの手をはなしてふらふらとあとずさった。水しぶきをあげて足を水路につっこみ、底にしかれた真珠ですべらせる。「けれど、いったいどうやって死んだの……？」

「ええと……」ツナミは口ごもった。本当に評議員全員の前でこんなことを話さなくてはいけないのだろうか？「アリーナで」

「でも戦いは、こばんでいたはずよ」コーラルが信じられないといった顔で言った。「わたしたちの送ったスパイから、そう聞いているもの。相手にもやめるよう説得《せっとく》して、いっしょに戦いを拒否《きょひ》したのだと。ジルの言葉には……特別《とくべつ》な力があったから。ジルと出会ったドラゴンに、ジルを殺せるわけなんてないのよ」女王の鼻先に笑《え》みがうかび、そして消えた。「スカーレット女王はかんかんに怒《いか》りくるったと聞いているわ」

「ええ、そのとおり」ツナミはまた生つばを飲んだ。「女王がジルにばつをあたえたの。本当に……本当にひどいばつを」

「ジルの死についてなにか知っているんだな？」シャークが冷たく問いつめた。

ツナミは自分の爪で水をかき回した。「女王がジルをくるわせたのよ。正気を失うまで延々《えんえん》と水を取りあげて、そして……そして頭がおかしくなったジルは、とてつもなく危険なドラゴンになってしまったの。もうドラゴンともよべないくらいにね。殺してしまうしかなかった……」

「そういうことか」シャークが言った。ツナミは、彼が真実をさとったのだと心の底から確信《かくしん》した。

「でもどうして？　ジルは……ジルはいったい何者だったの？　重要な将軍《しょうぐん》かなにかだったの？」

「それどころか、もっとずっと重要よ」コーラル女王がうつろな声で答えた。「わたしの夫《おっと》だったの」

ツナミは目の前がまっ暗になり、息ができなくなった。コーラル女王の次の言葉は、聞くまでもなくわかっていた。その言葉を聞かずにすむなら、あの山ににげ帰ってもかまわないとさえツナミは思った。

「ツナミ……ジルはあなたの父親よ」

12

コーラル女王はがっくりとうなだれ、重い足取りでゆっくりと自分のプールにもどっていった。「死んだ……わたしのジルが死んだ……」

「もう卵《たまご》はありません」モーレイがささやいた。まだゆかのまん中に身をかがめ、血のよごれをこすっている。両目には異様《いよう》な光が宿っていた。「もうドラゴンの子は生まれない。もう玉座《ぎょくざ》にいどむ者もいない」

「そうとはかぎらんぞ。陛下《へいか》がまたご結婚《けっこん》なされば」ワールプールがつぶやいた。モーレイが、さっと彼《かれ》をにらむ。

コーラルには、どちらの声もとどいていないようだった。アネモネを自分の翼《つばさ》の中に引きよせ、きつくだきしめる。小さなアネモネは少しだけもがいたが、やがて観念《かんねん》するとコーラルの肩《かた》に頭を乗せた。母親の背後《はいご》に立つツナミを見つめ、あきらめたようにまばたきをしてみせる。

ツナミは、目のおくから海がおしよせてくるように感じた。まるで海草がからみついているかのように、体じゅうのうろこが重い。

でも、他にどうしようもなかったんだ。

そうでしょう？

あたしの父親だなんて、ぜんぜん知らなかったんだ。

それに、もうあれはドラゴンなんかじゃなかった。干《ひ》あがったうろこの中には、もうなにもいなかった。ジルはもういなくなっていたし、あたしは生きのびなくちゃいけなかった。仲間《なかま》たちを守って、予言を実現《じつげん》させなくちゃいけなかったんだ。

だが、そんなことを考えてもどうにもならなかった。アリーナであのシーウイングを殺《ころ》したとき、他の選択肢《せんたくし》などほとんど考えもしなかったのだ。スカーレット女王になにかを証明《しょうめい》してやろうと、衝動的《しょうどうてき》にやってしまったのだ。

シャークはまだまばたきもせずにツナミをじっと見つめていた。ツナミは彼に向けて牙《きば》をむいた。

「ああ、今はただジルをいたませて。評議会《ひょうぎかい》は解散《かいさん》よ」女王はそう言うとパヴィリオンのふちに歩みより、アネモネをだいたままどうくつへと飛《と》び去っていってしまった。

評議員《ひょうぎいん》のドラゴンたちも、それぞれ自分のどうくつや、パヴィリオンの別《べつ》のフロアへと散《ち》っていった。ツナミはプールの中に頭をつっこんで、両方の角をにぎりしめた。これからいったいどうすればいいのだろう？

仲間たちに会うような気分には、まったくなれなかった。自分がどれだけひどいドラゴンか口々にせめられたらますます落ちこんでしまうだろう。なんの理由もなく他のドラゴンを攻撃《こうげき》するようなやつだと。自分で正しいと思ったことをするくせに、いつもまちがいばかりだと。

父殺《ごろ》しをするようなドラゴンだと。

頭のてっぺんを、なにかが軽くたたいた。

水から顔をあげてみると、両手の爪《つめ》をこすり合わせているワールプールのすがたが見えた。「さあ、最初《さいしょ》の授業《じゅぎょう》を始めるよ」ぬめった声で彼が言った。

「今？」ツナミは耳をうたがった。

「なにか問題でも？」彼が両手を開く。「われわれの頭脳《ずのう》を知識《ちしき》で満《み》たすのは、早ければ早いほどいいものだよ」

ツナミはおし殺したため息をついた。まったくたいくつな時間になりそうだ。だが、気をまぎらわすにはいいかもしれない。

「おいで」ワールプールはフロアのふちまで気取った足取りで歩いていくと、そこから飛びおりた。ツナミもしぶしぶあとを追い、どうくつの湖に飛びこむ。彼は水面から少しもぐったところでツナミを待ちながら、彼女《かのじょ》に向けてストライプを光らせていた。

ツナミはそこまでもぐっていくと、彼を見つめた。自分のうろこは光らせずにおいた。リップタイドに言ったようなことを彼にまで言ってしまうのだけは、ぜったいにさけなくてはいけない。もしアネモネから聞いたコーラルのたくらみが本当だとするならば、ワールプールに変《へん》な期待を持たせるわけにはいかない。

しばらくすると、ワールプールはまた水面に向けてのぼっていった。うす緑色の両目は、顔の大きさに対して不自然《ふしぜん》に大きく見えた。

「どうした？　おまえのストライプは光らないのか？」彼が言った。

「もちろん光るわよ！」ツナミはむかついて言い返した。「あんたがなにも教えてくれないから光らせてないだけ！」

「いいからわたしのやってるとおりにまねしてみろ」ワールプールはえらそうにそう言うと、ツナミが言い返すのも待たずにまたもぐっていった。

ツナミが不満《ふまん》そうに低《ひく》くうなる。

だが、今度は彼がやってるとおりに、翼、しっぽ、体の側面《そくめん》のストライプをひとつひとつ光らせ、交互《こうご》に光らせたり、点滅《てんめつ》を速くしたりおそくしたりしてみた。そして、永遠《えいえん》に続《つづ》くのではないかと思ってツナミがうんざりし始めたころ、ようやくワールプールが満足《まんぞく》げにうなずき、また水面までうかびあがった。

「おみごと」と彼がうなずく。

「おみごとって、なにが？」ツナミは翼をひろげて浮上《ふじょう》しながら、いらだった声でたずねた。「今のはなんて意味の水中語だったの？」

「わたしたちは陛下が初《はじ》めて書かれた作品、『オルカの悲劇《ひげき》』の第一章を朗読《ろうどく》したんだよ。非常《ひじょう》に感動的《かんどうてき》で美しい文章だ。おまえもほとんど完璧《かんぺき》にくり返していたよ」

ツナミは彼のむかつく鼻先に海の水を浴《あ》びせてやりたかった。「でも、なんの勉強にもなってないじゃない」

「まあ、そうあわてるな。くり返しが完璧を生みだすのさ。さあ、第二章に進んでもいいかな？」

「いいわけないでしょ！」ツナミがさけんだ。「なにか今すぐ使えるものを教えてよ。初めて会った相手へのあいさつは？　他のシーウイングに危険《きけん》を知らせるときはどうするの？」ふと、**ごめんなさい、父さんを殺しましたって伝《つた》えたいときは？**という疑問《ぎもん》がわき、ツナミは頭からそれをふりはらった。「いいから、せめて『あたしは水中語ができません』だけでもいいから教えてよ！」

「すべての知識は女王陛下の作品の中にある」ワールプールはゆずらなかった。「一日に三章ずつ朗読すれば、五年ほどですべての作品を読み終えることができるだろう」

「ここでぐずぐずしてるわけにはいかないのよ」ツナミが言った。**ぐだぐだ言うなら、あんたのむかつくしっぽをそのむかつく鼻にまきつけて、湖の底《そこ》に置《お》き去《ざ》りにしてやるから。**

彼女はさっと背《せ》を向けると、出口のトンネルに向かってさっさと泳ぎだした。もう二度とこんな山の底になんてもどってきませんようにと祈《いの》りながら、地底《ちてい》のどうくつから脱走《だっそう》したあのときにくらべれば、たいしたことではない。

「感心せんな、そんな態度《たいど》は」ワールプールが大声で言った。「そんな様子じゃあ七年、いや、八年がかりになっても——」

ツナミは彼の声が聞こえないよう、水中に頭をつっこんだ。出口のトンネルが目の前に大きく口を開けている。彼女は全力で羽ばたき、その中に飛びこんでいった。

〈サマーパレス〉の外にはどんよりとした灰色《はいいろ》の空が広がっており、ツナミの気分にぴったりだった。風が白い波を海原《うなばら》にたてており、ツナミはいつも以上《いじょう》に心をゆさぶられた。

ツナミは水中を泳いで宮殿《きゅうでん》からはなれようとしたが、はげしい潮《しお》の流れにおされて何度もごつごつとした岩にたたきつけられた。

海と戦《たたか》うのは、もううんざりだった。海はもっと温かくむかえ入れてくれるはずだと思っていたのに、なぜそうしてくれないのだろう？

なぜ、当たり前の問題をかかえた当たり前のシーウイングとして新しいスタートを切ることができないのだろう？　なぜ過去《かこ》のあやまちが巨大《きょだい》なヒルのようにしっぽにはりついているのだろう？

ツナミはいらだちながら海面まで泳ぐと、空に飛《と》び立《た》った。空を飛ぶほうが泳ぐよりも楽だなんて、おかしな話だ。海を愛《あい》さないシーウイングなんて、いったいどこにいるだろう？　**そんなドラゴン、女王になんてなっちゃいけないのかもしれない。**

ずっと先のほうに、海面からうかびあがる巨大なドラゴンのがいこつみたいな形をした岩の島が見えてきた。ツナミは、その島の口を開けたようなあなやわれ目に目をやりながら、翼の角度を変《か》えてそちらに進路を取った。ドラゴンの目になっているどうくつを選《えら》び、ひんやりとしたうす暗いどうくつの中におりる。真珠《しんじゅ》のようになめらかな岩肌《いわはだ》が足にふれた。

翼をバサバサとふってかわかし、ふり返って入り口から外を見る。

すると、ドラゴンの頭がひとつ視界《しかい》にぱっとあらわれ、またすぐに消えるのが見えた。

「へえ、かくれるのがめちゃくちゃ下手くそなんだね。スパイにはぜったい向いてないって言われたことないの？」ツナミは声をかけた。

どうくつの入り口に、リップタイドがゆっくりと顔をだした。「スパイとしちゃあ、けっこう優秀《ゆうしゅう》なんだぞ」と胸《むね》をはってみせる。

「最初に会った外島のほうを見回りしてるはずじゃなかったっけ？」ツナミはたずねた。

「まあそうなんだけど、ご想像《そうぞう》どおりたいして大事な仕事もなくってさ」リップタイドは皮肉っぽく笑《わら》ってみせた。「女王陛下の信頼《しんらい》がないから、重要《じゅうよう》な任務《にんむ》はまかされないってわけなんだ」

「たしかにあんた、うさんくさいもんね」ツナミは、本当は自分もリップタイドに腹《はら》を立てているはずなのを思いだした。どなりつけてやろうか。本能《ほんのう》の声はそうつげていた。

でも、もう本能の声にしたがうのなんて、やめたほうがいいのかもしれない。

ツナミは、どうくつのおくのほうにあとずさって言った。「入っておいでよ。あたし今、ワールプールに水中語の授業を受けてクタクタだから、ひと休みしてるとこなんだ」

「うへえ、ワールプールのやつか。コーラル女王がいちばんお気に入りの拷問《ごうもん》道具だな」リップタイドは顔をしかめ、体についた水をはらい落としながらツナミのとなりにやってきた。暗いどうくつの中はドラゴン三頭か四頭くらいの広さしかなく、リップタイドとの距離《きょり》はツナミが思っていたよりもずっと近くなった。

ツナミはまだずっと幼《おさな》かったころに少しの間、クレイとスターフライトを好《す》きになったことがあった――まだスターフライトがうっとうしいやつだと気づく前、そしてやさしくて仲間思いのクレイが他のみんなをただのはらからとして、つまり兄弟や姉妹《しまい》として見ていることに気づく前のことだ。けれど、自分と年齢《ねんれい》が近いドラゴンは彼らしかいなかった。シーウイングではないが、他に好きになれる相手などいなかったのだ。

だが今彼女はこうして、シーウイングとふたりきりだった。未来《みらい》の女王でも父殺しのドラゴンでもなく、ただ一頭のドラゴンとして自分を気に入ってくれているシーウイングと。

「コーラルから聞いたけど、あなたのお父さんウェブスなんだって?」ツナミは気まずそうに、早口で言った。「初めて会ったとき、教えてくれればよかったのに」

「ふだんから、そんなふうに自己紹介《じこしょうかい》しないからね」リップタイドは、自分の足元にしっぽをまきつけた。「そんなことを言ったら他のドラゴンたちから距離を置《お》かれちゃうからね。だまっていてすまない。ぼくはただ君が……いや、もっと父さんのことを知りたいんだよ」

ツナミは首を横にふった。**無理《むり》ね、もうこれ以上知ることはできないの**、という言葉をのみこむ。「だからあたしの周りをうろついて、じろじろ見てたってこと？」

彼の深いブルーのひとみが、外から入ってくるうす明かりをうつした。「それもあるけど、それだけじゃないよ。君のことが心配だったのさ。〈シーキングダム〉にはなんというか……率直《そっちょく》にものを言うドラゴンがいないもんだからね」

「あたしは、言いたいことを言うよ」ツナミは堂々《どうどう》とした声で言った。「あたしは消えた王女なんだもの。母さんはあたしを心から愛してるから、大人しくなんてしてたらハーネスでつながれちゃう」

リップタイドが鼻で笑った。「君にハーネスをつけようなんてドラゴンがいたら、お目にかかってみたいもんだね」

「そうしたら、あたしがどれだけ**率直**か、よくわかると思うよ」ツナミは言った。そして翼を開いたり閉《と》じたりしたが、うっかり彼の翼にふれてしまい、**やばい、なにか言わなき**

や！　と彼女はあせった。あわてて「ウェブスはけっこういいやつだったよ。他の二頭にくらべれば、の話だけどね」と口走る。

リップタイドは首をかしげた。

「世話係《マインダー》が三頭いたんだよ。他の二頭、デューンとケストレルは、なんでもかんでもにくんでたわ」ツナミは言葉を続けた。「もしかしたら、サニーは別かもしれないけど。サニーをきらいになるドラゴンなんていないからね。かわいくて、すなおで、みんなから愛される子だから」

「なんだかおっかない子みたいだね」リップタイドが言って、ツナミが笑った。

「だけどウェブスがしてくれたのは、あたしたちの世話だけじゃなかったんだ。自分の知ってることはなんでも教えてくれてさ……あ、水中語は別だけどね。歴史《れきし》も地理も、予言のことも全部教えてくれたけど、ぜんぜんたいくつなやつだなんて思わなかったっけ。狩《か》りの当番になったら、あたしたちの好物《こうぶつ》を持ち帰ろうとしてくれてね。ウェブスがいなかったら、もっと悲惨《ひさん》だったと思うよ」ツナミは言葉を止めてじっと考えこんだ。ウェブスのいいところをあげようとしたことなんて、今まで一度もなかった。これまでずっと彼への不満ばかり口にしてきたが、それよりもずっとむずかしかった。

「だいじょうぶだよ」リップタイドが言った。「ぼくには本当のことを話してくれていい」彼のしっぽの先がぱたぱたとはねた。「悪いことだって聞きたいんだよ。ぼくにとっては大事なことだからね」

ツナミは大きく深呼吸《しんこきゅう》した。「ウェブスには、もっとしっかり守ってほしかったよ。あたしたちのことを本当に大事にしてくれてるのがウェブスだけだったのなら、デューンやケストレルがみんなをきずつけたり、『おまえたちにはなんの価値《かち》もない』なんて言ったりするのを止めてほしかった。あたしたちのために、戦ってほしかった。で、最後《さいご》にスカーレットとスカイウイングがおそってきたあのときまで、一度も戦おうなんてしてくれなかったんだ」

戦うのはあたしの役目だ、とツナミは心の中で言った。**たとえまちがった方法《ほうほう》でも、あたしは仲間たちのために戦う。**

リップタイドは足元の地面を見おろしながらうなずいた。「弱くておくびょう……父さんのことを聞くと、みんなそう言うんだ」

ツナミは手をのばし、そっと彼の翼にふれた。「だからって、あなたもそうだってことじゃないよ。ウェブスがしたことのせいで、あなたまでばつを受けるなんて、そんなの不公平《ふこうへい》だわ」

嵐《あらし》を待つ外の曇《くも》り空《ぞら》のように、ふたりの間になにかビリビリとしたものがぶきみにただよっていた。

未来のシーウイングの女王として、こんなのぜったいにあってはいけないことだ。ツナミは心の中で言った。**でも本当は玉座なんかより、あたしはこっちのほうがほしいのかもしれない……。**

「本物の水中語の授業、受けてみたい？」リップタイドが笑《え》みをうかべた。

「もちろん」ツナミはうなずいた。

「ここは暗くてちょうどいいしね。よし、じゃあ今度ワールプールに会ったら、こう言ってやるといいぜ」彼のしっぽのストライプが三回光った。

「どういうこと？　今あたしなんて言ったの？」ツナミは彼のまねをしてから言った。

「イカ頭さ」リップタイドが笑った。「君のおかげで、新しい悪口をひとつ覚《おぼ》えたよ。気に入った！」

「なんだか、ワールプールの授業とあんまり変わらないような気がするんですけど」ツナミがぼやいた。

「なんだよ、ひどいこと言うな」リップタイドがふくれると、「よし、どうなっても知らないからな」と言ってすわりこみ、鼻すじを指さした。「ここのストライプは基本的《きほんてき》に、質問《しつもん》を表してるんだ。たとえばこうすると『なぜ』、こうしたら『どうやって』、そしてこうすると『いつ』って感じでね」

ツナミは彼のまねをしながら、光らせかたのパターンを覚えていった。思っていたよりかんたんだ。とりあえずこれだけは、なんとかシーウイングらしくできそうだ。

質問のパターンを覚えてしまうと、リップタイドが言った。「じゃあこれをやってごらん。わたしは、あなたを、守る」体の側面に走るストライプを光らせながら、身ぶりもつけてみせる。

「あたし、守ってもらう必要《ひつよう》なんてないけど」ツナミは言った。

「わかってるって。でも君のことだからさ、きっといつかだれかにそう言わなきゃいけないときが来るはずだよ」

ツナミは気に入った。「**わたしは、あなたを、守る**」と、彼と同じようにストライプを光らせてみせる。

彼は少しさみしそうに笑い、ぽつりと「本当にそうしてもらえたらいいんだけどな」とつぶやいた。

「じゃあそうしようか」ツナミが言った。「あたし王女様なんだよ？　やりたいことならなんでもできちゃうはず」

「だれかが女王の座にいたら、そうはいかないよ」リップタイドが言った。「さあ、次はいろんな危険を伝える方法だ」

リップタイドはストライプのちがった光らせ方や、爪を使った合図もいくつか教えてくれた。どれもこれもおもしろくてツナミはすっかり時間を忘《わす》れていたが、しばらくしてからふと風のふく海原を見て、そろそろ帰らなくてはいけないことに気がついた。

「きっと母さんがあたしをさがしてるわ」ツナミが言った。「でもありがとう。本当に助かっちゃった」すっかり夢中《むちゅう》になったおかげで、ほんの短い間ではあるが、ジルのことを忘れていられたのがうれしかった。

「もうブリスターのやつが来てるのかい？」リップタイドがたずねた。

ツナミは首を横にふった。リップタイドが彼女の手を取る。

「あいつには気をつけろよ。あの女王、なにかたくらんでるぞ。シーウイングを守ることなんて、たいして考えちゃいないよ」

「うん、わかった」ツナミはうなずくと「そうだ！」となにか思いだしたように、リップタイドがにぎっていた手を引きぬいた。「これ、どういう意味か教えてくれる？」そう言って、昨日《きのう》シャークがやっていたように円をえがくような奇妙《きみょう》なジェスチャーをまねしてみせた。

リップタイドが首をかしげ「もしこいつのことなら……」と、その動きを完璧に再現《さいげん》してみせた。「**今じゃない、あとで終わらせるぞ**みたいな意味だね」

ツナミはじっと彼を見つめ「まちがいない？」とたずねた。

「ああ、だと思うよ」リップタイドがうなずく。「でもなんで？　だれが――」

「昨日だよ。シャークと兵隊《へいたい》があたしの仲間たちを殺そうとしてるのを止めたとき」ツナミは、ぱっと立ちあがった。「そのときあいつが、さっきの合図をしたんだ。あなたの説《せつ》明《めい》だと『殺すのは後回しだ』って意味になるね」

リップタイドは自分の鼻すじをさすると、「かもしれないな」と顔をしかめた。「でも、コーラル女王がまだ命令《めいれい》をだしていないのなら、まだきっと――」

「そんなのわからないじゃない」ツナミはさけんだ。「女王がもう命令していて、あたしがそれを理解《りかい》してないだけだったら？」彼女はどうくつの入り口へと走りだした。「あたしもどる。みんな無事《ぶじ》かたしかめなくちゃ。昨日からすがたを見てもいないんだよ」一気に飛び立ち気流をつかまえる。

「気をつけろよ！」リップタイドがさけんだ。「ぼくの力がいるならここに来るんだ。とにかく――」彼の言葉を風がかき消した。

ツナミは、らせんをえがくドラゴンの角の形をした岩の間に、水しぶきをあげながら飛びこんでいった。海草をおしのけるようにしてトンネルに突入《とつにゅう》し、岩ぺきの間を飛ぶように泳いでいく。夢中でスピードをあげるツナミは自分の頭上、息つぎあなのひとつで待ちぶせしていた黒いかげに気がつかなかった。

だれもいないと思っていたその瞬間《しゅんかん》背中《せなか》に何者かが飛びつく衝撃《しょうげき》を感じ、次の瞬間にはするどいかぎ爪《づめ》で首をつかまれていたのだった。

13

巨《きょ》大《だい》な翼《つばさ》が、岩におおわれたトンネルの地面にツナミをたたきつけた。ツナミは身をよじってあおむけになろうとしたが、なぞの敵《てき》は彼女《かのじょ》の頭をけり、海草のにおいがするふくろをすっぽりとかぶせてしまった。なにも見えない。ツナミはさけび声をあげて、かぎ爪《づめ》やしっぽをふり回しながらもがいた。だが敵は彼女より大きく、そして重く、体重をかけられているせいでほとんど身動き取ることすらできなかった。どうやら敵は、なにかずっしりと重いものを身につけているらしい。ツナミは背骨《せぼね》になにか金《きん》属《ぞく》のようなものがぶつかるのを感じた。

つりばりのようにするどいかぎ爪《づめ》がエラに食いこみ、ツナミは激痛《げきつう》に悲鳴をあげた。首から流れた血がうずをまきながら、水中に流れていく。

こんなところで死んでたまるか！ 彼女は声にださずさけんだ。**すがたも見せないおくびょう者に殺《ころ》されるだなんて！　そんなことさせるもんか！**

ツナミは、戦闘訓練《せんとうくんれん》のときにいつでも器用《きよう》にぬけだしたサニーの身のこなしを思いだした。体の小さな彼女はその小ささを活《い》かし、ツナミがどんなふうにおさえこもうとしてもほとんどぬけだしてしまうのだ。

脚《あし》と翼をめいっぱいちぢこめ、頭を低《ひく》くさげて丸くなり、トゲトゲのついた小さなボールのようになる。すると首にかかっていた敵の手がゆるんだ。その手があわてて鼻先をつかもうとのびてきた瞬間《しゅんかん》、ツナミは思いきり体をくねらせ、全身の力をこめて相手を上につき飛《と》ばした。ドラゴンが壁《かべ》に激突《げきとつ》し、嵐《あらし》のようなあわがもうれつないきおいで彼女にふきつけてくる。

だが、ツナミが頭にかぶせられたふくろをはぎ取ろうとしたその瞬間、またしても相手の手が彼女の腕《うで》をつかまえた。ツナミは目の前にいるはずの敵の腹《はら》をねらって思いきりけりつけたが、そのとき足のかぎ爪が金属の輪《わ》に引っかかって激痛が走った。敵からはなんの音も聞こえなかったが、次の瞬間、相手のしっぽがもうれつないきおいでなぐりつけてきた。骨《ほね》のくだける音がツナミにも聞こえた。

敵がもう一度、彼女を岩盤《がんばん》の地面におしつけようとしてきた。何者かはわからないが、水中ではあっとう的《てき》に有利《ゆうり》なシーウイングの戦《たたか》いかたをよく知っている。**だったら、見たこともないものを見せてやろうじゃない。**ツナミは、ケストレルと戦うときにグローリーがいつも使っていた**目くらまし**をやってみるつもりだった。彼女みたいにうろこの色を変《か》えられるわけではないけれど、それでもたっぷり敵をまどわすことができるはずだ。

翼をできるだけ速く開き、閉《と》じ、また開き、また閉じ、周囲《しゅうい》の水をかき回す。敵が混乱《こんらん》したように動きを止めるのがわかった。ツナミはもう一度翼を広げると、強烈《きょうれつ》な光で目つぶしをしてやるとばかりに、いきなり全身のストライプを光らせた。

敵が足をすべらせ、ツナミがまたけりつける。そしてまた、今度はふくろを通しても光が見えるほどはげしくストライプを光らせた。そして敵をつき飛ばそうとしたのだが、正体不明《ふめい》の相手がいきなり……消えてしまったのだ。

ツナミは、いつどこから飛んでくるかわからない敵の攻撃《こうげき》をはらいのけようと手足をふり回したが、やがて周《まわ》りにはもうだれもいないのをさとった。手をのばしてふくろをぬき取ると、外からトンネルに入ってきただれかが近づいてくる気配を感じた。

戦う覚悟《かくご》を決めてぱっとふり返る。すると、リップタイドがあわてて両手をふりながらとびのくのが見えた。ツナミはきょろきょろと辺《あた》りを見回したが、他にだれかがいる様子はなかった。

「だいじょうぶか?」とリップタイドがジェスチャーで言った。

ツナミは鼻のストライプを使って「だれ?」と聞き返した。文章になっていないが、知っている言葉はこれだけなのだ。

リップタイドは水かきのついた手を広げて「知らない」と伝《つた》えると、次にツナミを指さして「だいじょうぶか？」ともう一度全身のストライプを光らせた。ツナミは、自分が放った光を彼が外から見つけたのだ、とさとった。

彼女はじりじりした気持ちでうなずいた。リップタイドが来てくれたのはありがたいが、なぞの攻撃者《こうげきしゃ》を今すぐ追いかけなくてはいけないのだ。

「だいじょうぶ」、と彼女は合図を返した。そしてさっと身をひるがえし、宮殿《きゅうでん》に続《つづ》くトンネルを猛《もう》スピードで泳ぎだしたのだった。

水からあがると、そこはぶきみな静《しず》けさにつつまれていた。ドラゴンたちは砂浜《すなはま》やがけのふちでのんびりとくつろいだり、水の中を泳ぎ回ったり、楽しげに滝《たき》をつきぬけて飛んだりしている。ツナミは水面やパヴィリオンの上に視線《しせん》を走らせながら、ついさっき自分をおそってきた相手らしきすがたがないかさがした。きっと、なにかきずあとでも残《のこ》っているはずだ。

だれもあやしげな動きはしていない。ツナミが見あげてみると、てっぺん辺りのフロア――図書館のフロアだ――から母親のしっぽがのぞいているのが見えた。ツナミは羽ばたいて水面をぬけ、母親のもとへと舞《ま》いあがった。

「ああ、ツナミ」コーラル女王は、ツナミがおりていくといとしげに言った。まき物に囲《かこ》まれており、途中《とちゅう》まで広げられているものもちらほらと見えた。アネモネは女王のとなりで、曲線をえがく白い岩にもたれかかって丸くなり、たいくつそうにしていた。「今、あなたの妹にまき物を読んであげていたところよ。この子が一日のうちで、いちばんお気に入りの時間なの。今ちょうど、わたしがジルを夫《おっと》に選《えら》んだときの物語を読み終えたところよ」女王は大きなため息をついた。「ジルもわたしの書いたものが大好《だいす》きだったっけ……」

「母さん――」ツナミが口を開いた。

「あれほど王にふさわしいドラゴンは、他にいなかったわ」コーラルが続けた。「とても高貴《こうき》な一族でね。非《ひ》の打ちどころのない血すじだったわ。知性《ちせい》のほうも、まるでワールプールなみで」コーラルがもうひとつ、ため息をついた。

「母さん――」ツナミはもう一度言った。

「いいところに来たわね。ちょうど今からわたしが書いた叙事詩《じょじし》、『牡蠣《かき》とハマグリのちがいとは』を読むところなのよ。階級のちがいや遺伝的優位性《いでんてきゆういせい》について書いた、とてもよくできた比喩的《ひゆてき》な詩なのよ。ワールプールがいつもそう言ってくれるわ」

「母さん」ツナミは少し声をあらげた。「さっきあたし、だれかに殺されかけたの」

コーラル女王が身を乗りだした。爪についたインクが飛《と》び散《ち》る。「なんですって？　そんなこと、いったいだれが？」

「わからない。でもきっと、今このへんにいるはずだと思う」ツナミが答えた。「この宮殿のどこかにね。だから全員を集めて――」

「卵《たまご》！　卵があぶない！」女王はそうさけぶと、急いでまき物を釜《かま》に投げこみ始めた。

「なに？　なんの卵？」ツナミはうろたえた。

「王家の孵化室《ふかしつ》に卵がふたつあってね。あとほんの何日かで女の子が二頭生まれそうなんだ」アネモネがツナミに説明《せつめい》した。

「あなたがおそわれたということは、その卵だっておそわれるかもしれない！」コーラル女王はさけび、パヴィリオンのふちにかけだした。「モーレイ！　ワールプール！　急ぎなさい！」

「でも、おそってきたやつはここにいるんだよ」ツナミが大声で言った。「まちがいないの。〈ディープパレス〉じゃないんだってば！」

「だからこそ、先にそこに行かなくちゃいけないのよ」コーラル女王が言い返した。

「ここでつかまえられるかもしれないのに」ツナミは、なんでそんな当たり前のことがわからないのか、まったく理解《りかい》できなかった。

「母様、トータスは？　トータスが卵の護衛《ごえい》をしているんじゃないの？」アネモネがたずねると、ツナミにも「子どもたちの世話を担当《たんとう》している評議員《ひょうぎいん》なんだよ」と説明した。

「まあ、今週の当番だけどね」

「他の者はみんな失敗《しっぱい》してしまったのよ」コーラル女王はけわしい顔で言った。「トータスだってそうかもしれない。だいたい、この仕事はいやがっていたのだしね。だれもやりたがらないのよ！　〈シーキングダム〉でいちばん大事な仕事だというのに、家臣《かしん》たちがみなおくびょうでにげたがるのよ。**モーレイ！**」女王がどなった。

「はい、陛下《へいか》」下のフロアからモーレイがやってきた。図書館のフロアにあがってくる彼女を、ツナミが見つめる。ついさっきまで戦っていたような痕跡《こんせき》が、どこかにないだろうか？　ツナミにはわからなかった。モーレイはツナミのほうなど見ようともしないが、それはいつものことだ。

「モーレイ、今すぐ〈ディープパレス〉に向かうわ」コーラル女王が言った。「卵が危険《きけん》だと感じるの。うろこにそう伝わってくるのよ」

「あたしを攻撃してきた敵はどうするの？」ツナミが聞いた。「とっつかまえて、ばつをあたえなくちゃ！」

「わたしの卵を守るほうが重要《じゅうよう》なのよ」コーラル女王はけわしい顔で答えた。「長年にわたり、何者かに娘《むすめ》たちを殺され続けてきたわ。ジルが残してくれた最後《さいご》のふたつだけは、なんとしてもそんな目にあわせられないのよ」女王はすぐそばにすわり、うやうやしく自分を見つめているモーレイに向き直った。「どうかあの卵たちを守ってちょうだい。失敗はゆるされないわ」

「けれど、陛下のまき物のためにわたしがしているのは、どれもこれも重要な仕事ばかりです」モーレイが答えた。「まき物は陛下にとって、もうひとりのお子様のようなものです。放りだしていくなんて、わたしにはできません」

「たしかにそのとおりね」コーラル女王はそう言うと、真珠《しんじゅ》に手をふれさっと翼を広げた。その背後《はいご》でモーレイが、にくしみに満《み》ちたまなざしをアネモネに向けているのにツナミは気がついた。**え……いったいどういうこと？**

コーラル女王の娘たちをみんなにくんでいるの？

あたしを殺そうとするほどに？

「今日は朝食のあとシャークを先に行かせたのだけど、シャークはいつもどこかのん気でね」コーラル女王は、かぎ爪をガチガチと鳴らした。「暗殺者《あんさつしゃ》がいるなんて考えてもいないのよ。なにもかも、たまたま運が悪かっただけだと思っているの」そう言って、いまいましげに体をふるわせる。「それどころか、わたしは娘なんて持つ運命《さだめ》じゃなかったなんて言いだしたことまであるのよ。わたしの兄でなかったら、そしてモーレイ、あなたの父親じゃなかったら、生かしておかなかったところよ。**ワールプール！　どこにいるの！**」

アネモネが顔をしかめ、両手で耳をおさえた。

「〈ディープパレス〉では、わたしからはなれないようになさい」女王がツナミに言った。「いっこくも早くあなたのハーネスを用意しなくてはね。新しく生まれる二頭のために作らせてはいるけれど、あなたの分もすぐに必要《ひつよう》だわ」

「自分の身くらい守れるよ」ツナミはむっとした声で答えた。「あたしはまだ生きてるし、おそってきたやつは失敗したってこと」そう言ってぎろりとモーレイをにらみつけたが、彼女はまるで気にもとめないかのようにもぞもぞと翼を動かしただけだった。

そのとき、ポツポツと音がし始めた。

ドラゴンたちが頭上をおおう木の枝《えだ》を見つめる。緑の葉に、雨つぶが落ちてきていた。

「おや、わたしの予想どおり雨になりましたな」ワールプールが、女王のそばにおりてきながら言った。「おくれて失礼《しつれい》いたしました、陛下。キッチンで働《はたら》く者たちにまき物を配っていたものですから」ツナミは彼《かれ》の全身を見回したが戦った様子などなかった。それに、このまぬけなドラゴンがたとえ一瞬《いっしゅん》でも自分をあっとうできるとはとても思えない。

「今すぐ〈ディープパレス〉に向かう。できるだけ急いでね！」コーラル女王は、いきなりフロアから飛びだした。ふいをつかれたアネモネが、いっしょに引きずられていく。

ツナミもすぐにあとを追ったが、気づけば辺りには女王を追う評議会《ひょうぎかい》のドラゴンたちでひしめきあっていた。トンネルの中はぎゅうぎゅうだった。だれかのしっぽがだれかの鼻にぶつかり、翼がからまるようにふれあっている。ツナミはそのまん中におされていき、気づけばワールプールのすぐとなりを泳いでいた。

ツナミは今ごろになってようやく、仲間《なかま》たちの様子を見に行こうとしていたのを思いだした。**ほんとにあたし、どうしてこうなんだろう？**　心の中で自分をせめる。

引き返そうとしてみたが、評議会のドラゴンたちにおされてどんどん進んでいってしまった。何度か顔面にかぎ爪をつき立てられそうになってようやく、彼女は観念《かんねん》した。

きっとみんな無事《ぶじ》にしてるはず。なにせシャークはもう〈ディープパレス〉に行ってるんだから。卵の無事をたしかめたら、すぐにみんなのところに帰るから。

海にでるとコーラル女王はすぐに潮《しお》の流れを見つけ、それに乗って流されていった。一頭、また一頭と、他のドラゴンたちもそれに続く。

ツナミはきょろきょろと、サンゴ礁《しょう》や海底《かいてい》に転がる岩に視線を走らせた。スカイブルーのうろこがちらりと見え、心臓《しんぞう》がどきりとする。リップタイドはまだ、彼女を見守っているのだ。ツナミの視線の先で、彼が岩かげから岩かげへとすばやく移動《いどう》していく。**彼女**を——そして女王や評議会のドラゴンたちを——〈ディープパレス〉までつけていくつもりなのだ。

なんだかバカバカしいような気もしたが、ツナミはそれでもうれしく感じながら潮の流れに乗り、他のドラゴンたちのあとを流されていった。流れに乗っているうちに、翼の角度を変えながら流れをつかむ**こつ**がだんだんのみこめてきた。飛ぶのに少し似《に》ているが、水中ではいろんなものをよけなくてはいけない。魚たちはドラゴンのすがたに気がつくと、あのときと同じようにみるみるにげだしていった。

見あげれば、海面に落ちてくる雨はどんどんはげしくなってきていた。だんだんとうす暗くなってくるのを見て、ツナミはおしよせてくる黒雲を想像《そうぞう》した。〈サマーパレス〉にいる仲間たちはだいじょうぶだろうか。あそこもしょっちゅう嵐におそわれているはずだが、とりあえずみんなどうくつの中にいるのだから、ぬれたりすることはないだろう。

大きなウミガメが二匹、逆《ぎゃく》の方向に泳いでいった。ウミガメたちは警戒《けいかい》のまなざしでドラゴンを見たが、わざわざ進むのをやめて食ってしまおうとするドラゴンは一頭もいなかった。サンゴ礁の間にはイソギンチャクがゆれており、そこからピンク色の魚たちがでたり入ったりしているのが見えた。なにか大きくて黄色いものがぺったりと砂地《すなじ》にはりついていたが、いきなりふたつの目がそこに開いたかと思うとツナミをじっと見つめ、また閉じた。

しばらく進んでいくと、巨大なサンゴ礁にぐるりと囲まれた、そびえたつように大きな島が前方にあらわれた。むらさき色のサンゴのかたまりにオレンジ色の枝がからみつき、傘《かさ》の形をしたうすいピンクのサンゴからは、赤茶色のレースでできたおうぎみたいな形をしたものがのびている。あちこちのあなからは、青や銀色の魚がでたり入ったりしているのが見えた。

シーウイングたちは潮の流れからおりるとサンゴ礁の角を曲がった。先頭のドラゴンたちが、海底に口を開けた谷の中へともぐっていく。

ツナミもそれを追ってもぐり始めた。だんだん目がなれてくると、谷の両側《りょうがわ》や底《そこ》に見わたすかぎり広がる白や緑のサンゴ礁が見えてきた。サンゴはからまりあってらせんをえがきながらどうくつや塔《とう》を、そして色とりどりのかがやきを放つ海底庭園を作りあげていた。

谷のまん中には、シーウイングたちがひしめきあう巨大な宮殿がそびえ立っていた。

どこもかしこもシーウイングだらけだった――宮殿の窓《まど》やドアから泳いで出入りする者、海面までのぼる者や谷底《たにぞこ》までおりてくる者、庭園の手入れをする者、サンゴをていねいにそうじする者、獲《と》ってきた大きな魚を運びこんでいる者、そして子どもたちに輪を作らせて石版《せきばん》を読み聞かせている者もいる。

宮殿の周りではいくつかの部隊《ぶたい》が隊列《たいれつ》を組んで訓練しており、ひとつの庭園にはひどいけがを負って包帯《ほうたい》でまかれた兵隊《へいたい》が集まっていたが、そのほかには戦争《せんそう》らしい光景《こうけい》などどこにも見当たらなかった。脚を失《うしな》った者が二頭、目があったはずの場所に黒こげのあながあいている者が一頭、翼やしっぽにのたうつような黒いきずあとがついている者が何頭か、ツナミからも見えた。自分では泳ぐこともできず、看護師《かんごし》のドラゴンたちの手をかりて水中を移動していく者たちもいる。

コーラル女王が通りかかるとドラゴンたちはみな直立し、敬礼《けいれい》したり、手をふったりした。女王はにっこりとほほえみながら、みんなに手をふり返した。ツナミは、ドラゴンたちの多くがアネモネにも手をふっているのに気がついた。アネモネも笑顔《えがお》で手をふり返している。

評議会のドラゴンたちに囲まれているおかげで、ツナミも今だけは注目を浴《あ》びたり指をさされたりすることなく、通りすぎていくことができた。とりあえずではあるが、だれにも自分が何者なのか気づかれずにすんだのだった。

一行《いっこう》は広々とした正面入り口をぬけ、エメラルドやサファイアがきらめくサンゴのどうくつに入っていった。まん中にはいつくしみ深い表情《ひょうじょう》で両手を広げているコーラル女王の像《ぞう》がそびえ立っていた。

四方八方から、女王に向けてストライプを光らせながらシーウイングの召使《めしつか》いたちがかけよってきた。だが、コーラルは見向きもせずに彼らの目の前を通りすぎ、大広間のおくに見えるトンネルに向かってのしのしと歩いていった。評議員の中にはその場をはなれて他のところへ泳いでいくドラゴンもいたが、モーレイとワールプールは女王についていき、ツナミもそのあとに続いた。

トンネルはぐるぐるとうずをまくようにしながらくだっており、おりていくにつれてだんだんと暖《あたた》かくなっていった。ツナミは足の下に広がるサンゴのおくから、ぶくぶくとあわをたてながら温かな水がわきだしてきているのを感じた。くだりきったところには石のドアがあり、そのドアの前に海草のような緑色をしたやせたメスのドラゴンがしゃがみこみ、手に持ったなにかをガツガツとむさぼっているところだった。

ドラゴンは女王のすがたに気づくと目を大きく見開いて、悲鳴をあげながら手にしたタコを地面に落とした。あわてて手をばたつかせながら、まるでたけりくるう嵐のようにストライプをはげしくピカピカと点滅《てんめつ》させる。タコの残骸《ざんがい》は、ゆっくりと天井《てんじょう》にうきあがっていった。

コーラル女王は大きな声でほえながららんぼうにドアを開けた。はね飛ばされたドラゴンが背中《せなか》から壁にぶつかる。女王はアネモネを引きずるようにしながら、足音もあらくさっさと中に入っていった。

ここが、あたしが生まれるはずだった場所……。ツナミは、さまざまな気持ちが入りみだれて興奮《こうふん》していた。泳いで入り口をぬけ、辺りを見回す。**王家の孵化室だ。**どの壁からもごぼごぼと温かい水流がふきだして、あわい色をした大きな卵の内側《うちがわ》のような部屋を暖めていた。中央には暗い緑色の大理石でほられたシーウイングのドラゴン像があって、角や翼には青やむらさきの海草で作られた輪《わ》っかがかざられていた。像の下には「オルカ」とほられていた。力強く、同時に美しいすがただ。コーラル女王の初《はじ》めての娘が、いつか記念碑《きねんひ》になると知りながら自分でほったものだろうか。ツナミは思った。

周りの様子をながめていると、モーレイがにくしみのまなざしで像をにらみつけているのが見えた。**ひょっとすると、あのこびた態度《たいど》も、女王をほめちぎっているのも、本気でやってるのかもしれない。**

娘たちからコーラル女王を守るためなら、モーレイはなんでもする気なのかもしれない。

ゆかのあちこちにくぼみが作られており、そこに卵が置《お》けるよう海草がしきつめられていた。くぼみとくぼみの間を広い通路がつないでいた。ドラゴンの卵は孵化するまでに一年かかる。だから本当ならば産みたての卵からもうすぐ孵化する卵まで、さまざまな卵がここにはあるはずだった。だが、新しい卵はどこにも見当たらなかった。**ジルがいなくなったからだ。**ツナミの胸《むね》が罪悪感《ざいあくかん》に痛《いた》んだ。**そして、もうもどってこないんだ。**

壁際《かべぎわ》に三つの卵がならべられており、ドアからいちばんはなれた置《お》き場《ば》にはふたつの卵があった……。

コーラル女王が怒《いか》りと絶望《ぜつぼう》のさけびをあげ、辺りの水をふるわせた。おくの置き場の前にがっくりとひざをつき、われた卵のからを手に取る。

そんな……！　ツナミは急いでかけよろうとしたが、モーレイがひと足早く彼女をおしのけて女王のとなりにひざまずいてその体を支《ささ》えた。アネモネが青ざめた顔でツナミのほうをふり向く。

無事な卵はひとつだけで、もうひとつはわられていた。中にいた小さな青いメスの赤ちゃんは、首をしめて殺されてしまっていた。首が不自然《ふしぜん》によじれ、コーラル女王がそっとだきあげると頭がぐったりとたれさがった。

ツナミはショックを受けながら、その死体を見つめていた。**こんなに……こんなに小さいのに。だれがいったいこんな目にあわせたというのだろう？　こんな赤ちゃんに、そんなことがだれにできるというのだろう？**

あたしの妹に……。

アネモネの冷《つめ》たい手がツナミの手にのび、きつくにぎりしめた。犯人《はんにん》は、アネモネまで同じ目にあわせようとしていたのだ。だから女王はあんなハーネスをつけてまで、必死《ひっし》に彼女を守ろうとしていたのだ。赤ちゃんの無惨《むざん》な死体を見ていると、ツナミまでどうにかなってしまいそうだった。

ツナミがいるかぎり、何者にもアネモネに手だしなどさせやしない。そして、残された卵を守るためならばどんなことでもしてやる、とツナミは胸にちかった。

14

コーラル女王は、モーレイをつき飛《と》ばすようにして立ちあがり、どうくつの入り口にかけよった。しかし、さっきまでいたはずのあのやせた緑色のドラゴンはかげも形もなくなっていた。女王がかけだす。アネモネも悲鳴をあげてあわをはきだしながら、猛《もう》スピードでトンネルの中を引っぱられていく。

ツナミはあとを追おうとしたが、ふと立ち止まり、残《のこ》されたひとつの卵《たまご》を見おろした。モーレイはもう、コーラルを追ってでていってしまった。ワールプールは入り口でなにもできずにつっ立っており、そこから動こうともしない。ツナミまで行ってしまったら、この卵を守る者がだれもいなくなってしまう。

でも、トンネルから続《つづ》いているあのドアのほかに、入ってこられる場所はないはず。ツナミは辺《あた》りを見回した。じゃあ、犯人《はんにん》はどうやって、衛兵《えいへい》のトータスに見つからずに入りこめたというの？

ぐるりと回転しながら、つるつるした壁《かべ》をじっと観察《かんさつ》する。**でも、そういえば……あたしの卵をぬすんだとき、ウェブスはどうやって入りこんだんだろう？**　そのときにも、やはり衛兵が立っていただろう。六年前だって女王は同じように、卵を守ろうとしていたにちがいないのだ。ウェブスがひとりだけの力で突破《とっぱ》したとは思えないが、それではどうやって侵入《しんにゅう》したというのだろう？

ツナミは目を細め、卵置《お》き場《ば》とドラゴンの石像《せきぞう》を見つめた。**ひみつの入り口……。きっとどこかにひみつの入り口があるんだ。**

とりあえず、ひとつだけたしかなことがあった。この卵をここに残してはいけない、ということだ。

ツナミは卵置き場の横でしゃがむと、無事《ぶじ》な卵をそっと手に取った。意外にもずっしりとした重みが伝《つた》わってくる――いや、あと一日二日で赤ちゃんがでてくることを考えれば、そんなに意外ではないのかもしれない。ツナミは卵を胸《むね》にだくようにして、どうくつの外へと泳ぎだした。

ワールプールは体じゅうのストライプをビカビカと光らせながら、怒《いか》りくるったように手をふり回したり、卵を指さしたりしていた。

ツナミは目を丸くして、きょとんとした顔をしてみせた。**だから水中語を教えてくれって言ったじゃないの、この海ナメクジ。教えてくれてたら、好《す》きなだけあたしをどなりつ**

けられたのにね。

　ワールプールがまたうろこを光らせると、ツナミはにっこりほほえみながらまったく同じように自分のうろこも光らせ、さらにリップタイドに教わったとおりにしっぽのストライプまで光らせて「イカ頭」とつけ加《くわ》えた。そして、ぽかんとしている彼《かれ》をひとり残し、トンネルを泳ぎ去っていったのだった。

　海面目指して上昇《じょうしょう》しているうちに、海の中にまでひびく苦痛《くつう》のさけびが聞こえてくるようになった。ツナミは一瞬《いっしゅん》ためらったが、すぐに翼《つばさ》をもっと速く羽ばたかせて泳ぎ続けた。

　正面入り口のホールにたどりつくと、トータスをふみつけておさえているコーラル女王のすがたが見えた。シーウイングたちが集まり、なにも言わずにその様子を見つめている。

　あの緑色のやせたドラゴンが苦しそうに、長く甲高《かんだか》い悲鳴をあげている。ツナミはおそろしくなり立ち止まると、背中《せなか》をぴったりと壁につけた。コーラル女王はもうすでに、一本、また一本とトータスの牙《きば》をぬいてしまっていた。白く小さな牙が水中にうかび、上にのぼっていくのが見える。女王は次に、自分のかぎ爪《づめ》をトータスのあらわになった腹《はら》につき立てた。ふきだす血が赤い雲のように海の中に広がり、女王とトータスのすがたをかくしていく。

　女王になったら、あたしもあんなことをしなくちゃいけないの？

　あんなこと、あたしに本当にできるの？

アネモネは体を小さく丸め、目をきつく閉《と》じて両手で耳をふさぎながら、母親の上にぷかぷかとういていた。

コーラル女王のうろこがゆっくりと、威圧的《いあつてき》に点滅《てんめつ》をくり返している。ツナミにはその意味がほとんどわからなかったが、トータスが落ち度をせめられているのだけは想像《そうぞう》がついた。

トータスのストライプが弱々しく光る。

女王はうなり声をたて、さらに深々とかぎ爪をトータスの腹にねじこんだ。トータスが口から血のあわをはく。そして頭をぐったり横にたおすと、周《まわ》りを取りまくドラゴンたちの中にだれかを見つけたような表情《ひょうじょう》をした。女王の足をつかみ、必死《ひっし》にストライプを点滅させながらなにかを指さす。

トータスは、シャークをぴたりと指さしていた。

シャークはいつものようにまばたきひとつせず、トータスを見つめ返していた。

コーラル女王はゆかに相手を組みふせたまま身をかがめた。そしてもう一度うろこを光らせてなにかを伝えると、両手でトータスの頭をつかんでごつごつとしたサンゴ礁《しょう》の地面にたたきつけた。

ツナミは卵をだきかかえたまま目をつぶると、ギリギリのところで顔をそむけた。だれかにその様子を見られ、一歳《さい》の子どもみたいだと思われてもかまわなかった。こんな光景《こうけい》を死ぬまで頭の中にきざみこむなど、ぜったいにごめんだ。

トータスは、シャークのことをなんて言ったんだろう？

ツナミは、他のドラゴンたちが泳ぎ去っていく気配がするまでずっと目をつぶり続けた。そしてまぶたを開いてみると、ホールにうかぶ血や骨《ほね》の破片《はへん》をそうじしている、忙《いそが》しそうなモーレイのすがたが見えた。

なんて気持ち悪い光景なの……。自分から進んであんな役目を買ってでるなんて、モーレイはすごくコーラルを尊敬《そんけい》してるんだ。

トータスの体はドアの横につきでたサンゴに引っかかっており、まるで夕食のあとにゴミ捨《す》て場《ば》にだされるのを待っているボロボロのシカの死体みたいだった。コーラル女王はアネモネを胸にだいて兄のシャークを見おろすようにして向き合い、はげしくうろこを点滅させながらなにか話をしていた。他のシーウイングたちはみな、宮殿《きゅうでん》のどこか遠くに立ち去り、散《ち》りぢりになっていた。

ツナミは母親のところに歩きだしかけたが、ふと窓《まど》のひとつに奇妙《きみょう》なかげがちらりとよぎるのを見て足を止めた。**今のはなに？　ドラゴンじゃなかった。**少しだけ泳いで窓に近づき、外をのぞいてみる。

そこにいたのは、サメの群《む》れだった。死んだような目をしてするどい牙を持つサメたちが、トータスの死体から流れる血のにおいをかぎつけて、正面ドアの周りに集まってきていたのだ。ツナミが想像していたよりずっと大きい――アネモネくらいの小さな子どもならば平らげてしまいそうな巨体《きょたい》だ――が、彼女《かのじょ》が見ている間にも、シーウイングの衛兵が二頭おそいかかり、あっというまに五匹《ひき》のサメをしっぽでなぐりつけ、やすやすとしとめてしまった。

ツナミがふり返ると、コーラル女王のほうに泳いでいくワールプールのすがたが見えた。女王の話をさえぎるようにはげしく手をふりながら、ツナミを指さしている。

まずい！ ツナミは深呼吸《しんこきゅう》し、卵をさらにしっかりとだきしめた。**でも、これだけはぜったいにわたさない**。

コーラル女王は、少しけわしい顔でツナミのほうに泳いできた。卵を指さし、それをわたしなさいと合図してみせる。

ツナミは、自分が知っている数少ない水中語の知識《ちしき》をたよりにうろこを光らせた。**あたしが、守る**。だが、**これ**をという言葉がわからない。彼女は卵を指さすと、もう一度**あたしが、守る**。と伝えた。

女王は首をかしげると、ストライプを何本か光らせた。ほとんど意味はわからなかったが、鼻の上のストライプが「どうやって」の意味なのはツナミも知っている。

ツナミは首を横にふった。自分の水中語ではとても説明《せつめい》できない。だからもう一度、**あ**

たしが、守る。とツナミはくり返した。

何頭かのシーウイングが入り口から顔をだして自分のほうを見ているのに、ツナミは気づいた。ほとんどのドラゴンの顔には、ショックと、信《しん》じられない気持ちがうかんでいた。アネモネが、ツナミとぼろぼろになったトータスの死体を見くらべていた。青ざめた、不《ふ》安《あん》そうな顔をしている。

なるほど、そういうことか。

ツナミは、みんなの考えていることを理《り》解《かい》した。彼女は自ら、トータスの代わりをつとめようとしていたのだ。だれもやりたがらない仕事を引き受けようとしていたのだ。そんなこと、考えたこともなかったというのに。

つまり、もし失《しっ》敗《ぱい》したら……同じばつを受けるかもしれないということだ。

15

コーラル女王はさらにいくつかツナミに質問《しつもん》しようとストライプを光らせたが、最後《さいご》にはあきらめて羽ばたきながら海面にでようと上を指さした。ツナミは卵《たまご》を胸《むね》にしっかりだき、母親のあとについて泳ぎだした。曲がりくねったトンネルをのぼり、おり、大どうくつのような宮殿《きゅうでん》の部屋をいくつもぬけ、エメラルドのちりばめられたサンゴや、真珠《しんじゅ》にかざられた金色の海草のカーテンをくぐって泳いでいく。宮殿のてっぺんまで泳いでいくと、そこには一頭の衛兵《えいへい》が立ち、広々とした海底《かいてい》にするどく目を光らせているところだった。

衛兵が敬礼《けいれい》する。女王は彼《かれ》の前を通りすぎると、頭上からさしこんでくる灰色《はいいろ》の光を目指してどんどんのぼっていった。あとについて泳いでいくアネモネは、まるで暗い海の中でうっすらと光を放つ青い真珠みたいだ。

海面から顔をだしてみると、まるでまだ水の中にいるのではないかと思ってしまうほど、はげしい嵐《あらし》がふきあれていた。空中に舞《ま》いあがったツナミが、たたきつけてくるような雨と風におしもどされそうになり、海に落ちかけてふらつく。かかえた卵がすべりそうだ。

ぜったいに落とすな！ ツナミは自分をどなりつけた。

「こっちよ！」いちばん近くの島に進路を取りながら女王がさけんだ。大きなどうくつが浜辺《はまべ》に口を開けているのが見える。あれ果《は》て、きたなくて、泥《どろ》だらけではあるが、いちばんぬれていないのがそのどうくつだった。女王、アネモネ、ツナミの三頭がどうくつの中に避難《ひなん》する。

「自分がなにしてるかわかっているの？」ツナミが着陸《ちゃくりく》するやいなや、女王が声をあらげた。

「だれかがこの卵を守ってあげなくちゃ」ツナミが答える。「孵化室《ふかしつ》に置《お》きっぱなしじゃ、なにが起きるかわからないもの」

「わたしが衛兵をみな配置《はいち》すれば、あの孵化室は安全だわ」コーラル女王は怒《いか》りを声ににじませた。

ツナミが首を横にふる。「前にもそうしたんでしょう？ それで卵を守れたの？」そう言って、一度妹のほうを見る。「アネモネのときはどうだった？」

女王は翼《つばさ》を広げ、水をはらい落とした。「一年間ずっと、わたし自ら卵のそばで寝起《ねお》きしていたのよ」

「そうだったの？」アネモネがさけんだ。小さな翼からしたたった雨が、足元で水たまりを作っている。

「孵化室からほとんどでなかったのよ。戦争《せんそう》の指揮《しき》はジルにすべてまかせてね……そして、そのせいで彼を失《うしな》ってしまった……」コーラルは声をつまらせ、苦しげに顔をゆがめた。

「ジルがいなくなった今、女王としての責任《せきにん》を投げだすわけにはいかないのよ」

「だったらあたしにやらせて」ツナミが言った。「あたしにこの卵を守らせて」

「でも、孵化室からでたらいけないわ」女王が言いはった。「孵化の直前は特《とく》に、暖《あたた》かく保《たも》っておいてやらなくてはいけないのだから」

ツナミは腕《うで》の中の卵を見おろした。あの孵化室は信用《しんよう》できない。しのびこんできた何者かにツナミも卵も攻撃《こうげき》を受けてしまうだろうし、かくし通路が本当にあるのだとしたらなおさらだ。それに〈ディープパレス〉なんかでぐずぐずしているひまはない。仲間《なかま》のところにもどって無事《ぶじ》をたしかめなくてはいけないのだ。「もっといい考えがあるわ。あたしを信《しん》じて。この卵は〈サマーパレス〉に持って帰る」

「〈サマーパレス〉ですって！」女王が大きく翼を広げた。「だめよ。こんな天候《てんこう》の中で、そんなことさせられるわけがないわ。嵐がくるとあそこは水びたしになってしまうのよ。この〈ディープパレス〉なら雨なんてほとんど関係《かんけい》ないのだから、ここで雨がやむのを待つほうがいいわ」

「水びたしに？」ツナミがたずねた。「どうくつや砂浜《すなはま》まで……っていうこと？　**あたしの友達《ともだち》がいるところは？**」

「ああ、そのことならなにも心配ないわ」コーラル女王は、ぱっと手をふってみせた。「お友達も、泳ぎくらいできるのでしょう？」

「あたしたちみたいには泳げないいんだよ」ツナミが答えた。「だからみんなの様子を見に行かなくちゃ」

「わたしの卵を持って？」コーラルが低《ひく》い声で言った。

「今まで、他のシーウイングを信じてきたんでしょう？」ツナミは、雨のふりしきる外に足をふみだしながら言った。「じゃああたしのことも信じて。赤ちゃんが無事に生まれてくれるよう、ちゃんと守ってみせるから」

心臓《しんぞう》が、黒雲の中のかみなりのようにはげしく鳴っていた。本当に、それが正しい道なのだろうか？　ちゃんと正しい理由があって、自分はこんなことをしようとしているのだろうか？　それともまたろくになにも考えずに直感だけでつっ走り、なにかを証明《しょうめい》しようとしているだけなのだろうか？

父さんのためなんだ。あたしが今までおかしてしまったあやまちをつぐなうために、あたしはそうするんだ。

そして、小さな妹を助けるために。まちがってることなんて、あるわけないいじゃない！

「もしその卵になにかあったら、わたしは一日にふたりも娘《むすめ》を失うことになってしまうのよ」コーラル女王が苦しそうに言った。

特別《とくべつ》な王女様でいるのは、もうこれまでだ。「卵を運ぶのにハーネスがいるわ」ツナミは、母親の目を見つめながら言った。**いい？　あたしはあんたなんかこわくない。あたしをおどそうとする前に、次の女王様に権力《けんりょく》の座《ざ》をうばわれるんじゃないかって心配することね。**

「子どもたちのために作らせたハーネスがいくつかあまってるはずよ」アネモネが口をはさんだ。「あれならちょうどよさそう」

「〈サマーパレス〉までどうやって帰るつもり？」コーラル女王がけわしい声で言った。「あなたは道も知らないし、家来たちはみんなこっちにいるのよ」

「なんとかするわ」ツナミはそう答えたが、翼は緊張《きんちょう》でふるえていた。嵐の海原《うなばら》をひとりでさまようなんて気が進まない——仲間たちが自分の力を必要《ひつよう》としているのなら、なおさらだ。

リップタイドがいてくれたら……お願《ねが》い、まだ近くにいて。

「待って」ツナミは、入り口に向かいかけた女王をよび止めた。「ひとつ聞かせて。トータスが死ぬ前にシャークを指さしていたわ。彼女《かのじょ》は、卵を攻撃したのはシャークだと言っていたの？」

コーラルはショックを顔にうかべ、翼を広げた。「そんなことあるはずがないでしょう！　わたしの実の兄なのよ！　攻撃するはずないじゃないの！」

「卵をわったと言ってたんじゃないの」アネモネが続《つづ》く。「トータスは、シャークが持ち場をはなれる許可《きょか》をだしたって言ってたんだよ。シャークがタコを持ってきてくれたんだって」

「まったくおろかな」コーラルは歯ぎしりした。「シャークには、卵を守るには警戒《けいかい》し続けるしかないと、数えきれないほど言ってきたというのに。そのために何日も食事ぬきになろうとも、評議員《ひょうぎいん》ならそうしなくちゃいけないわ。シャークめ、なんてあまいことを」

へえ、あたしだったらシャークに「あまい」なんて言葉、ぜったい使わないな。ツナミは心の中で言った。

「でもトータスは、なにか起きるなんて思ってなかったのよ」アネモネが言った。「だってドアの外にいたんだし、卵からはなれたのもほんの少しの間だったんだよ？」

「卵のそばで食べればよかったのにね」ツナミが言った。

「王家の孵化室では、**だれも**ものを食べちゃいけないんだよ」アネモネが、すました顔で答えた。「だって王家の赤ちゃんのために作られた、せいけつな孵化場だからね。水に血がまじったりしたら、サメが入ってこようとするでしょう？　小さな子どもたちや卵を食べるような、ふつうのサメたちがね。王家のものじゃない孵化室は、よくそういうサメにおそわれるんだ」

ツナミは首を横にふった。そんなふうに規則《きそく》を守ることで、むしろ暗殺者《あんさつしゃ》を助けてしまうことにしかならないように感じたからだ。それに、シャークがトータスに持ち場をはなれさせたのだって、あまりにも話ができすぎている――ああすれば、しのびこんで卵をこわしてしまうチャンスを自分の手で作ることができたのだ。

ツナミはバサバサと羽ばたき「ハーネスのところに案内《あんない》して」と言った。

コーラル女王は卵に手をのばしかけ、動きを止めた。そしてもう一度ツナミをするどくにらみつけてから、嵐の中にでていった。

来たときとはちがう、あれてにごったルートを泳いで宮殿の裏口《うらぐち》に回る。女王がとびらを開けると、そこはどうやら作業場のようで、小柄《こがら》なシーウイングたちが海草をあんだり、大理石にほりものをしたりしていた。ツナミは足を止め、のしのしと部屋のおくに向かう母親を見送った。海草のあみものをひとつ手に取り、あのハーネスと同じ素材《そざい》で作られていることに気づく――弾力《だんりょく》があってのびちぢみし、それに水もはじくが、こちらは透明《とうめい》ではなく色がつけられていた。

コーラル女王は、ほりかけの大理石を前に固《かた》まっているドラゴンに、おこったようにビカビカとストライプを光らせてみせた。ドラゴンが急いでおくの部屋にかけこみ、すぐに小さなハーネスを持ってもどってくる。コーラルがツナミを指さすと、彼がすぐに彼女のところにはこんできた。

年老《としお》いたそのドラゴンを見たツナミは、彼がおそろしさのあまり、ハーネスのベルトをツナミの首や肩《かた》にかけられないほどふるえているのに気づいた。コーラル女王のために作られたこのハーネスは、ツナミには大きすぎてきつくしまらなかった。だがこれより小さいものとなると、手足やしっぽの生えた幼《おさな》い子ども用のものしかなく、つるつるした丸い卵にはとても使えない。

老《ろう》ドラゴンはハーネスをどうしたらいいのかわからず身ぶり手ぶりでなにかを言った。コーラル女王がいらだちにあわをはきながら彼が手にしたハーネスをつつくと、今度はアネモネを引きよせて彼女のハーネスを指さし、翼についた王族のストライプを光らせていくつか指示《しじ》をだした。

アネモネはためらったが、しぶしぶ手をのばしてハーネスにふれた。すると、肩にかかっているストラップがとつぜんちぢんで自分にぴったりになったものだから、ツナミは思わず目を丸くした。他の部分もまるで命でも持っているかのようにぴっちりとしまり、卵がしっかり胸に固定《こてい》される。

ツナミがアネモネの手をつかむ。冷《つめ》たく、妙《みょう》に固い。目もぼんやりとして、焦点《しょうてん》が定まっていない。ツナミがゆさぶると、アネモネはまばたきをしてツナミの顔を見た。だんだんとその目がはっきりとしてくる。

なに？　ツナミは、鼻すじのストライプを光らせた。

アネモネは首を横にふり、円をえがくあのジェスチャーをしてみせた。**今じゃない、あとで**、と言っているのだ。ツナミはじれったく感じたが、今のジェスチャーのおかげでシャークや仲間たちのことを思いだした。早くもどらなくてはいけない。卵を守るのも大事だが、四頭の仲間を守ることこそ、彼女にとってはいちばん大切な役目なのだから。

ツナミは女王とハーネス職人《しょくにん》の老ドラゴンにていねいに頭をさげると泳いで宮殿をあとにし、入ってくるときに目にした庭園をぬけていった。だれにも気づかれなかったあのときと、今度はまったく逆《ぎゃく》だった。シーウイングたちは彼女が通りかかると足を止めてじろじろと見つめ、それからあわてて翼を光らせながらおたがいになにかを話した。全員が卵を指さしているのが、ツナミにもわかった。みんな彼女が消えた王女だと知っているのか、それとも最後のメスの赤ちゃんが入った卵をすくうという自殺行為《じさつこうい》を自ら買ってでたことしか知らないのか、ツナミにはわからなかった。

谷におりてきたときのことを思いだし、彼女はゆるやかなカーブをえがくサンゴ礁《しょう》をぬけながら高くのぼっていった。〈ディープパレス〉が背後《はいご》に見えなくなり、暗く果てしない海が目の前に広がった。

上等よ、自分で望《のぞ》んだことだもの。

さあ、次はどうする？

16

なにか見覚《みおぼ》えのあるものはないかと、ツナミはきょろきょろした。

本音を言えば、リップタイドにいてほしい。

けれど海は暗くあれくるっており、生きものたちはすべて嵐《あらし》がすぎ去るまでどこかにかくれてしまったようだった。

自分でなんとかするしかない……か。ツナミは覚悟《かくご》を決め、ハーネスごしに卵《たまご》を軽くたたいた。**だいじょうぶだ。あたしならできる。**

来るときはほとんどずっと、潮《しお》の流れに乗ってきた。帰りはそれに逆《さか》らって泳がなくてはいけないのだろうか？　ゆっくりと泳いでいくと、おしもどそうとする流れがだんだんと強くなってきた。この流れを見失《みうしな》わないよう翼《つばさ》の先だけでふれ、これにそって泳いでいくというのはどうだろう？

ツナミは何度か羽ばたくと流れからはなれ、つかれと困惑《こんわく》を感じながらひと息ついた。

どうしてこんなにきつい思いをしなくてはいけないのだろう？

リップタイド、どこにいるの？

空を飛《と》んでもどるという手もある。それならただ、ドラゴンのがいこつのような島をさがせばいいだけの話だし、たいしてむずかしくないだろう。

ツナミは力強くしっぽで水面を打ち、雷鳴《らいめい》とあれくるう波の音がうずまく大混乱《だいこんらん》の中に舞《ま》いあがった。いきなりものすごい風にふき飛ばされそうになる。

なんとかバランスを取りもどし、必死《ひっし》にまっすぐ飛ぼうとしたが、もう自分がどちらを向いているのかもわからなくなっていた。左に島がひとつ見えるが、それが〈ディープパレス〉の近くにうかぶ島なのか、それとももうどこかに流されてしまったのか、〈サマーパレス〉まで続《つづ》く帰り道にうかんでいる島なのか、まったくわからなかった。

と、海面に黒いかげがうかんでいるのが見えた。鼻をこすり、そこについた雨つぶをふりはらう。

リップタイド？

ツナミは高度をさげた。

だが、それはドラゴンではなかった。かげの正体は海にうかんでいる、大きなボウルのような形をした奇妙《きみょう》な小舟《こぶね》だったのだ。中ではびしょぬれのゴミあさり《スカベンジャー》が二匹《ひき》、身をよせ合っている。

なんの役にも立ちゃしない。おなかもすいてないしね。ツナミは心の中で毒《どく》づいた。

上昇《じょうしょう》しようと羽ばたいたそのとき、片方《かたほう》のゴミあさりが彼女《かのじょ》のほうを見あげた。グローリーと同じ緑色の目と、クレイのうろこと同じ茶色でなめらかな顔。もつれた黒髪《くろかみ》がぬれ、ぺったりと肩《かた》にはりついている。

ツナミは近くでゴミあさり《スカベンジャー》を見たことがあまりなかった——山で一匹《ぴき》、そしてスカイウイングのアリーナで二匹見たことがあるだけだ。あのときも、ドラゴンに似《に》た目をしていると感じた。ツナミにはそれが、なんだかひどくぶきみに思えた。

ゴミあさりは水中でも呼吸《こきゅう》ができるのだろうか、とツナミは思った。二匹は今にも波にのまれ、海のもくずとなろうとしていた。

あたしが助けなくちゃおしまいだろうな。

でも、そんな時間がどこにあるっていうの?

ツナミはためらった。もしかしたらゴミあさりはずっとそんな顔をしているのかもしれないが、二匹ともすっかりおびえきった表情《ひょうじょう》をしているように見えるのだ。

まあ、人助けも悪くないかもしれない。それで運が味方してくれるかもしれないしね。

ツナミは急降下《きゅうこうか》すると、両足で小舟をしっかりとつかまえて海面から持ちあげたが、思っていたよりも重くてすぐにまた落としてしまった。二匹のゴミあさりが鳥のように長くするどい悲鳴をあげながら、船ごと海にたたきつけられた。

落ちついて、とツナミは自分に言った。風に逆らって旋回《せんかい》し、両手で一匹ずつゴミあさりをつかみあげる。二匹はまた悲鳴をあげ、ツナミの手をなぐりつけた。

まったくゴミあさりがなんであんなにいろいろできるのか、さっぱりわからないね。ツナミは島に向かって羽ばたきながら思った。ドラゴンみたいに便利《べんり》な力を持ってるわけじゃないのに、それでも財宝《ざいほう》をぬすんだりするどころか、女王を殺《ころ》したり戦争《せんそう》を始めたりすることだってあるんだもの。

そうだ、忘《わす》れてた。ツナミは二匹を軽くゆさぶった。あんたたちには腹《はら》を立ててたんだ。なにもかも、こうなったのはあんたたちのせいなんだから。

二匹が恐怖《きょうふ》の悲鳴をあげたので、ツナミはいい気分になった。

でも、オアシス女王を殺したのとサンドウイングの王位継承《おういけいしょう》戦争を起こしたのが同じゴミあさりだってのは、考えにくい話だね……。

だったら、こいつらは生かしておかなくちゃ。

砂浜《すなはま》に二匹を落とす。ゴミあさりたちはよろめきながら立ちあがると、後ろをふり向こうともせずに森の中に口を開けたほらあなめがけてにげだした。

みじめで、なんてちっぽけなやつら。

嵐と戦《たたか》った翼が悲鳴をあげていた。水中から帰り道をさがしたほうがよさそうだ。

ツナミは水しぶきをあげて海に飛びこむと、またリップタイドをさがして暗い水の中に視線《しせん》をさまよわせた。もう彼女のことなど、放りだしてしまったのだろうか？〈ディープパレス〉にいればツナミも安全だと思い、嵐から避難《ひなん》しているのだろうか？　かしこいドラゴンなら、だれだってそうするだろう。

ツナミは、前にリップタイドの注意を引いた方法《ほうほう》を思いだした。そしてあのトンネルの中でそうしたように翼を広げ、すべてのストライプをいっせいに光らせた。海がぱっと明るく照《て》らされる。ツナミはまた光を消し、じっと待った。

なにも起こらない。

もう一度やってみる。全身のストライプを光らせると軽い頭痛《ずつう》がおき、くらくらしてしばらくなにも見えなくなった。地底《ちてい》にいたころにも何度か、どうくつがまっ暗だったり、ばつとしてケストレルに松明《たいまつ》を取りあげられたりすると、仲間《なかま》のためにこうして体を光らせたことがあった。とくに、暗やみにたえられないグローリーのために。

〈サマーパレス〉のことを考える。あそこは炎《ほのお》を使うことが禁《きん》じられており、頭上からさしこんでくる光しかなかった。今こうして嵐がふきあれている間は、光なんてほとんど入らないだろう。今ごろ仲間たちはみんな、砂浜からせまってくる波の音を聞きながら、暗やみの中ですわっているのかもしれない。

みんなのところに行かなくちゃ。ツナミはそう思うと、もう一度ストライプを光らせた。するといきなり目の前に、翼で目をおおうリップタイドのすがたが見えた。

ツナミが彼《かれ》の手をにぎり、ストライプの光を消す。そして〈サマーパレス〉があると思っているほうを指さしてみせた。**もう、こんなときに使える言葉をひとつも覚《おぼ》えてないだなんて！**

リップタイドは両目をこすると目を細め、ツナミの体についている卵を見つめた。その顔は、「なにか言うべきことがあるんじゃないか？」と言っている。ツナミはしっぽで彼のしっぽをたたくと、もう一度さっきの方向を指さした。勉強した「緊急《きんきゅう》」の合図を思いだし、そのとおりにストライプを光らせる。

リップタイドはうなずくと、海面に向かって泳ぎ始めた。

むだ話してる時間なんてないのよ、ツナミは心の中で言った。イライラするが、今は彼についていくしかない。

だがリップタイドは海から顔もださないうちにいきなり向きを変《か》えると、別《べつ》の海流に乗った。どうやら〈サマーパレス〉に向かう海流なのだろう、とツナミは考えた。彼に手まねきされ、自分もその流れに乗る。

まあいいわ。こういう方法もアリかもしれないしね。

海で移動《いどう》する方法というのはもしかしたら、力ずくで進んだり潮と戦い続けたりするだけではないのかもしれない。潮の流れの行く先を見きわめ、信《しん》じて身をまかせることなのかもしれない。そうしたことを理解《りかい》するのに時間が必要《ひつよう》なだけなのかもしれない。

ツナミはしっぽをふって水をかきながらリップタイドのあとを追い、島々を迂回《うかい》し、クラゲの群《む》れをよけながら泳いでいった。潮の流れのおかげでぐんぐん進んでいくことができたが、それでも〈サマーパレス〉にはなかなかたどりつかず、ツナミは仲間のことばかり考えてしまった。

みんなをちゃんと受け入れるよう、もっと強く母親に言い返すべきだった。クレイが信《しん》頼《らい》できないなど、まったくどうかしている。あの大きくて、愛《あい》らしくて、そして間のぬけた顔に、クレイが考えていることなどすべて書いてあるようなものなのだ。それにサニーだってそうだ――あのふたりは、仲間の中で最《もっと》も信頼できる存在《そんざい》だ。サニーは今まで一度も暗い考えを持ったことなどないのではないか、とツナミは思っている。なにを指示《しじ》されても、彼女はうれしそうに言われたとおりにする。そして、みんなのことを心から信頼しているのだ。あのケストレルやデューンでさえも。

彼女の判断力《はんだんりょく》や知性《ちせい》が特《とく》にすぐれているわけではないが、重要《じゅうよう》なのは、サニーはぜったいにだれかをきずつけたりうらぎったりしないということだ――ほとんど知らないシーウイングたちが相手だろうと同じことだ。

スターフライトは、サニーとは正反対だった。頭脳《ずのう》はずばぬけているがまったくたよりにならず、なんでもかんでもこわがってばかりだ。役に立とうとして、あらゆる知識《ちしき》を学ぼうとしている。勇《ゆう》かんではないし、戦士《せんし》としてもたいしたことはない。そのうえ、ナイトウイングのすばらしい能力《のうりょく》だってまだ身につけていない。ツナミはほとんどずっと、スターフライトに同情《どうじょう》してきた……自分からリーダーの座《ざ》をうばおうとしないかぎり、それはこれからも変わらないだろう。

けれど、もしコーラル女王がチャンスさえあたえてくれれば、彼の知識がどれほど役に立つのかわかってもらえるかもしれない——特に、他の種族《しゅぞく》との戦いにおいてはそうだ。もしかしたらスターフライトは、戦争や他の種族たちについて、このピリアでいちばんたくさんの知識を持つドラゴンかもしれないのだ。

そしてグローリー……コーラルは知らないが、仲間の中で最も信頼できないのは、もしかしたら彼女かもしれない。あのひみつの毒液《どくえき》がその証拠《しょうこ》だ。ツナミはきつく手をにぎりしめた。あのスカイウイングの宮殿《きゅうでん》で、どうしてグローリーはずっと仲間を助けてくれなかったのだろう？　もっと早くスカーレット女王にあの毒液を使っていたら、ツナミも父殺しなどしなくてすんだかもしれないというのに。

それにグローリーはいつだって予言なんかには興味《きょうみ》がないような口ぶりだし、彼女が〈運命のドラゴンの子〉ではないことをだれかが口にすると、すぐにおこりだしてしまう。彼女が本当になにを望《のぞ》んでいるのかは、まったくわからなかった。

それにツナミは、彼女の皮肉たっぷりなもの言いがまったく好《す》きではなかった。

けれど〈スカイキングダム〉でみんなを助けてくれたのは、結局《けっきょく》グローリーなのだ。仲間を守るため、彼女が女王を殺してくれたのだ。

しかし、ツナミはにがにがしい思いだった。**あんなことしたっていうのに、だれもおこってなんかいない。それどころか、あたしが衝動的《しょうどうてき》で頭がおかしいみたいに言われるんだ。こんなのおかしいよ。**

だが、もしグローリーが仲間たちのためにあんなことをしてくれる子なのだとしたら、コーラル女王だっていずれ信頼してくれるかもしれない。

母さんが〈サマーパレス〉に帰ってきたら、あたしからも話してみよう。捕虜《ほりょ》じゃなくて、ちゃんとあたしの仲間としてあつかってほしいって。

どんなに腹が立つことはあっても、仲間の身に悪いことなんて起こってほしくない。それに二日間ずっとシーウイングたちと過《す》ごしてきたせいで、みんなに会いたくてたまらない気持ちなのだ……スターフライトとグローリーにさえも。

らせんをえがく二本の角のような岩と、その間にゆれる金色の海草のカーテンが、ゆく手に見えてきた。リップタイドは岩の前で一度止まると、まるで彼女だけを置《お》き去《ざ》りにしようとでもいうかのように、今来た方向に泳ぎだした。

ツナミは自分のしっぽを彼のしっぽにからめ、リップタイドのほうをふり返った。**来て、**とストライプを光らせる。本当ならば、「おねがい」「あなたに力をかしてほしい」「女王は遠くにいて嵐がすぎるまで帰らない」と伝《つた》えたかったが、そんな水中語は知らなかった。

今は来て、としかツナミは言えなかった。

だが、それだけでもリップタイドにはじゅうぶん伝わったようだった。彼がうなずいて海草のカーテンを指さし、先に行くよう合図を送る。ツナミはしっぽをほどくとしせいを低《ひく》くして、トンネルに入っていった。

トンネルの中の流れは、前に来たよりも速く、そして重くなっているみたいだった。ツナミは断崖《だんがい》に囲《かこ》まれた〈サマーパレス〉にでると、すぐ砂浜の様子をたしかめた。

水かさが増《ま》したせいで白い丸石は水にのまれ、仲間たちがいるはずのどうくつの出入口もなかばまで水没《すいぼつ》してしまっている。衛兵《えいへい》たちは見当たらず、クレイたちがどうくつからでてきた様子もなかった。ツナミは頭上を見あげてみた。もしかしたらみんな、もっと高いところのどうくつに移動したのかもしれない。だが、何頭かのシーウイングがふしぎそうに顔をのぞかせているばかりで、他にはなにも見当たらなかった。

緑の天井《てんじょう》からしたたり落ちてくる水をさけるように、ドラゴンたちはみんなどこかに避難していた。みんな水にぬれるのは好きだが、ぽたりぽたりとひとしずくずつ頭に落ちてくるのは好きではないのだ。

ツナミは砂浜に向かって泳ぎ始めた。水はどうくつに近づくにしたがい浅《あさ》くなっていき、やがて足に丸石がふれるようになった。立ってみると深さはせいぜい彼女の腹の下くらいしかなかったが、どんどん水位《すいい》があがってきているのがツナミにもわかった。冷《つめ》たい波が卵にまで打ちよせてくる。ツナミは、温め続けてやらなくてはいけないのだと思いだした。

もうちょっと待っててね、かわいい妹ちゃん。あと少しだけだから。

「だれかいる？」どうくつの中によびかけてみる。そして目がなれてくると、おくのほうにかげがいくつか折《お》り重《かさ》なるようにして転がっているのが見えてきた。

心臓《しんぞう》が止まりかける。

やめて。

あれは仲間たちの死体だろうか？

手おくれになってしまったのだろうか？

17

かげのかたまりから、小さな頭があがった。「ツナミなの？」サニーの声だ。

「みんなだいじょうぶ？」ツナミは思わず声をかけていた。水をかきわけながら近づいていくと、クレイが半分水びたしになりながら、かたまりのいちばん下で横たわっているのが見えてきた。その上にグローリーが乗り、さらにその上にスターフライトが乗り、いちばんてっぺんにサニーがすわっている。まったく水にひたっていないのはサニーだけだった。

「ほんとバカなこと考えるんだから」ツナミはほっとした気持ちをかくし、しかりつけるように言った。仲間《なかま》たちがまぶたを開いていく。「まったくもう、こんなことだれが考えたの？　スターフライト？　ねえ、このどうくつが水でいっぱいになったら、みんなここに閉《と》じこめられておしまいなんだよ？　水にしずんじゃうのがクレイだけにしたって、嵐《あらし》が終わるまで息を止めてるなんて無理《むり》なんだからね。どうして他のどうくつに移動《いどう》しなかったの？」

「へえ、びっくり」グローリーが冷《つめ》たい声で言った。「シーウイングの王女様がわざわざ来てくれるなんてね」

「たった一日でしょ？」ツナミはむっとして言い返した。「母さんにあれこれやらされてたのよ」

「とりあえず、わざわざ足をお運びいただいて光栄《こうえい》よ。じゃあどうか、ものすごくいい考えをさずけてくれないかしら？」グローリーはもぞもぞと苦しそうに首をひねって、上に乗っているスターフライトをにらみつけた。「ちょっと、わたしの翼《つばさ》にかぎ爪《づめ》がささりそうになってるじゃない。今すぐどけないとかみつくわよ」

「どこにも行けなかったんだよ」サニーは、あわててしせいを直すスターフライトの上で言った。「クレイを置《お》いてけないもん」とクレイの前足を指さしてみせる。

クレイは申しわけなさそうに前足をあげた。銀色の鎖《くさり》が手首にまかれ、地面に打ちこまれたがんじょうな輪《わ》につながれている。後ろ足もまったく同じだった。

ツナミの心をショックがつらぬき、すぐに怒《いか》りがこみあげてきた。母親がこんなことを命じたのだろうか？　だとしたら、クレイが嵐でおぼれてしまうかもしれないと知りながら、気にもとめなかったということになる。仲間はだいじょうぶだなどと、ツナミにうそをついたことになる。

だが、もしかしたら女王はなにも知らなくて、すべてはシャークのしわざなのかもしれなかった。

もしあいつがやったのなら、八つざきにしてやる。

「でも、来てくれるって思ってたよ」サニーが言った。「昨日《きのう》か、今朝か、嵐が始まったときかはわからなかったけど、でもいつか来てくれるはずって信《しん》じてたんだ。自信《じしん》あったんだから」

「わたしはあやしいもんだと思ってたけどね。パーティーとか戴冠式《たいかんしき》とか首切り処刑《しょけい》とかに出席《しゅっせき》してたんじゃないの？」グローリーはそう言うと、ツナミに目をこらした。「それ、卵《たまご》？　へえ、シーウイングって仕事が早いのね。お父さんはだれなの？」

「ねえグローリー、あたしにもんく言うのやめてくれる？　お願《ねが》い、**二秒でいいから**」

ツナミはそう言うとハーネスをはずし、注意深くサニーに手わたした。「サニー、これをお願いしたいの。温めておかなきゃいけないんだけど、今それができるの、あなたしかいないからね」どうか孵化《ふか》室の温《ぬく》もりとサンドウイングが生まれつき持っているうろこの温もりが似《に》ていますように、とツナミは祈《いの》った。

「わたしが？」サニーはうれしそうに声をあげた。「**わたし**に大事な役目をまかせてくれるの？」

「本当に大事な役目だよ」ツナミがうなずいた。「なんたって、コーラル女王にとって最《さい》後《ご》のメスドラゴンの卵なんだからね。だれかが殺《ころ》そうとたくらんでるけど、あたしたちの力でなんとしても阻止《そし》しなくちゃ」

サニーは自分の体にハーネスを二重にまきつけ、温かな体で卵をしっかりとだいた。見あげたツナミは、卵の中でダークブルーのものがみゃく打っているのが見えた気がした。

「だから、ちゃんと温めて守ってあげて。ぜったいにわらないようにね。あと、クレイを近づけちゃだめだからね。うっかり上にすわったりするかもしれないからさ」

「そんなことするかよ！」クレイがさけんだ。彼《かれ》のおなかが大きな音で鳴った。

「**ごはん**くらい、もらえてるんだよね？」ツナミがたずねた。

「朝ごはんの残《のこ》りをもらったけど、豆つぶみたいに小さいカニを何匹《なんびき》か食べただけなんだ」クレイがため息をついた。

「あいつら、あたしの爪《つめ》のえじきにしてやる」ツナミがほえた。ラグーンが女王にうそを言ったのだろうか？　それとも女王の命令《めいれい》で、クレイたちを放置《ほうち》しているのだろうか？

ツナミはかがみこみ、鎖を調べてみた。「とかしちゃえば？」とサニーとスターフライトにたずねる。「ほら、山の底《そこ》であたしを自由にしてくれたときみたいにさ」

スターフライトは身を乗りだし、鎖の少し黒ずんだ部分を指さした。「やってみたんだけどさ、ぜんぜんだめだったんだよ。スカイウイングが使ってた鉄線みたいに、なにかの方法《ほうほう》で強化してあるみたいなんだ」と、いつもよりしょんぼりとした声で言う。

背後《はいご》から水しぶきの音が聞こえて、ツナミはさっとふり返った。だが、そこにいたのはリップタイドだった。

「これ、はずしかた知ってる?」ツナミが身を乗りだした。

リップタイドは、言いにくそうに鼻をこすりながら答えた。「衛兵《えいへい》のかぎがなきゃ無理だよ。君にわたしてくれるとは思えないけどね」

「さあ、それはどうだろうね」ツナミがうなり、リップタイドに言った。「必要《ひつよう》ならかくれてて。力ずくで衛兵を連《つ》れてきてみせるから」そうつぶやきながら、どうくつの外に向かって歩きだす。

ツナミが辺《あた》りを見回すと、宮殿《きゅうでん》じゅうのシーウイングたちがあわてて顔を引っこめた。だがツナミは、パヴィリオンの下のほうのフロアで釜《かま》を手に、なにか飲みながら休けいしていた衛兵たちのすがたをちゃんと覚《おぼ》えていた。今も何頭か、そこに集まっているのが見える。雨やどりしながらどうくつの見はりをしているつもりらしい。

ツナミはパヴィリオンに飛《と》んでいき、緑茶のようなにおいをたててぐつぐつと煮《に》えたぎっている大釜《おおがま》のとなりに着陸《ちゃくりく》した。四頭の衛兵が低《ひく》いテーブルを囲《かこ》み、魚の骨《ほね》を転がしてなにかのゲームをしていた。

荒々《あらあら》しい足音に気づいた四頭が、ぎくりとして動きを止める。おそるおそるふり返る彼らの罪悪感《ざいあくかん》をうかべた顔を見たツナミは、本当はあのどうくつからはなれてはいけないのだと思った。

クレイたちをおぼれさせて殺そうとした罪悪感なのか、それともツナミが堂々《どうどう》とあのどうくつに入ったことを女王に知られたらどんな目にあわされるかおびえているのか、彼女《かのじょ》にはわからなかった。

「かぎをよこしなよ」ツナミが低くうなった。

「ええと……なんのかぎのことだ？」一頭の衛兵がもごもご言った。

「かみつかれたいの？　かぎをよこしな！　今すぐ！」ツナミはそうさけぶと彼らに近づき、しっぽをはげしくふり回していかくした。

四頭とも彼女より体が大きかったが、思わずひるんであとずさった。ツナミは、すばやく攻撃《こうげき》したら何頭をたたきのめせるか考えた。

「だめだ！　命令には逆《さか》らえん！」二頭目の衛兵が首を横にふった。

「命令って、だれからの？」ツナミはつめよった。

「おれたちの……おれたちの司令官《しれいかん》だ」最初《さいしょ》の衛兵が答えた。

「シャークのこと？」

四頭は、さっさとあきらめてシャークをどなりつけに行ってくれといわんばかりに、そろってぶんぶんと首をたてにふった。

「悪いけど、関係《かんけい》ないね。ほら、かぎ」ツナミは手をだした。

「でも**わたせないんだよ**」二頭目がまた言った。

ツナミは彼の全身をながめ回しながら、弱点をさぐった。自分はすばやく、そして力も強い。しっぽで二頭をフロアからたたき落としながら、三頭目の顔面をかぎ爪でおそうことはできるだろう。そして四頭目には牙《きば》で――。

ツナミは、シーウイングのうろこで手をすべらせたあの感触《かんしょく》を思いだし、ぞっと身ぶるいした。あのアリーナでジルと向き合ったときも同じように、自分にたおせる相手かどうか観察《かんさつ》していたのだ。自分はいったい、なにをしようとしているのだろう？　たまたま自分のじゃまをするからというだけの理由で、また新たなドラゴンをきずつけようというのだろうか？

知りもしないドラゴンたちを。自分と血をわけていてもおかしくないドラゴンたちを。家族のいるドラゴンたちを。だれかにとっては名もなき衛兵以上《いじょう》の存在《そんざい》であるドラゴンたちを。

もしかしたら自分は、仲間たちの言うとおりなのかもしれない。

衛兵たちは、ツナミの攻撃を待ちかまえているかのように、恐怖《きょうふ》におののいた顔をしていた。だがコーラルの、そしてシャークのおそろしさだってこの四頭はよく知っているはずだ。ツナミは、母親がトータスにした仕打ちよりもおそろしいものなど、なにも想像《そうぞう》できなかった。自分なら、あんなことをしたいとさえ思えない。

自分が母親よりもおそろしくないのだとすれば……もしかしたら方法があるかもしれない。戦《たたか》うのではなく、話し、わかってもらえるかもしれない。

ツナミはスカイウイングの牢獄《ろうごく》にいたドラゴンたちが、世界をすくいにあらわれる〈運命のドラゴンの子〉たちの歌を歌っていたのを思いだした。もしかすると目の前のドラゴンたちも彼らと同じように予言を信じ、実現《じつげん》する日を待ち望《のぞ》んでいるのではないだろうか。だとしたらしっぽでなぐりつけるのをやめ、その期待を利用《りよう》できるのではないだろうか。

「ちょっと質問《しつもん》させて」ツナミは、うむを言わさぬ口調で言った。「予言のことは知ってるよね？」

衛兵たちは顔を見合わせた。ツナミたちがやって来てから、きっと予言のうわさで持ちきりだったのだろう。

「あの予言の中に、まだ世界をすくいもしないうちにマドウイングがタコ頭の集団《しゅうだん》におぼれさせられて死ぬなんて書いてあった？　あたしが気づいてないだけ？」ツナミはしっぽをふり回した。「あんたたち、ピリアの戦争《せんそう》を止めるたったひとつの方法を、自分の手で台無《だいな》しにしたいと思ってるの？」

「まさか」三頭目の衛兵が、思わず言い返した。「戦争は終わらせなくちゃいけない。今日あんたは、おれの兄貴《あにき》をきずの手当にやって助けてくれた。じゃなきゃ評議会《ひょうぎかい》が終わるまで、女王様はあそこに立たせっぱなしにしておくつもりだったろう」

ツナミはショックで、一瞬《いっしゅん》言葉を失《うしな》った。本当なのだろうか？　コーラル女王はそんなふうに、なんの理由もなく兵隊《へいたい》を殺すのだろうか？

「どれがお兄さんだったの？」ツナミはたずねた。

衛兵はのどを指さした――のどを切りさかれ、エラから血を流していたあのドラゴンだ。

「なるほど……。お兄さんの仲間はどうなったの？」ツナミが言った。

衛兵たちがそろって首を横にふった。「手おくれだったよ」と一頭目のメスドラゴンが答えると前足で魚の骨をふみつけてくだき、ツナミから目をそらした。

「あんたの力になってやりたいよ」三頭目が言った。「だが新たな女王がまだ玉座《ぎょくざ》にいどんでもいないのに手助けしたりしようものなら……おれたちもどんな目にあわされるかわからないんだ」

なるほど、あたしが未来《みらい》の女王になるかもって思ってるやつもいるのね。ツナミはいい気分だった。

「ちょっと、この娘《むすめ》が新女王になるはずはないと言ったでしょう？」一頭目の衛兵が言った。「〈運命のドラゴンの子〉が戦争を止めるには、**戦争の部外者**じゃなきゃいけないんだから」

「それに、次の女王はアネモネ様だと決まってる」四頭目がうなった。

「予言の意味なんて、だれにもわかりゃしないよ」三頭目が言い返した。「もしかしたら

〈運命のドラゴンの子〉たちがそれぞれの種族《しゅぞく》の長《おさ》となって、戦争を終わらせるのかもしれないだろう」

「そんなことがあるもんか」二頭目は大きく首を横にふった。「二頭はオスのドラゴンなんだぞ」

この衛兵たちは前からこの言《い》い争《あらそ》いを続《つづ》けているのだと、ツナミは感じた。いきなり三頭目がツナミの顔を見た。「あんたが答えてくれ。おまえらが本当にあの、〈運命のドラゴンの子〉だというのなら、どうやって予言を実現させる気なんだ?」

ツナミは立ったまま、もぞもぞと動いた。この質問には答えようがない。〈平和のタロン〉は、どうやって戦争を終わらせるのか教えてくれなかったのだ。だれも答えを知っている様子はなかった。サンドウイングの新たな女王を選《えら》ぶのはドラゴンの子たちだとはよく話していたが、そんなことをどうやってなしとげるのかはまったくわからなかったのだ。自分たちの話に耳をかたむけてくれる者など、果《は》たしているのだろうか? 大陸《たいりく》じゅうをくまなく回って「あたしたちはブリスターがいいと思うよ。ブリスターに勝たせよう」などと言ったところで、それでなにがどうなるというのだろうか? それでバーンとブレイズが戦いをやめるなど、とてもありえない。

だが予言を信じているドラゴンもいる——目の前にいる四頭の衛兵のように。そんな彼らに、自分がなにをすべきかまったく知らないことを気づかれてしまうわけにはいかなかった。

「いい？」ツナミは思いきって口を開いた。「あたしは、自分が次のシーウイングの女王になるべきかどうかは知らないよ。ときにはコーラル女王がなにもかも正しいと思うこともあるし、ときには……」ふと言葉を止め、トータスのことを思いだす。アネモネはいずれ大きくなったら、もっといい女王になるだろうか？　ツナミはどうだろうか？

「でも、これだけは言える」ツナミは言葉を続けた。「クレイがいてくれなきゃ、予言は実現なんてしない。あいつはあたしたちの中心なんだ。いなくなったらあたしたちはみんなバラバラになって、どんな運命の役にも立たなくなっちまうんだよ」

信じる気持ちと不安《ふあん》の入りまじった顔をしている一頭目の衛兵に向かい、ツナミはじわりと近づいた。「あんたたちがマドウイングを信頼《しんらい》していないのは知ってる。シャークの命令はぜったいだと思ってるのもね。でもこれは、戦争を終わらせようって話なんだよ。あんたたちは、自分たちのしたことで平和が生まれたり、大切なドラゴンをすくったりできるなんて、考えたこともないかもしれない。でも今この瞬間《しゅんかん》、あんたたちはすべてを変《か》えられるんだよ」ツナミがさらに近づく。「だからお願い、かぎをだして」

衛兵は両手をもじもじさせながら、他の三頭を見回した。二頭がうなずく。もう一頭は、自分は責任《せきにん》を負《お》うのはごめんだというようにしっぽをヒクヒクと動かしながら顔をそむけてしまった。

「あんたたちを守るため、できることはなんでもする」ツナミはたのもしい声で言った。

一頭目の衛兵がテーブルに開いたくぼみに手をつっこみ、ずっしりと重そうな銀のかぎを二本引っぱりだした。

「ありがとう。みんな、名前を教えて」ツナミが言った。

「スネイルだよ」一頭目のメスの衛兵が答え、仲間たちを一頭ずつ指さした。「フラウンダー、ヘリング、そしてケルプ。お願いがあるの。もしあんたが女王になっても、わたしたちを忘《わす》れないで。コーラル女王にどんなばつを受けたとしても、ぜったいにわたしたちの家族を守るって約束《やくそく》して」

「そして、この戦争を終わらせて」ヘリングが声をふるわせた。「どんなことをしても、きっと」

ツナミはかぎをにぎりしめてさがると、衛兵たちに敬礼《けいれい》した。パヴィリオンから飛《と》び立《た》ち、仲間が待つどうくつへとおりていく。

水かさはもう、彼女の翼辺りまであがっていた。クレイはサニーを背負《せお》ったまま不安そうな顔で立ちつくし、どんどん増《ふ》えてくる水をながめていた。グローリーとスターフライトはリップタイドといっしょにまだ水中にいた。すっかり全身水びたしになり、ふたりともひどくイライラしている。

「やったあ！」サニーは、かぎをかかげたツナミを見て歓声《かんせい》をあげた。

「すごいじゃない。本当にうまくいくなんて思ってなかったわ」グローリーの全身に、あざやかな黄色が波のように走った。

ツナミは水の中に頭をつっこむと、クレイの足首にまかれた銀色の鎖を持ちあげた。すぐに片方《かたほう》のかぎを使って前足の鎖をはずし、自由にする。もう一本のかぎは後ろ足のほうだった。ツナミが立ちあがるのを待って、クレイが両足を思いきりふるようにして鎖をはずし、翼をふって水をはらい落とした。

「やあ、これでだいじょうぶだ！」クレイはツナミにほほえんだが、腹《はら》のほうは不満《ふまん》げに大きな音をたてていた。「ええと、ほとんどだいじょうぶだ」と言い直す。

「どっかぬれない場所をさがして、それから食べもののことを考えよう」ツナミは言うと、まずは仲間たちをどうくつの外に連れだした。だがかげの中でリップタイドがふと足を止めたので、ツナミは彼のほうを向いた。

「ありがとう。みんなを助けてくれて」ツナミが小さな声で言った。

「たいしたことしちゃいないよ」リップタイドが小声で返した。「だれかに言うことを聞かせるなんてぼくには無理だよ。君は本当にうまいな」

「まあね」ツナミは答えた。「でも、言ってもうまくいかないこともあってね、そんなときは別《べつ》の方法を考えなくちゃいけないんだ。まったく、みんな言うとおりにしてくれたら楽なんだけどさ」

リップタイドが笑《わら》った。「さあ、だれかに見つかっちまう前に、さっさとぼくもとんずらしないとな」

ツナミはうなずき、彼のしっぽに自分のしっぽをまきつけた。「できたらまた明日さがすからね。教わりたい水中語、まだまだあるんだから」

リップタイドはほほえんでどうくつからぬけだし、水にもぐっていった。ツナミは砂浜《すなはま》にあがり、スカイブルーの体が水中トンネルに消えていくのを見送った。とりあえず一頭、この〈シーキングダム〉で信頼できるドラゴンと出会えたのが、ツナミはうれしかった。

「へえええええええええ」グローリーがわざとらしくおどろいてみせた。

「やめてよ」ツナミはそう言って、彼女を湖につき落とした。

グローリーが怒りのさけびをあげて宙《ちゅう》に舞《ま》いあがり、みんなに冷たい水しぶきを浴《あ》びせる。頭上をおおう緑の木々からはまだ雨がぽたぽたと落ちてきており、入《い》り江《え》には小さな波がいくつもたっていた。

「あのどうくつはどうだろう?」ツナミは、がけの上に見えているどうくつを指さした。

「だれか中にいたら追いだしてやるわ」

グローリーが鼻を鳴らした。

どうくつに行ってみると中にはだれもおらず、雨にもぬれていなかった。みんなで中に入ると、すぐに暖《あたた》かくなってきた。サニーはさっそく卵をだくようにして丸くなり、なでてやりながらささやきかけていた。スターフライトは小さな炎《ほのお》をはいてどうくつを暖め、グローリーはサニーの背中《せなか》にくっついて温もっている。

「赤ちゃんには聞こえないよ」ツナミがサニーに声をかけた。

「そんなのわからないもん」サニーが答えた。「この子がこわがってるんじゃないかと思って。だから、だいじょうぶだよ、みんなでちゃんと守ってあげるからねって言ってるの」

ツナミは、ほほえみそうになるのをがまんした。サニーが卵を引き受けてくれて、本当にうれしかった——彼女がまだ自分に腹を立てていて力をかしてくれないのではないかと、少し心配していたのだ。もしかしたら、ツナミがスカイウイングの兵隊を攻撃したのを忘れているのだろうか。それとも、いつでもだれかの助けになりたいと思っているのだろうか。サニーがグローリーのようになんでもかんでも反対して話をややこしくするのを、ツナミは見たことがなかった。

クレイが鼻先でツナミをつついた。「帰ってきてくれて本当によかったよ。シーウイングたちのことを教えて。みんな君を尊敬《そんけい》してるの？　戦ったら強いのかい？」そう言うと返事も待たず、目をキラキラさせながら「あとどんなもの食べてるの？」と身を乗りだしてきた。

「わかった、まずはなにか食べるものをさがしてきてあげるから」ツナミはそう言って、どうくつの口のほうを向いた。仲間のところにもどってきて、まさかこんなにも温かく、こんなにも幸せな気持ちになれるなんて。
シーウイングのところにもどったら、こんな気持ちになるはずだった――家に帰ってきたような気持ちに。

どうしてそういう気持ちになれないの？

18

ツナミはどうくつに大釜《おおがま》を三つ持ち帰ってくると地面におろした——ひとつには魚が、ひとつにはきれいな水が、そしてもうひとつには海草とキノコのサラダが入っている。キッチンのフロアに置《お》きっぱなしになっていたので、仲間《なかま》たちが食べても問題ないと思って持ってきたのだった。

サニーはサラダにとびつくと、釜《かま》に鼻先をつっこんでガツガツと食べ始めた。スターフライトは魚を見ると、仲間の許可《きょか》など取ろうともせずに炎《ほのお》をはいてまっ黒に焼《や》き、けむり風味にしてしまった。

「ちょっと、あたし生がいいのに！」ツナミがさけんだ。

「多数決で決まり。生で食べるなんて気持ち悪い」グローリーが言った。

「生魚は最高《さいこう》でしょ」ツナミも言い返す。

「へえ、あなたのお母さんくらい最高ってこと？」グローリーがうたがいのまなざしでツナミを見る。「あのおっかなくて腹黒《はらぐろ》いお母さんみたいに？」

「母さんはおっかなくなんか**ない**！　すばらしい女王だよ！」ツナミがどなり返す。

「ってまき物には書いてあるね」スターフライトはこげた魚をほおばりながら言った。

ツナミはどうくつの天井《てんじょう》を見あげながら、ばつが悪そうにもぞもぞと身じろぎした。

「まあね……うん。母さんがあちこちで……自分でそういうのを書いたみたいでね……」

「**ほんとかい？**」スターフライトは目を丸くした。「お母さん、作家なの？　そいつは知らなかったな。だってほら……なんていうかさ……お母さんがいつか読んでくれるかなってさ、その……おいらが書いたさ――」言いにくそうにだまりこみ、そわそわした様子で大釜をいじりまわす。「そうなったらすごいよ、ほんとにさ」残《のこ》った魚を、スターフライトは口にほうりこんだ。

「でも、まき物に書いてあるだけじゃないよ。家来たちだって、最高の女王だって思ってるんだからさ」ツナミが胸《むね》をはった。**ま、家来の「ほとんど」は、だけどね。**

「感動的《かんどうてき》な話ね」グローリーが言った。「まあ、娘《むすめ》をみんな殺《ころ》しちゃったところだけは別《べつ》だけど」

ツナミはショックで言葉もでず、グローリーをまじまじと見つめた。

「おいおい、そんなのただの仮説《かせつ》だろ」クレイが言った。

「でも、ありえる仮説だよ」スターフライトが言った。「娘がみんな死んでしまったら女王には姉妹《しまい》もいないし、だれも玉座《ぎょくざ》をうばおうなんてしなくなるわけだからね。女王のまま百年だって生きて、戦場《せんじょう》で死んだりせずに安らかにねむりにつくことだってできることになる」

サニーは卵《たまご》を少しきつくだき、安心させるようになでてやった。

「ちがう！　みんなまちがってるよ！」ツナミがどなった。「母さんが**そんなこと**するわけ……みんな、母さんがどれだけ仲間を守ろうとしてるか、見てないからそんなこと言えるんだよ。ほら、アネモネのことだってあんなに大事にしてさ」

「まるで頭がイカれたドラゴンみたいにね」グローリーが、黒こげの魚をひらひらとふってみせた。

「自分を無実《むじつ》に見せるには、うまい方法《ほうほう》さ。それに、殺しがいつ始まったのか考えてみてごらんよ」スターフライトは、**真実はわかりきってるだろ？**と言わんばかりの顔をしてみせた。

「うーん、そんなこと勉強したっけ？」クレイはポリポリと頭をかいた。

「わたしも知らない」サニーが小さな声で言う。

「はっきり言いなさいよ、スターフライト」ツナミがうなった。

「よし、じゃあそうするよ」彼《かれ》がうなずいた。「コーラル女王は一度だけ玉座にいどまれたことがあるけれど、殺しが始まったのはその直後だ。女王が初《はじ》めて産《う》んだ卵の中に、メスの卵がひとつだけあって――」

「オルカのことだね」ツナミが言った。

スターフライトが、満足《まんぞく》そうにうなずく。「よく覚《おぼ》えてたね！　オルカは成長《せいちょう》すると、すぐさま女王にいどんだんだ。きっと女王はだれよりもびっくりしたはずだよ。特《とく》に、あわやオルカに殺されかけたときはね。コーラル女王が勝てたのはただのぐうぜんだよ。しっぽの先についてるイッカクの角でオルカをさし殺したのはね」

「だから？」ツナミが冷《ひ》ややかに言った。「それがなんで、母さんが未来《みらい》の娘たちを全部殺してしまう理由になるっていうのよ？」

「ほんとにわからないの？」グローリーが鼻を鳴らした。「ほとんど死を覚悟《かくご》するところまで追いこまれたんだよ？　だから娘たちが成長したら、自分は七年以内《いない》に死んでしまうと思ったに決まってるじゃない。成長して強敵《きょうてき》になってからよりも、卵や赤ちゃんのころに殺しちゃうほうがずっと楽だわ」

「だまりなさいよ！」ツナミは頭をかかえた。そんなのが真実であるはずがない。「母さんはそんなドラゴンなんかじゃない。娘たちを愛《あい》してるんだよ。また卵がわられてるのを見つけたときだって――」ツナミは、みんながなにも知らないことを思いだして言葉を止めた。そしてまず、評議会《ひょうぎかい》のこと、母親のまき物のこと、トンネルでなぞのドラゴンに殺されそうになったこと、そしてトータスがへまをやらかしたときに女王がしたことなど、なにもかも説明《せつめい》して聞かせた。

「だれかに殺されかけた?」クレイが身を乗りだした。「だいじょうぶなの?」

「その殺し屋が成功《せいこう》してたら、わたしたちの身になにが起きてたか知りたいわね」グローリーは怒《いか》りを声ににじませた。

「つまり今は、サニーに危険《きけん》がせまってるってことかい?」スターフライトもいっしょに声をあげる。「あの卵のせいで? なんでそんなものをサニーにわたすのさ?」

「わたしなら平気だよ」サニーは卵をだきながら言った。だが、サニーもいつもより顔色が悪く見えた。

「ちがうってば、**聞いてよ**」ツナミはどうくつの口に向かって一歩さがった。「わからないの? この卵を守るのはあたしたちにとっていいことなんだよ。おかげでコーラル女王は、あたしたち全員を守らなくちゃいけなくなったの。なんたって、娘を守ってもらってるんだからね。もう食事もさせずに鎖《くさり》でつないでおくなんてできっこない……そもそも、母さんの意思だったのかもわからないけどね」

グローリーとスターフライトは、うたがうように顔を見合わせた。ツナミがけわしい顔をふたりに向ける。

「それに本物の殺し屋を見つけたら、あたしたちは英雄《えいゆう》になれるんだよ」彼女《かのじょ》は急いでそうつけ足した。

「殺し屋があなたのお母さんだったら話は別よ」グローリーは確信《かくしん》に満《み》ちた声で言った。「実際《じっさい》そうだしね」

ツナミはけってやりたくなった。「母さんのはずがないでしょ？　トンネルでおそってきたドラゴンは、ちっちゃなドラゴンを引っぱってなんていなかったんだから。それとも、アネモネをどっかにかくしてから母さんがおそってきたとでも言うつもり？　だいたい、いつもアネモネがくっついてるのに、どうやってあの卵をわったっていうのよ？」

「だれかにやらせたって可能性《かのうせい》はあるね」スターフライトが口を開いた。「それか、君がおそわれた件《けん》は王女殺しとは関係《かんけい》ないっていうことも考えられるよ。なにか他の理由で君を消したいだれかがいるのかもしれない」

「あああ、動機《どうき》がいくつか思いついちゃった」グローリーが言った。

「**あたし**は、シャークのやつだと思うね」ツナミは彼女を無視《むし》して言った。「トータスが死ぬ前に、あいつを指さしてたんだ。それに評議会の連中《れんちゅう》より先に〈ディープパレス〉に行ってたし。あたしの想像《そうぞう》がまちがってなければ、あの孵化《ふか》室にはひみつの入り口がある。つまりあいつはだれにも気づかれずにしのびこんで、赤ちゃんたちを殺してしまうことができたってわけさ。トンネルでおそってきたのだって、あいつかもしれない。コーラル女王はあいつを先に送ったと思っているようだったし、だれも居場所《いばしょ》をちゃんと知らなかったんだ」

「ツナミ」クレイは鼻先で彼女をつついた。心配そうにひたいにしわをよせている。「話を聞いてると、君もここにいちゃあぶない気がしてくるよ。もうでてったほうがいいんじゃないか？」

「せめてわたしたちだけでもね」グローリーが続《つづ》く。「ツナミは、残りたいなら残ってればいいわ。今なら見はりもいないし、楽勝でにげられるわ」

ツナミはためらった。シーウイングたちにとけこむのは、想像よりもずっとむずかしかった。それに、母親のおそろしい一面を見るのもいやだ。今までずっと夢《ゆめ》に思いえがいてきた、あの『消えた王女』にでてくるやさしい女王のようなすがたのほうが、彼女はずっと好《す》きだった。

首にかけてもらった真珠《しんじゅ》かざりを指でなぞりながら、初めて会ったときに母親からそれをかけてもらったことや、そのときに感じた最高の幸せを思いだす。

「いやだ！」サニーがいきなり大声をだした。「わたし、この卵がかえるまでぜったいここを動かないから」と言って、卵を守るように両手をそえる。「それに、みんながはなればなれになるなんてだめだよ。**いっしょ**に予言を実現《じつげん》させなくちゃ」

「おいらもそう思うね」スターフライトが言った。「おいらだってこんなところはいやだけど、ブリスターと会うまではここにいなくちゃいけないよ。そのためにわざわざ来たんだからさ」

あたしはそうは思わないけどね。ツナミは心の中で言った。ブリスターが〈運命のドラゴンの子〉たちに会いにくるのを、すっかり忘《わす》れてしまっていた。楽しみにしていいようなことなのか、彼女にはまったくわからなかった。

「だったら、君にもいっしょにいてもらわなくちゃね」クレイがもう一度、ツナミの手をにぎった。「そうすれば、みんなでおたがいを守り合えるしさ」

ツナミは最初《さいしょ》からそうするべきだと考えていたが、クレイがそう言ってくれ、そして彼の後ろでサニーが大きくうなずいているのを見て、少しだけ安心した。いっしょにいてほしいと言うのだから、思ったほどきらわれているわけではなさそうだ。

「わかったよ」ツナミは、クレイの説得《せっとく》に負けたかのようにうなずいた。「だったらあたしもいっしょに卵を守ってあげる」

「そのほうがいいと思うよ」スターフライトは、心配そうにサニーを見ながらつぶやいた。

卵を取《と》り囲《かこ》むようにしてみんなで丸くなり、ねむりについた。ツナミはクレイの肩《かた》にあごをのせ、ずっと上の緑の天井に落ちてくる雨の音を聞いていた。昨日《きのう》は海の底《そこ》で海草のベッドに横になり、今までいちばん気持ちよくねむることができた。でもこうしてまたどうくつの中にもどってきても、ゆっくりと息をするクレイの体が上下するのをあごで感じていると、海草のベッドや真珠のきらめく海底宮殿《かいていきゅうでん》なんかよりもずっと心が安らぐのだった。

そして今にもねむりに落ちかけたその瞬間《しゅんかん》、ツナミはみんなにケストレルのことを話し忘れていたことを思いだした。

19

「あいつらはどこだ！」

ツナミは、最後《さいご》の卵《たまご》が自分の手からすべり落ち、サンゴ礁《しょう》でわれてしまう悪夢《あくむ》からとび起きた。ねむい目をこすりながら、翼《つばさ》の下をたしかめる。サンドウイングのサニーはまだちゃんと卵をだいて、温めてあげていた。彼女《かのじょ》もなにかに起こされたかのように、小さな頭をあげる。さっきの声は、なんだったのだろう？

「〈運命のドラゴンの子〉たちはどこに行ったの？　わたしの娘《むすめ》はどこ？　わたしの卵は？」

「こっちです、上です」奇妙《きみょう》な息づかいとともに、聞きなれない声がした。

ツナミはとび起きた。どうくつの口で何者かがうずくまり、みんなをじっと見つめている。そのきらめく黒い両目が、ツナミの目をとらえた。しっぽの先についた毒《どく》ばりが、ゆらゆらと上下に動いている。黒いダイヤモンドのもようがついた白金のうろこに、木々からもれてくる太陽の光がきらめいていた。

嵐《あらし》はもうすぎさっていた。

そして一頭のサンドウイングが、ねむっているみんなを見はっていた。

まき物のさし絵を思いだすまでもなく、ツナミにはその正体がわかっていた。爪《つめ》の先で仲間《なかま》たちをつつく。

「ぐうたらマナティみたいないびきかいてないで、みんな起きなさいよ」はりつめた声で彼女がささやく。

「ぐうたらマナティは**あなた**のほうでしょ」グローリーは、翼で自分の頭をおおったままぼそぼそと答えた。「においまでマナティみたいだしさ」

「自分がどれだけまぬけか、すぐに思い知ることになるよ」ツナミはむかついた声でささやいた。

「むにゃむにゃ……」クレイがねぼけながら言った。「どうしてもって言うなら、あとカバ一頭だけなら食べてもいいけど……」

「**クレイ！**」ツナミが耳を引っぱると、クレイはぎょっとしたようにとび起きて、ぶんぶんと首をふった。

「あああ、ぼくのカバ……」と、しょんぼりと翼をたれる。

「あれを見て」ツナミがどうくつの口を指さしながらささやいた。

かげにうずくまるサンドウイングを見て、仲間たちはぴたりと静《しず》まりかえった。

「あら、ごきげんよう」その見知らぬドラゴンがぞっとするような笑《え》みをうかべた。ツナミはわけもわからずふるえにおそわれた。「お会いできてうれしいわ。わたしはブリスター女王よ」ドラゴンはそう言うともう一度どうくつの下に向けて「上にいるわ。きっと嵐をさけてたのね」とさけび、もう一度みんなのほうに向き直った。「かしこい子たちだこと。わたしだって同じようにしたと思うわ」

彼女の背後《はいご》からバサバサと羽音がひびきわたった。コーラル女王がやって来たのだ。そのあとからアネモネと、シーウイングの衛兵《えいへい》たちもあらわれる。コーラルはどうくつに首をつっこむと、ツナミのすがたを見つけた。

「わたしの卵をどこにやったの？」コーラル女王は、他の四頭を見ながら問いつめた。

「無事《ぶじ》よ。約束《やくそく》どおり、ちゃんと温めてる」ツナミは、卵をだいたサニーが見えるようわきにどいた。

コーラル女王はするどいいかく音をだし、ぶきみにしっぽで地面をたたいた。「サンドウイングに卵をさわらせるなんて、ひとことも聞いてなかったわ」

「まあまあ、考えてごらんなさいよ、コーラル」ブリスターがわって入った。「この子たちはただのドラゴンじゃないのよ。〈運命のドラゴンの子〉なんだもの。この子たちに未《み》来《らい》をたくすことができないとしたら、だれにたくせばいいの？」そう言ってまたほほえむ。だがツナミは不安《ふあん》な気持ちをいだかずにはいられなかった。

コーラル女王は深々と息をすいこむと、翼と両腕《りょううで》を大きく広げてブリスターのほうを向いた。「ブリスター女王！　あなたがいるなんて！　ちゃんとメッセージを受け取ってくれたのね！　いらしてくれて本当にうれしいわ。〈運命のドラゴンの子〉を見つけたなんて、あなたならすぐに話を聞きたがるはずだと思ったのよ」そう言って、ツナミと仲間たちをしっぽでさしてみせる。

ツナミは、どなりつけたくなるのをがまんした。**まったく、自分じゃなにも見つけたりしないじゃない。**

ブリスターはコーラルの手をきつくにぎりしめて、すぐにまたはなした。「それを聞いて大興奮《だいこうふん》しちゃったのよ。それに、そのうち一頭があなたの消えた娘だなんて、いつも話してたとおり、本当にきれいな子ね」

「〈平和のタロン〉がウェブスにぬすませたんだって、このわたしには**わかって**たわ」コーラル女王が得意《とくい》げに言った。「ツナミ、わたしの友人のブリスター女王にごあいさつなさいな」

「もうすんでるわ」ツナミは、背後に仲間たちの気配を感じながら答えた。スターフライトは恐怖《きょうふ》で固《かた》まっている。サニーはもっとよく見ようと頭をもたげている。グローリーは興味《きょうみ》なさそうに自分のかぎ爪《づめ》をながめている。クレイは気になりつつも、おなかが大きな音をたてないようにこらえている。

「じゃあ、あなたのお友達《ともだち》を紹介《しょうかい》なさい」コーラルはそう命じ、またブリスターに笑《わら》いかけた。

「クレイ、サニー、スターフライト、グローリー」ツナミはひとりずつ指さしながら言った。その態度《たいど》を見たコーラル女王がツナミをにらみつける。

「すばらしいわ」ブリスターはすらりと答えた。「みんなとても勇《ゆう》かんでかしこそうな顔しちゃって。グローリー、あなたがスカイウイングじゃないのは聞いているけれど、わたしはぜんぜん気にしないわ。スカイウイングは過大評価《かだいひょうか》されてるのよ。だと思わない？」

グローリーの翼がぴくりと動いた。灰色《はいいろ》の全身に、暗いピンク色のさざなみが走る。

「**聞いている**って？」ツナミはうたぐるようにたずねた。「どこで聞いたの？　三頭の世話係《マインダー》しか、そんなの知らないはずだよ。〈平和のタロン〉の他の連中《れんちゅう》にだってひみつにしてたくらいだからね」

コーラルの翼のかげからアネモネが、青い目を大きく見開いてツナミをじっと見ていた。シーウイングの衛兵たちは、そわそわと身じろぎしていた。

「ふむ……」ブリスターはちらりとツナミを見て、またすぐに目をそらした。「まあ、わたしにもナイトウイングのお友達がいるっていうことね」そう言ってスターフライトに近づき、彼《かれ》の首をゆっくりと爪の先でなぞる。「だから**あなたたち**の話は、たくさん聞いているのよ」

　ナイトウイングのスターフライトは、まるで本当に石になってしまったかのように完全《かんぜん》に固まってしまった。もっとそばにいたら、ツナミはけりとばしてやりたかった。**そんなにビビるんじゃないよ。力が上なのはあたしたちのほうなんだからね。予言によるとサンドウイングの次の女王を選《えら》ぶのはあたしたちだし、ブリスターだってそのくらいわかってるんだからさ！**

　ブリスターは、けわしい顔のサニーを見おろした。「かわいいわねえ」と言って、サニーのあごの下をさする。それから今度は「で、たくましい子っていうのは、きっとあなたね」と言ってクレイに手をのばすと、腕《うで》の筋肉《きんにく》をつかんだ。

「だと思う」クレイがうろたえながら答えた。

「わたしのことも、いろいろ聞いているんでしょう？」ブリスターは、コーラル女王のとなりにもどりながら言った。ヘビのようにうねうねと、地面にしっぽを引きずっていく。先についた毒ばりが、どうくつの地面でカタカタと音をたてた。「けれど、他のドラゴンがわたしのことをどんなふうに言っていても、どんなうわさを聞いても、そんなものを信《しん》じてはいけないわ。特《とく》に予言みたいな大事なことに関係《かんけい》した話はね。だから、聞きたいことがあったらなんでも言ってちょうだい。あなたたちの決断《けつだん》の力になれるなら、よろこんで協力《きょうりょく》させてもらうわ……もちろん、わたしを選んでくれたらいいとは思ってるけどね」

彼女は目を光らせながらみんなを見回してから、またコーラルの顔を見た。「さてコーラル、朝ごはんはなにかしら？」

「当ててみせようか」グローリーが冷《ひ》ややかに笑った。「お魚さん」

クレイは、待ちきれないような顔で女王を見つめた。

「まあ、それはいい考えだわ。さあ、食べに行きましょう」コーラル女王が言った。「食事が終わったら、戦争《せんそう》の最新情報《さいしんじょうほう》を教えてちょうだい。スカイウイングたちになにか妙《みょう》な動きがあるって聞いているのよ。アネモネ、ツナミ、いらっしゃい」

ツナミはエラを大きくふくらませた。もう、いちいち命令《めいれい》されるような子どもじゃないのだ。それに、また仲間だけ置《お》いていくつもりもない。

「他の子たちも連《つ》れていくっていうのは、どう？」ブリスターが、ツナミよりも先に提案《ていあん》した。「もっとみんなのことを教えてもらいたいわ」

コーラルは鼻先にしわをよせて、みんなを見た。「じゃあそうしましょう」と、気が乗らないように言う。

「それは置いてけばいいわ」ブリスターは、卵のほうをあごでしゃくってみせた。

「だめよ！」コーラルとサニーが同時にさけんだ。コーラルがおどろいた顔で小さなサニーを見る。

サニーは卵をきつくだきしめた。「そんなのだめ。わたしがいっしょにいるもん」

ブリスターが肩《かた》をすくめるのを見て、ツナミはふと気になった。味方であるコーラル女王の命をおびやかすかもしれない赤ちゃんのことを、ブリスターはどう思っているのだろう？　ひょっとするとブリスターにしてみれば、コーラルにいどむような赤ちゃんなど生まれないほうがいいのかもしれない。よく見てみれば、いかにも殺し屋《や》らしい、なにかうらがありそうな顔をしている。

だが水中で呼吸《こきゅう》ができないブリスターには、王家の孵化《ふか》室に入るなんて無理《むり》だ。卵がわれた一件《けん》に関係している可能性《かのうせい》はあるが、実際《じっさい》に殺《ころ》したのが彼女だとは考えられない。犯人《はんにん》はシーウイングのだれかに決まっている。

食事の間《ま》はキッチンからふたつ上のフロアにあり、魚のピクルスやカモメのロースト（サンドウイングのお客のために用意させたと、コーラル女王が説明《せつめい》した）のにおいが下からただよってきていた。みんなは長い楕円形《だえんけい》をした低《ひく》いテーブルを囲《かこ》んですわった。コーラル女王の席《せき》は他の席よりも高く作られていたが、すぐ横のブリスターの席もほとんど同じ高さになっていた。

スターフライトがブリスターの右に、そしてツナミはコーラルのとなりにいるアネモネの左にすわった。そしてツナミの左にはワールプールがいた。金の輪《わ》っかのピアスをいじりながらくちゃくちゃと大きな音をたてて食べていて、だれも聞いていないというのにコーラルの最新作《さいしんさく》の話をいつまでもしている。

シーウイングの衛兵たちがフロアを囲むようにぐるりとならんでおり、そこにブリスターといっしょに来たサンドウイングの兵隊《へいたい》もまざっていた。シーウイングたちはサンドウイングをいかくするようににらみつけながら、どしどしとゆかをふみ鳴らし、しっぽをゆらしている。

衛兵の中にスネイルとヘリングがいるのにツナミは気づいた。自分たちがまだ生きているのが信じられないといったように、不安そうに左右にきょろきょろと目だけを動かしている。

生きてるのは、母さんが見せしめにするつもりだからね。ツナミは思った。トータスにばつをあたえたときと同じように、コーラルは公開処刑《しょけい》にぴったりのタイミングを待っているのだ。

まあ、見せしめならばこっちだって負けやしないよ、女王陛下《へいか》。

「**母さん!**」ツナミは、給仕係《きゅうじ》のドラゴンたちがみんなの前にスープボウルを置き始めると大声をあげた。となりのワールプールがびっくりして、あやうくスープをこぼしかける。コーラル女王まで、ぎょっとした顔をしていた。

「ちょっと**ビビるくらいショック**な話があるんだけど!」ツナミは声をはりあげた。「この場にいるすべてのドラゴンに、目撃者《もくげきしゃ》になってもらわなくてはいけない。

「話? 朝ごはんのあとではだめなの?」コーラルが言った。「もっと上品に話しあいましょうよ」

「**だめよ**。だって、**超**《ちょう》**ショック**な話だから」ツナミは、さらに大声で言った。

その場にいないシーウイングたちまでどうくつや湖の中から顔をだし、いったいなにごとかと聞き耳を立てている。

「ええと、だったら――」コーラルが口を開いた。

「**ねえ、信じられる?**」ツナミは、かまわずにさけんだ。「あたしの仲間が……**〈運命のドラゴンの子〉たちが、鎖**《くさり》**でつながれてたんだよ? で、ここのどうくつの中で食べものももらえずに飢**《う》**え死**《じ》**にしかけてたんだよ? お仲間のシーウイングにそんなことされたんだよ?**」

「なんですって?」コーラルがバサバサと羽ばたいた。すっかりうろたえているように見えたが、ツナミには今の話を聞いたせいなのか、それともみんなの前で自分のしたことをせめられているからなのか、判断《はんだん》できなかった。

「**ああ、そうだろうね!**」ツナミはもう、ほとんどどなっていた。「**信じられないだろうね。**だってもちろん、そんなことなんにも知らなかったんだからさ」

「そのとおりよ」コーラルがあわてて言った。「子どもをそんな目にあわせたりなんて、ぜったいにしないわ」

「そのうえ、あたしの仲間をそんなひどい目にあわせるなんていう**うらぎり**を働《はたら》いたドラゴンに、ばつをあたえたいと思ってるんでしょう？」ツナミは問いつめるように言った。

「そうだよね？　たとえば、みんながちゃんとごはんをもらえてるってうそついたドラゴンとかさ」そう言って、ラグーンをにらみつける。ラグーンは自分の身になにが起ころうとしているかに気づき、ウミガイを口にはこびかけたまま凍《こお》りついた。

「当然《とうぜん》よ」女王がうなずいた。「衛兵！　ラグーンを海底牢獄《かいていろうごく》にほうりこんでおきなさい！」

「ですが……ですがわたしはただ……」ラグーンは首を横にふった。

「今度命令にしたがわなかったら」女王が言った。翼のうら側《がわ》のストライプがはげしく点《てん》滅《めつ》する。ツナミは気づいた。リップタイドから教わった水中語のひとつだ。


静かに。


ああ、母さん。ツナミは悲しくなった。

「せめてこれだけ――」ラグーンはなごりおしそうにスープの入ったボウルに手をのばしたが、衛兵たちが彼女をつかまえ、すぐに引きずっていった。

「食事させてもらえないのがどんな気分か、牢獄にすわってよく考えることね」女王が言った。

ツナミは、ラグーンはたいして苦しんだりしないはずだとふんでいた。コーラル女王は、さっさと彼女を評議会《ひょうぎかい》によびもどすにちがいない。だがツナミには、まだ終わりではなかった。

「さてと、それじゃあクレイを鎖でつないだのは**だれだと思う？**」ツナミがまた大声で言った。こいつだといわんばかりに、びしっとシャークを指さしてみせる。「**シャーク司令《しれい》官《かん》だよ！**　よりにもよって、なにもかもあんたの命令にしたがうはずのこいつがだよ！　どう？　**めちゃくちゃショックじゃない？**」

「ええ、そうね」コーラルがうなずいた。歯ぎしりしたいだろうに、なんとかこらえている。「そんなの、とても信じられないわ」

「かわいそうに、衛兵たちがどれだけ思《おも》い悩《なや》んだか考えてごらんよ」ツナミは言葉を続《つづ》けた。「クレイを鎖でつなぐよう命令したのが女王であるわけがないって、あたしが説明したときのあいつらの気持ちをね。司令官と女王、どっちにしたがうか選ばなくちゃいけなかった気持ちをね！　もちろん、あいつらは女王を選んだわ。だから、クレイの鎖のかぎをあたしに差《さ》しだしてくれたんだよ。女王ならそうしろって言うはずだと思ったからね。そうでしょう？」

コーラル女王は、まるで品定めでもするかのようにじっとツナミを見つめた。そのとなりではブリスターが、楽しそうな顔をしてスープを飲んでいた。

「大変《たいへん》けっこう」コーラルがゆっくり言った。「その衛兵たちは、英雄《えいゆう》も同じね」

「で、シャークは――」ツナミは女王をせかすように言った。

「そやつも牢獄に入れなさい」女王は、さっと手をふってみせた。

シャークは、ラグーンのように言いわけしようとはしなかった。近づいてくる衛兵たちにうなり、にくしみのまなざしでツナミをにらみつけると、なにも言わずに地下牢《ちかろう》へと立ち去っていったのだった。

完璧《かんぺき》ね。ツナミは心の中で言った。これでスネイルたちの安全が保証《ほしょう》されたとは言えないが、すくなくともコーラル女王にとっては、昨夜《さくや》の一件で彼らにばつをあたえるのが容易《ようい》ではなくなったことだろう。

それだけではない。たとえ一日か二日とはいえシャークが地下牢にいる間は、自分と仲間たちも卵もずっと安全なようにツナミは感じていた。

「ハラハラドキドキの展開《てんかい》ね！」ブリスターが言った。「さてさて、朝のおしばいはこのへんにして、小さな運命のドラゴンのみなさんに予言のお話を聞かせていただきたいわ」

「スターフライトが全部語ってくれるよ」ツナミが答えた。「記憶力《きおくりょく》がほんとにすごいからね。だれも聞いてないときだって、そういうことをくどくどいつまでもくり返してるんだから」ツナミは、スターフライトの緊張《きんちょう》をといてやろうと笑いかけた。彼はすっかりおびえきっており、食事も手につかずにいたのだ。

「まったくすばらしい！　まったく感動的《かんどうてき》だ！」となりのワールプールが、心から感心したように大声をあげた。ツナミは顔をしかめて彼を見た。そういえばこのオスドラゴン

なら、スターフライトとうまくやっていけるような気がする。もっとも、ワールプールのほうがスターフライトにくらべ、あっとう的《てき》にめんどうくさくてうっとうしいが。

「予言を実現《じつげん》させるために、ちゃんと計画があるのよね？」ブリスターが言った。「だって、そのはずでしょう？」

ごちそうのテーブルが、あっというまに緊張につつまれた。宮殿《きゅうでん》じゅうのドラゴンが耳をそばだてる。ピリアにいるすべてのドラゴンが、その答えを聞きたくてたまらないのだ。

ツナミは、まるでうろこの下をハチの群《む》れがはい回っているような感覚《かんかく》におそわれた。計画なんて、なにもあるわけがない。山の底《そこ》から、そしてスカイウイングの宮殿からにげだしてきたばかりなのだ。考えるような時間もなければ、ゆっくり計画をたてられるような場所もなかった。それに、予言の実現という使命のために役立つようなことなど、なにひとつ教わってもいない。**〈平和のタロン〉め、まったく役に立つ連中だよ！**ツナミは心の中で毒づいた。

けれど、これほどたくさんのドラゴンたちにたよりにされているのに、そんなことをみとめるわけにはいかない。

「計画なら、今たててるところだよ」ツナミは口を開いた。「だから今話せることはほとんどなにもないの」

「今は情報を集めているところでね」思いがけず、グローリーが言った。

ブリスターは、なにか言いたげな顔でスターフライトを見つめた。

「ええっと……」スターフライトはうろたえた。「でもおいらたちはあなたが……もちろん……その、**あなた**こそ……最高《さいこう》の女王だと思っているよ。サンドウイングのね。そうだよ。他のふたりは……ええと、その……なんていうか……ほとんど相手にならないし、あの……あなたこそ選ぶべきドラゴンだって……」

「スターフライト！」ツナミは彼をにらみつけた。「なに言ってるのよ！　勝手にあたしたちの代表みたいな顔しないで！」

「あらまあ」ブリスターは、むっとしたように目を細めてスターフライトを見た。「じゃあだれが代表なの？」

「代表なんていない。みんなそれぞれ意見や考えがあるの」グローリーが、ツナミより先に言った。

「そうだよ」サニーも続く。

「で、あたしたちはまだなにも決めてないってこと」ツナミがきっぱりと言った。もっとスターフライトの近くにいれば、けとばしてだまらせてやるのにと思いながら。

「おいらはブリスター女王なら問題らいって言ってるでけりゃれら」スターフライトはしどろもどろにそう言って、だまりこんだ。ブリスターは、少しふきげんな顔をしていた。

「言ってることはわかるわよ、ナイトウイングのぼうや」コーラルは、ぽんぽんとブリスターの手をたたいた。「ブリスターはすばらしい女王だもの」

ブリスターはにっこりほほえんだが、さっと手を引いたのをツナミは見のがさなかった。それに、ブリスターがずっと母親のことを「コーラル」とよび捨《す》てにしているというのに、シーウイングの女王である母親のほうは相手を「ブリスター女王」とよんでいるのも気になる。おたがいに対するふたりの態度が、ツナミはどうも気に入らなかった。

母親の選択《せんたく》は信じたい。だからツナミはブリスターを好《す》きになりたかった。サンドウイングの女王にブリスターを選べば、話はかんたんだ。そうしたら〈運命のドラゴンの子〉たちは安全な〈シーキングダム〉にとどまり、戦争でシーウイングの味方をすればいい。

それのどこが、自分は気に入らないのだろう？

ブリスターに感じるこのいやな予感は……いったいなんなのだろうか？

「ああ、そういえばブリスター女王」コーラル女王が言った。「話さなくちゃいけないことがあるの。ものすごく奇妙なことがあってね。この間わたしたちの領土《りょうど》で、スカイウイングの死体をひとつ見つけたのよ」

やばい！　ツナミはまだみんなに、ケストレルのことを話していないのを思いだした。またしても、みんなをおこらせる材料《ざいりょう》を作ってしまった。思わずため息がもれる。

「あら、そうだったの」ブリスターがおどろいてみせる。「わたしには、いいしらせのように聞こえるけど」

コーラルが笑った。「ええ、たしかにそうね。でも本当に奇妙なのは、サンドウイングの毒ばりにさされて死んだらしいことなの。どうしてサンドウイングとスカイウイングが、はるばるこんな遠くまで来て戦《たたか》っていたのかしら？」

サンドウイングの毒など、ツナミには初耳《はつみみ》だった。ケストレルの首から流れでた血のことしか、記憶にはなかったのだ。

ふと、あることに気づき、ツナミはまいていたしっぽをピンとのばした――**じゃあ心配いらないわ。そういうことなら母さんだって、殺したのがあたしたちじゃないってわかるはずだもの。あたしたちには、そんなことできるやつなんていない。サニーのしっぽだって、使いものにならないしね。**

だが同時に、頭の中ではいくつもの疑問《ぎもん》がぐるぐると回り始めていた。どうしてサンドウイングが、ケストレルを消したりしたがるのだろう？　ツナミは困惑《こんわく》しながら、爪の先でエラをかいた。バーンが彼女を見つけだし、スカーレット女王にしたことへのばつをあたえたのだろうか？　だが、どうしてふたりともシーウイングの領土なんかにいたのだろう？

ブリスターは翼をたたみ直し、肩をすくめた。「たしかに、本当に変《へん》な話ね」

「殺されたドラゴン、いったい何者なのかしら」コーラル女王が言った。「両方の手のひらに、古いやけどのあとがあって――」

ツナミはワールプールの前から手をのばしてサニーの腕をつかんだが、間に合わなかった。サニーがおどろき、悲鳴をあげる。

「うそ！　まるでケストレルじゃない！　ツナミ、そのドラゴンがケストレルだったらどうしよう？」サニーはそうさけぶと、目に涙《なみだ》をうかべながら両手で口をおさえた。

重苦しい沈黙《ちんもく》がテーブルをつつみこんだ。宮殿じゅうのシーウイングの視線《しせん》が、サニーとツナミに集まっているみたいだった。中でもコーラル女王は、あなが開くほどツナミをじっと見つめていた。

テーブルの向かいでは、ショックのあまりグローリーとスターフライトがぽかんと口を開けていた。

「ツナミ？」コーラルがゆっくりと口を開いた。「なにか話したいことがあるのでは？」

「わかった」ツナミは言いにくそうに答えた。「あるよ。ごめんなさい。あたしの知り合いだよ。あのドラゴンは、ケストレルっていうの」

サニーがわっと泣《な》きだして、両手に顔をうずめた。クレイはどうしていいかわからず、彼女の背中《せなか》をやさしくたたいてやった。

「そこのサンドウイングの子、死んだスカイウイングのことでひどくうろたえてるみたいね」ブリスターが考えこむように言った。

「ケストレルは、あたしたちを育てた世話係《マインダー》のひとりでね」ツナミが説明を続けた。「あんまりやさしいドラゴンとはいえなかったけどね。サニー、そんなに悲しんでやることはないよ」

サニーは顔をあげず、翼をふるわせていた。

「なるほど」コーラルは、ツナミのほうに身を乗りだした。「わたしに説明しなさい。あのスカイウイングが何者なのかこのわたしが何日も頭を悩《なや》ませていたというのに、あなたはなにも話さずにだまっていたということなの？　いったいどうして？」

「正体を話したところで、なにも解決《かいけつ》しないと思ったから」ツナミが答えた。「たしかにケストレルだというのはわかってたけど、どうしてこんなところにいるのかも、だれが殺したのかも知らないんだもの」そう言って、グローリーとスターフライトを、そしてクレイを、申しわけなさそうな顔で見る。「それに、まずは仲間に話したかったんだよ。たしかに育ての親としてはいいやつじゃなかったけどさ、それでもあたしたちは他の親なんて知らないんだもの。だから話さなくちゃって思っていたんだ……話すチャンスがなかっただけでね」

「よくわかったわ」ブリスターは満足《まんぞく》そうにうなずくと爪を一本立て、コーラルの手をかりかりとなでた。「この子をゆるしてあげなさいよ、コーラル。知り合いのドラゴンの死体を見るだなんて、とてもショックだったはずだもの。自分の手でのどを切りさいてやりたいと思ったことのある相手だったら、なおさらそうよ――そうよね、ツナミ？　わたしだって母には、いつだってそんな気持ちをいだいていたものよ」

ツナミはゆっくり顔をあげると緑色の目で、いてつくようなブリスターの黒いひとみを見つめた。

なんでブリスターが知ってるの？

コーラル女王は、ケストレルがサンドウイングにさされたとしか話していない。テーブルの下、ツナミは両手をきつくにぎりしめた。

ケストレルののどが切りさかれてたのを、なんでブリスターが知っているというの？

20

ツナミはどうすればいいのかわからなかった。ここにいるドラゴンたちの前でブリスターを、うそつきだ、ドラゴン殺《ごろ》しだとせめるべきだろうか？　コーラル女王はどんな反応《はんのう》をするだろう？

落ちつけ。考えろ。衝動的《しょうどうてき》に、したいようにしてはだめだ。ツナミは自分に言い聞かせ、スターフライトにさっと視線《しせん》を向けた。彼《かれ》はぬかりなくブリスターのミスに気づき、困惑《こんわく》の表情《ひょうじょう》をうかべていた。

自分に向けられたツナミの目を見て、小さく首を横にふってみせる。

深々と息を吸《す》いこみ、ツナミはゆっくりとはきだした。彼の言うとおりなのかもしれない。ここでブリスターと争《あらそ》ったら、仲間《なかま》を危険《きけん》にさらすことになりそうだ。今は大人しくし、観察《かんさつ》するほうがいい。そしてスターフライトがその巨大《きょだい》な脳《のう》を使い、ブリスターがケストレルを殺《ころ》した理由をつき止めてくれるよう願《ねが》うのだ。

ブリスターの口の中で、黒い舌《した》がうごめいた。コーラルのほうに体をかたむけ、アネモネにほほえみかけて言う。「わたしたちのひみつ兵器《へいき》は順調《じゅんちょう》なの？」

「それはもう！」コーラルはそう言うと、ほこらしげに笑《わら》いながらアネモネの頭をぽんとたたいた。「お目にかけましょうか？　ワールプール、ついてらっしゃい」

ワールプールが胸《むね》をはって立ちあがった。ツナミも好奇心《こうきしん》にかられて立ちあがったが、コーラルは首を横にふった。緑の光の中、真珠《しんじゅ》がおどる。「あなたは来なくていいのよ。きっとたいくつしてしまうだけだから」

「わたしはツナミにも来てほしいな」アネモネが横から言った。「お願いだから」

コーラルとブリスターが、意味ありげに視線をかわした。あたしを信用《しんよう》してないんだ。

ツナミは心の中で言った。「ひみつ兵器」だかなんだか知らないけど、あたしに知られたくないんだわ。あたしがブリスターにつくって確信《かくしん》できるまでは。

おあいにくさま。

「ぜったいに**超**《ちょう》おもしろいって思うけど」ツナミは、興奮《こうふん》で身を乗りだすようにして言った。「母さんが見せてくれるもの、どれもこれもおもしろいものばっかりだもの」緑の大きな目を、ばちばちとまばたきしてみせる。テーブルの向かいでグローリーがふきだしかけると、それをごまかすため、あわてて何度もせきばらいをした。

「いいでしょ？」アネモネが言った。

「わかったわ」コーラルがため息をついた。「でも他の子たちはだめよ」そう言って、うたがいのまなざしをクレイに向ける。

「みんなはあのどうくつにもどって卵《たまご》を守ってくれてればいいから」ツナミはうれしそうに言った。

コーラル女王は、その提案《ていあん》も気に入らないといった顔をしてみせた。ブリスターが毒《どく》のしっぽで地面を軽くたたき、翼《つばさ》を広げる。「さあ、もういいかしら？」

ツナミはコーラル、ブリスター、アネモネ、そしてワールプールのあとに続《つづ》き、まだ行ったことのないパヴィリオンの上のフロアへとのぼっていった。そこはボウルのような形をしたフロアで、低《ひく》い壁《かべ》に囲《かこ》まれており、まん中に向かってゆるやかにくだっていた。片《かた》側《がわ》の壁にはずらりと武器《ぶき》がならべられていた。コーラルのしっぽの先についているものと同じ、ねじれた角のような白い槍《やり》。鎖《くさり》やうろこを何重にも重ね合わせた戦闘《せんとう》用のアーマー。そしていろんなまき物に登場するゴミあさり《スカベンジャー》が持っているような、きらめく金属《きんぞく》のかぎ爪《づめ》もある。だがどの武器もこれといって、特別《とくべつ》なものにもひみつ兵器にも見えない。

しかし――ツナミはもう一度、武器がならんだ壁にするどい視線を向けた。あの戦闘用のアーマー……あれはまちがいなく、トンネルでおそってきた相手が着ていたものだ。オスかメスかはわからなかったが、あれのせいで敵《てき》にかぎ爪の攻撃《こうげき》がとどかなかったのだ。自分のかぎ爪がむなしく金属にこすれる感触《かんしょく》をツナミは思いだした。そして、壁にならんだアーマーのひとつには、たしかにきずが一本入っている。このフロアに入れるのは、いったいだれだろう？

たぶん、だれでも入れるはずね。ツナミは心の中で歯ぎしりした。

「はずしましょうか？」ワールプールは、コーラルの翼にかかった真珠かざりを指さした。手がとどくように、女王が翼を低くさげる。ワールプールはもったいぶったようにボウルのまん中までのしのし歩いていくと、ひもでつながれた真珠を目の前のゆかにおろした。

「これでよし」彼が両手をこすりあわせる。「さあ、これを壁に向けて動かせますかな？」

ツナミはきょろきょろとまわりを見回した。いったいだれに言っているのだろう？ひみつ兵器はどこにあるのだろう？

ツナミのとなりにアネモネがすわりこみ、ため息をついた。「やらなきゃだめ？　時間のむだだと思うけど」そうもらすアネモネを、ツナミはじっと見つめた。

「練習はけっして時間のむだなんかではありません」ワールプールは、かぎ爪を一本立ててふってみせた。ツナミは思わず、へし折《お》ってやりたくなった。

「でも、アルバトロスみたいになりたくないよ」アネモネは翼をさっと動かし、少しだけツナミのほうに体をよせてきた。

「彼が正気を失《うしな》ったのは、ただの石からこのパヴィリオンをまるごと**育てた**からです」ワールプールは、上から言い聞かせるような口調で言った。「アネモネ様は、まだそんなところまではとてもいっておりませんよ。さあ。ほら、この真珠かざりを」

アネモネがもうひとつため息をついた。そして両手を前にのばしたとたん、ツナミは思わず目を丸くした。真珠かざりがまるでヘビのようにくねくねと動きながら、ゆっくりと壁に向かって進みはじめたのだ。

「なんてこと……」ツナミは口走った。いきなりすべてがつながってしまった。ワールプールについた「魔法《まほう》」の肩書《かたがき》も、〈ディープパレス〉で目にした勝手に体にぴったり合うハーネスも、なにもかもが。「アネモネ！　あなたアニムス……つまり〈命のドラゴン〉なんだね！」

アネモネが両手をおろすと、真珠かざりもぴたりと動きを止めた。「そういうこと」と、まるでナマコの子孫《しそん》だったほうがましだと言わんばかりの顔をしてみせる。

「王家には何頭か、〈命のドラゴン〉がいたのよ」コーラル女王がほこらしげに言った。「けれど、もう何世代もあらわれなかったわ。そんなとき、この戦争《せんそう》に勝つための力になるのにぴったりのときに、アネモネが卵からかえってくれたのよ」

「気をつけなさい」ブリスターが小さな声で言い、いかく音をだした。

「〈命のドラゴン〉が戦《たたか》いでどれほど役に立つかをこの子にわかってもらうのに、計画をすべて話す必要《ひつよう》なんてないわ」コーラルが続く。「この力さえあれば、わたしたちはすばらしいことがいくらでもできてしまうの」

「そのとおり。これをごらんなさい」ワールプールはうなずくと金属でできたアーマーの胸当《むねあ》てを手に取り、フロアのふちから外に向かって高々と投げあげた。「槍《やり》でとらえて！」とアネモネに向かってさけぶ。

しかし、槍は一本も動かなかった。胸当てがむなしく、湖へと落ちていく。

「ごめんなさい」アネモネは、まったく悪くなど思ってなさそうに答えた。「いきなり言うんだもん」

「いてっ！」下でだれかのさけび声がひびいた。

「アネモネ様」ワールプールはため息をついた。「戦いではあらゆることがいきなり起きるものですぞ」

「なんで**あなた**にそんなことがわかるの？」アネモネが言うと、ワールプールが顔をしかめた。

「もう一度よ」コーラル女王がパンパンと手をたたいた。「アネモネ、今度は言われたとおりになさい」

ワールプールがもう一度、アーマーの胸当てを放りあげた。するとすぐにイッカクの角のような槍が飛《と》んでいき、胸当てにつきささった。

ブリスターとコーラルが拍手《はくしゅ》する。だがツナミにとっては、槍が静《しず》かに胸当てを運んできてそっとゆかにおろしたことのほうが、ずっとおもしろかった。

「おみごと」ブリスターが言った。「でも、前に見たときとたいして変《か》わらないわね。もっと新しいことはできないの？　もっと大きなものはどう？　訓練《くんれん》はあとどのくらい必要なの？」

「もうほとんど終わっているわ」コーラル女王が答えた。

「何年も。まだまだずっとかかるわ」アネモネも同時に答える。

ブリスターはふたつにわかれた黒い舌をチロチロとだしながら、目を細めてアネモネをじっと見つめた。「コーラル」と言って首をかたむけ、合図してみせる。

「ここにいなさい」コーラル女王はアネモネにそう言うと、ハーネスがとどくぎりぎりのところまで飛んでいき、翼を広げたままかがみこんでブリスターになにかささやいた。

ワールプールがツナミとアネモネのほうに、のしのし歩いてきた。アネモネが彼をするどくにらみつける。するとゆかに置《お》きっぱなしになっていた真珠かざりがぐるぐると回転しはじめ、ワールプールの腹《はら》の下をくぐりぬけると、フロアのふちからいきおいよく飛びだしていった。ワールプールが悲鳴をあげ、あわてて緑色の体をおどらせるようにしてそれを追いかける。

「こういうことからわたしを守ってほしいの」アネモネが、急いでツナミにささやいた。

「ワールプールのつまらない授業《じゅぎょう》のこと？」ツナミが答えた。「もちろん、すぐに守ってあげる」

「ううん、それだけじゃないんだ」アネモネは鼻すじにしわをよせた。「ほんといやなやつなのはたしかだけどさ。いつだって、物を動かせとしか言わないんだよ。わたし、命を持っていないものはどんなものでも思いどおりにしたがわせることができるのにさ。なのにあいつ『この槍をおどらせてみなさい！　あの椅子《いす》をここからあそこに歩かせなさい！』とか、そんなのばっかり。ほんと、ばかにされてる気分」

「他にはどんなことができるの？」ツナミはたずねた。コーラルとブリスターの様子をちらりとたしかめたが、ふたりともこちらに背中《せなか》を向けて、なにかないしょの話をしているようだ。

「ブリスターの話だと、〈スカイキングダム〉の宮殿《きゅうでん》をくずれ落ちさせて、スカイウイングたちを下じきにしちゃうこともできるんだって」アネモネはツナミを見あげながら、小さな声で答えた。「あと、槍に魔法をかけて、バーンの心臓《しんぞう》を見つけだして殺しちゃうまで追いかけさせることもできるみたい」

ツナミはぞっとした。体がふるえているのがバレないよう、足もとにまきつけるようにしていたしっぽにさらに力を入れる。たとえどちらかでも本当にできるのなら、アネモネは本物のひみつ兵器だ。それほどの力があったら、こんな戦争なんて一週間で終わらせられるかもしれない。

「本当にそんな力があるのか、自分でもわからないんだ」アネモネが言った。「こわくて試《ため》したことがないの。試したいなんて**思えない**の。〈命のドラゴン〉は力を使うたびに、少しずつ自分を失ってしまうんだよ」ツナミの妹は、まるで自分のものではないかのように両手を開いてみせた。「アルバトロスは初《はじ》め、王子で英雄《えいゆう》だったわ。でもそのころは〈命のドラゴン〉の力にどんな代償《だいしょう》があるのか、だれも知らなかったの。アルバトロスはこのパヴィリオンを作ったせいで、邪悪《じゃあく》なドラゴンになってしまった……」アネモネは、片手《かたて》をそっとツナミの手にのせた。その手は、氷よりも冷《つめ》たく石よりもかたく感じられた。

「わたし、そんなふうになりたくないよ」

でも、どうやって助けてあげればいいの？　ツナミは心の中で言った。そんなにも早く平和をもたらすことのできる力の存在《そんざい》に、彼女《かのじょ》まで心をひかれてしまっていた。けれど、アネモネのひとみにうかぶ恐怖《きょうふ》を、見て見ぬふりなんてできるわけがない。

「まず、あたしたちを殺そうとしてるやつをつかまえる」ツナミはそう言って、片方《かたほう》の翼でアネモネをくるんでやった。「そうしたら母さんもアネモネのハーネスをはずして、もっと信《しん》じてくれるようになるかもしれない。あなたがそんな力使いたくないって言っても、ちゃんと話を聞いてくれるかもしれない」

「はは……」アネモネは、力なく笑った。

ツナミには、他になにを言ってあげればいいのかわからなかった。ふしぎな魔法についての悩《なや》みごとをどうすればいいかなど、とても自分にはわからない。けれどアネモネに聞きたいことはたくさんあったし、今がそのたったひとつのチャンスなのかもしれない。

「ひとつ質問《しつもん》していい？」彼女は口を開いた。「もしコーラルの娘《むすめ》たちがひとりも生《い》き残《のこ》ることができなかったら、次の女王はだれになるの？」

アネモネはしっぽをさっとゆすって、その先をじっと見つめた。「そんなのだれも知らないよ。他の国じゃどうだか知らないけど、この国では平和なまま女王が死んで、だれかが次の女王になったことなんて一度もないんだもの。それに、母様にいどむドラゴンなんているると思う？　前にシャークおじさんが、息子《むすこ》が玉座《ぎょくざ》をつぐべきだと思うって言ってるのを聞いたことがあるけどね。でも、たぶんつぐとしたら従姉妹《いとこ》のモーレイじゃないかな。でもモーレイはそんなこと望《のぞ》んでないわ――母様が永遠《えいえん》に女王でいてくれますようにって思ってるんだもの。そう言ってるだけかもしれないけどね」

「モーレイを信用してないの？」ツナミはたずねた。

「あの子、なんだか変《へん》なところがあるから。そう思わない？　なんだか、ずっと演技《えんぎ》でもしてるみたい。だって、あんなふうにいつでも本気でふるまってるドラゴンなんているわけないもの」

「かもね」ツナミはうなずいた。「でもあたし、シャークがあの殺し屋じゃないかって思ってるんだ。あいつ、きっとモーレイを女王にしたいと思ってるんだよ。コーラルの娘がみんな死んじゃえば、次の女王はモーレイしかいないだろうしね」

アネモネはふんと鼻を鳴らした。「女王にいどむくらいなら、モーレイは死を選《えら》ぶわ」

コーラル女王の翼が閉《と》じるのが見えた。「とりあえず今は、まだまだ訓練しなきゃいけないふりをしてなさい」ツナミは急いでアネモネにささやいた。「必要ならば、ときどきわざと失敗《しっぱい》してみせなさい。とにかくできるだけ長く、まだ準備《じゅんび》ができてないって思わせるんだよ」

「失敗か」アネモネはため息をついた。「なんでそれを思いつかなかったんだろう？」

コーラル女王が、鼻をひくひくと動かしながらもどってきた。「ワールプールはどこ？」

「なにかさがしものみたいだよ」アネモネがとぼけてみせた。

「ブリスター女王が、あなたに試させたいことがあると――」コーラルは言いかけたが、ブリスターがいきなり上を見あげたので言葉を止めた。ブリスターはぶきみにだまりこんだままどうくつの中を見回している。ツナミはそのすがたに見とれてしまったような気持ちになった。アネモネとコーラルも静まりかえり、じっと待っている。

ブリスターはゆっくりと、頭上をおおう葉やツタに視線を向けていった。

そのとき、ツナミの耳にも聞こえた。

あの上で、なにかがうごめいている。

なにか大きなものが。

21

コーラル女王は口から、静《しず》かないかく音をだした。「衛兵《えいへい》をよぶわ」
小さな声だ。かすかに空気がふるえるくらいの小さな声だ。
「待って」ブリスターがかぎ爪《づめ》を一本立てた。かすかに空気がふるえるくらいの小
さな声だ。「何者かはともかく、生けどりにしたいわ。おどして追いはらうんじゃ
なくてね」そう言って、大きくしっぽをふる。「いらっしゃい」ブリスターはそう言うと、
音もなくパヴィリオンのふちから身をおどらせると、断崖《だんがい》に向かって飛《と》び始めた。
コーラルとアネモネがそれを追い、ツナミもすぐあとに続《つづ》いた。自分もついていってい
いのかは知らなかったが、ツナミは気にしなかった。
ブリスターは、いちばん高い滝《たき》のとなりにつきだした岩だなにおりた。緑の天井《てんじょう》とほと
んど同じ高さにあるあなから水が流れ落ちてきている。水は滝のように断崖を流れてきて、
岩にぶつかってわかれては、小さな雲のように水しぶきをあげていた。
水音はとても大きかった。滝にそって上昇《じょうしょう》していく四頭の羽ばたきもかき消されるほど

の音だ。

頭いいわね。ツナミはブリスターを見た。でも、なんであいつを知れば知るほど、安心するどころかどんどん不安《ふあん》になっていくの？

滝のてっぺんまで飛ぶと、ブリスターはそこで羽ばたきながら停止《ていし》し、黒い目を光らせながら天井をじっと見つめた。この高さから見ると、はるか下のほうでパヴィリオンの周《まわ》りをかけ回ったり泳いだりしているドラゴンたちなど、まるでトカゲみたいだ。ツナミは、手足をのばしながら必死《ひっし》に泳いでいるワールプールのすがたを見つけた。くるくるとにげ回る真珠《しんじゅ》かざりをつかもうと、一生懸命《いっしょうけんめい》手をのばしている。

天井はぶあつかった。緑のツタが何世紀《なんせいき》もかけてからまりあっていたし、葉はどれもドラゴンの手のように大きい。すきまからさしこんでくる太陽の光の中、われた卵《たまご》のからみたいな形をした小さな青い花が見えた。

生《お》いしげる葉をなにかがざわざわとゆらしている。断崖からそうはなれていない辺《あた》りで、何者かがツタの間をくぐりぬけようとしている。ドラゴンくらいの大きさだ。

「スパイだわ」コーラル女王が小声で言った。

そのときブリスターがまるで攻撃《こうげき》を始めたコブラのように、目にもとまらぬほどのスピードで舞《ま》いあがり、葉の中に飛びこんでいった。かくれていたドラゴンにかぎ爪をつき立てるようにしてとらえ、緑の天井から引きずりだす。そしてふり回すようにして、そのドラゴンをツナミのほうに投げつけてきたのだった。

　おどろいたツナミが、それを受け止めようとあわてて手をのばす。その瞬間《しゅんかん》、目の前にいるのがウェブスなのに彼女《かのじょ》は気がついた。

〈平和のタロン〉が用意した世話係《マインダー》の一頭、ウェブス。王家の孵化《ふか》室からツナミの卵をぬすみ、水中語をひとつも教えてくれなかったうらぎり者。

　あっというまに彼《かれ》に衝突《しょうとつ》されてがけにつっこんだツナミには、ウェブスの顔にうかんだ恐怖《きょうふ》に気づくよゆうすらなかった。彼が翼《つばさ》をばたつかせながら体を引き、ツナミも体勢《たいせい》を立てなおしながら呼吸《こきゅう》をととのえる。

「なんだ。ただのシーウイングじゃないの」ブリスターは、がっかりしたように言った。

「ただのシーウイングなもんですか」コーラル女王はウェブスの首をつかんでゆさぶった。緑の目が、怒《いか》りと勝利《しょうり》にかがやいている。「こいつは、わたしたちにとって最大《さいだい》のうらぎり者、ウェブスよ。もう何年もさがし続けていたわ」

「陛下《へいか》」ウェブスはしゃがれた声をしぼりだし、のどをかきむしった。「お願《ねが》いです。お慈悲《じひ》をこうために来たのです」

「あんなことをしておいて、**慈悲**だと」コーラルはいかく音をだし、もう一度ウェブスをゆさぶった。「慈悲などあたえるものか」女王は彼を宙《ちゅう》に放りあげると、顔面を横からしっぽでなぐりつけた。骨《ほね》がくだけるおそろしい音がひびく。ウェブスは目を閉《と》じてぐったりし、そのまま下の湖へと墜落《ついらく》していった。

「ウェブス！」ツナミはさけんだ。地底《ちてい》でずっとあんな目にあわされつづけ、きらっているのは自分でもわかっていた。だが、気づけば彼のあとを追って宙に身をおどらせていたのだった。

〈サマーパレス〉のドラゴンたちは立ち止まって空を見あげ、天から落ちてくるドラゴンに気づくとぽかんと口を開けた。助けにいこうとする者はいない。ツナミは追いつこうと、必死に羽ばたいた。あの高さから水に落ちたら、死んでしまうかもしれない。

「クレイ！」ツナミはさけんだ。「クレイ！　助けて！」

すぐにクレイがどうくつから飛びだしてくると、混乱《こんらん》して目をぱちくりさせたが、すぐに身がまえた。

「受け止めて！」ツナミは指さしながらさけんだ。クレイがぱっと飛《と》び立《た》ち、落ちてくるウェブスの体をつかまえようとして旋回《せんかい》する。二頭のドラゴンが空中で衝突した。自分より重く大きなドラゴンをなんとかささえようとしながら、クレイが落ちてくる。

だが落ちるスピードがずいぶんとおそくなったおかげで、ツナミが追いついてきた。ウェブスのしっぽのほうを持ちあげ、クレイの背中《せなか》に彼の前半身を乗せ、後ろ半身を自分の肩《かた》にかつぐ。そしてクレイといっしょにふらつきながらパヴィリオンへと飛んでいき、ようやくたどりついた一階に墜落するようにウェブスをおろした——見回してみると、そこは図書館だった。

黒と青の足あとがついたゆかの上、ウェブスは頭を横に向けてぐったりと転がっていた。片方《かたほう》の耳から少し血が流れている。

「起きて」ツナミはウェブスをゆさぶった。「ほら、死んじゃだめだよ。あんたのことをたっぷりどなりつけてやりたいんだから、まだ早いよ」

「ウェブス、どこから来たの？」クレイがたずねた。

大きな音をひびかせながら、三頭の仲間《なかま》たちもおりてきた。グローリーは、深い緑色のジグザグもようを翼にうかべながらウェブスを見おろしていた。サニーは彼の頭のそばにかがみこんだ。体の下に卵をかかえているせいであまり顔を近づけることはできなかったが、それでも片手《かたて》をのばしてウェブスの鼻すじにふれる。

「ウェブス？」やさしい声で、サニーがよびかけた。「ここで**なにしてる**の？」

「あたりを捜索《そうさく》しなさい」コーラル女王のほえる声が、ツナミにもとどいた。「他に〈平和のタロン〉がひそんでいないかくまなくさがすのよ」まるでくさった魚の味でもするかのように〈平和のタロン〉という言葉をはき捨《す》てる。

ツナミは不安そうに、緑の天井を見あげた。生いしげる葉の間に、ドラゴン一頭がちょうど通りぬけられるくらいのあなが開いている。太陽の光がそこからさしこんでいるのを見て、ツナミはもしかしたらあそこを通ってなにか他のものが入りこんできてしまうのではないかと心配になった。ブリスターはウェブスを攻撃するときに、そのことを考えなかったのだろうか？　まさか、わざと味方を危険《きけん》にさらすようなことはしないだろうが……それでも彼女が味方のことなどたいして気にしていない可能性《かのうせい》も捨てきれなかった。

コーラル女王が図書館に舞いおりてきた。怒りに満《み》ちたその顔が、女王の威厳《いげん》をたたえている。ウェブスを見おろす彼女の後ろに、ブリスターが、アネモネが、そしてモーレイがおりてきた。

「どうしてそいつの命を助けたの？」女王がツナミをにらみつけた。「ひどい目にあわせられたんじゃなかったの？」

そんなのわからないよ。ツナミは声にださず答えた。どうしてウェブスの死を望《のぞ》まなかったのだろう？　あのときはとっさに、あとを追って飛びだしていた。**もしかしたら自分はかなわなかったから、リップタイドに父親と会うチャンスをあたえたかったのかもしれない。いや、世話係の最後《さいご》のひとりを失《うしな》う覚悟《かくご》がまだできていないのかもしれない。**ほとんど今までずっと、七頭のドラゴンしか知らずに生きてきた。そしてこの十日間で、そのうち二頭が死んでしまった。それだけでもツナミには、もう受け止められなかった。

「もしかしたら、あたしたちに必要《ひつよう》な情報《じょうほう》を持ってるかもしれないと思って」ツナミはうそをついた。「タロンのこととか——」

「もしかしたら」ブリスターがさっと口をはさんだ。「どうやって王家の孵化室にしのびこんで卵をぬすんだか、わかるかもしれないわね。かしこい子。ツナミはきっとあなたの頭脳《ずのう》を受けついだのよ」

コーラル女王はいかく音をだしてウェブスをにらんだ。「尋問《じんもん》したら役に立ってくれそうね。モーレイ、そいつを起こしなさい」

モーレイはフロアから飛びだしていくと、大きな貝がらになみなみと海水を入れてもどってきた。なんのとまどいも見せず、それをウェブスの顔に浴《あ》びせる。サニーが小さな悲鳴をあげ、水しぶきからとびのいた。

ウェブスがせきこんで水をはき、鼻からも海水をふきだす。そして頭をおさえながらゆっくり体を起こし、鼻すじについた水をおそるおそるぬぐった。

彼はまず、〈運命のドラゴンの子〉たちに視線《しせん》を向けた。その顔がよろこびにかがやくのを見て、ツナミはぎょっとした。ウェブスはみんなが生きているのが信《しん》じられないといったような顔で、クレイからグローリーを、そしてスターフライトをながめ回した。彼が両手をさしだす。サニーは近いほうの手をにぎると、ウェブスにほほえみかえした。

「てっきり、スカイウイングの連中《れんちゅう》に殺《ころ》されたものだとばかり……」ウェブスが口を開いた。「いったいどうやって――?」

「みんなで脱走《だっそう》したのよ」グローリーが冷《ひ》ややかに言った。

「〈平和のタロン〉も役立たずのモロウシーアも、なんにもしちゃくれなかったけどね」

ツナミが続く。

「ほんとにすごかったんだよ!」サニーが言った。「ウェブスにも見せてあげたかったな! わたしたち――」

「その話は、また今度聞かせてあげるよ」クレイがさえぎった。サニーはクレイを見あげ、それからウェブスを見て、ぴったりと口を閉じた。

ウェブスはコーラル女王と、彼女がうかべた激怒《げきど》の表情《ひょうじょう》を見つめる、それからその背後《はいご》から威圧《いあつ》するようにたたずんでいるブリスターに目をやった。そしてふるえあがると、そのせいで頭痛《ずつう》がさらにひどくなったかのように顔をしかめた。

「ようこそ、おかえりなさい」コーラルが低《ひく》くうなるように言った。「ここにもどってくるような度胸《どきょう》なんて、あなたにはないと思っていたのだけどね」

「わたしに陛下の慈悲を受ける資格《しかく》などないのは承知《しょうち》しています、女王陛下」ウェブスはふらつきながら立ちあがり、コーラルの前にひざまずいた。「ですが、わたしは聞いたのです……そして……」

「どうして**わたしの卵**をぬすんだりしたの?」コーラル女王が問いつめた。「〈シーキングダム〉には、他にぬすめるドラゴンの卵がたくさんあったというのに」

ツナミの翼がぴくりと動いた。**他のドラゴンの卵ならよかったというの? 自分がぬすまれたからおこってるっていうだけなの? 一頭のドラゴンの人生が台無《だいな》しにされたこと**

におこっていたんじゃないの？

「あの卵が、〈極光《オーロラ》の夜〉にかえるはずの卵だったからです」ウェブスがふるえる声で答えた。「それに、予言にもぴったり当てはまる卵でした……**最《もつと》も深き青をした、〈海の翼《シーウイング》〉の卵。**まだ卵のまもり手だったころに、陛下の卵を拝見《はいけん》いたしました……ここを立ち去る前の話です」

「立ち去る？　にげるでしょう」コーラルがうなった。「戦《たたか》いのまっ最中《さいちゅう》にね」

ウェブスを見ていると、ツナミにはどうしてもリップタイドの父親だとは思えなかった。リップタイドはこのガタガタとふるえる老《お》いぼれドラゴンなどよりも、ずっと強く、ずっと勇《ゆう》かんだ。

「あの子の卵をよく覚《おぼ》えていたのです」ウェブスは翼を力なくたらした。「あんなにも青く……予言の卵にまちがいありませんでした。申しわけありませんでした、陛下」彼は急ぐように先を続けた。「しかし、予言はとても重要《じゅうよう》なのです。他のことなら陛下をうらぎるようなことはぜったいになかったでしょう。しかし平和のためになれば……〈平和のタロン〉の言うとおりにするしか、わたしにはなかったのです」

「それで、どうやってわたしの孵化室に入りこんだの？」コーラル女王はおどすようにしっぽをゆらしてみせた。「卵がかえるそのときまで、ドアにはいつも衛兵を立たせていたというのに」

ツナミは、彼のほうに身を乗りだした。もしウェブスがひみつの入り口を知っていたならば、まちがいなくドラゴン殺《ごろ》しの犯人《はんにん》をさがす手がかりになるはずだ。

ウェブスはうつむいた「衛兵に薬を飲ませたのです。他の……他の者の力をかりて、夕食にねむり薬をしこみました。しのびこむときも、卵を持って立ち去るときにも、衛兵たちはねむりこけていました。彼らがへまをしたのではありません」

「そう……」コーラルは冷《つめ》たく言った。「どっちにしろ殺してしまったわ。**力をかした**というのはたぶん……あなたの妻《つま》のことね？」

ウェブスがびくりとした。

「そうじゃないかと思ったのよ」コーラルが続ける。古いパズルをようやく完成《かんせい》させたかのような、少し満足《まんぞく》そうな顔をしている。「あなたといっしょににげなかったとは、おろかなメスね。だからあのメスは、あのすぐあとにキッチンから戦場《せんじょう》での任務《にんむ》に配属《はいぞく》されることになったのよ。最初《さいしょ》の戦闘《せんとう》があんなひさんなものになってしまったのは、かわいそうな話だったわね」

ウェブスはまるで、体じゅうの光がぬけてしまったような顔をした。サニーは悲しげな、そして同情《どうじょう》するような声をもらすと少しウェブスに近づき、彼のしっぽに自分のしっぽをからませた。グローリーの顔にまで、かすかなあわれみがうかんでいる。

ツナミはリップタイドと出会うまで、ウェブスが家族を置《お》き去《ざ》りにしたなんて考えたこともなかった。初《はじ》めて知ったあのときでさえ、彼が妻と赤ちゃんを捨てたとは想像《そうぞう》もできなかった。それほどまでになにもかも犠牲《ぎせい》にする覚悟があったのならば、もしかしたらウェブスは本当に、予言をなにより大事に思っていたのかもしれない。ツナミは、自分だったらとてもそんな選択《せんたく》はできないと思った。

「この子たちの無事《ぶじ》は確認《かくにん》しました」ウェブスが静かに言った。「わたしのことはもう、お気のすむようになさってください」

「そうするわ」コーラルがおそろしい声で言った。「では手はじめに〈平和のタロン〉のアジトを教えなさい」

「なんで？」ツナミがたずね、ウェブスは首を横にふった。「なんであいつらを見つけたいの？」

コーラルは白い牙《きば》をすべてむきだしにした。「復讐《ふくしゅう》のためよ、ツナミ。連中はこのわたしからぬすみを働《はたら》いたの。今までわたしはだれひとりとしてどろぼうを見のがしたことがないのよ。タロンの連中も、一頭残《のこ》らず追いつめて、処刑《しょけい》してやらなくては」

「もっと大事なことがあるんじゃない？」ツナミが強い声で言った。「タロンはもちろんひどい連中だよ……予言を実現《じつげん》させるためだからって、小さなドラゴンたちにねじくれた育てかたをしてさ。でもあいつらの願いは、戦争《せんそう》を終わらせることだけなんだよ。他のみんなの願いだって同じでしょう？」

「わたしたちは、戦争を**終わらせよう**とは思っていないのよ」ブリスターは、ねっとりした声で言った。「**勝とう**としているの。あなたにもちがいがわかるでしょう?」

「でも、〈平和のタロン〉をみな殺しにしたって、これっぽっちも勝利の役になんて立たないわ。あたしたち五頭の他に、あいつらがきずつけたドラゴンなんていやしないんだから」ツナミはさっと手をふり、自分と仲間たちをしめした。

「それどころか、タロンがツナミの命をすくったと言ってもいいくらいさ」スターフライトがだしぬけに言った。

全員の視線が自分に集まり、彼が固《かた》まる。コーラル女王はおどすようにいかく音をだした。ウェブスまで、困惑《こんわく》の表情をうかべている。

「なんですって?」コーラルがうなり声をあげた。

「ええと……」スターフライトは、しどろもどろになった。「べ……べ……別《べつ》のメスの赤ちゃんたちが孵化のとき、みんな死んでしまって。女王様の後継者《こうけいしゃ》になるかもしれなかった赤ちゃんたちと、まったく同じようにさ。殺したのがだれかはわからないけれど、間一髪《かんいっぱつ》でウェブスがツナミの卵を持ちだしてくれたんだよ。あのまま孵化室で生まれていたら、ツナミは殺されていたよ。だから卵をぬすむことで、ウェブスと〈平和のタロン〉はツナミの命をすくったと言っていいんだ。ええと……そうだよね?」

ツナミはまるで、自分のすがたが変《か》わってしまうような感覚《かんかく》におそわれた——骨という骨がすべて体からぬき取られ、別の皮膚《ひふ》の中におしこまれていくような感じだ。**ちがう。〈平和のタロン〉はわたしの人生をボロボロにした。ずっとそうだってわかってた。それだけが真実なんだ。助けてもらったりなんかしてない。**

だが心のおく底《そこ》では、スターフライトの言うとおりだと彼女にはわかっていた。タロンがすくってくれたのだ。ぐうぜんではあるが、それでも本当のことだ。ウェブスが助けてくれたのだ。

もしもここで生まれて本当の母親に育てられていたら、どんな人生になっていただろう……ツナミは自分の夢《ゆめ》をひとつ残らず覚えていた。だが、そんな夢が現実《げんじつ》になることはなかっただろう。最初の一週間のうちに殺されてしまっただろう。卵のからの中にいたあのかわいそうな赤ちゃんのように、首をへし折《お》られて。

「陛下！」小さな伝令《でんれい》のドラゴン――アーチンという名前をツナミはちゃんと覚えていた――が空から転げ落ちるようにして、コーラル女王の足元にやってきた。両手で頭をおおうようにして、地面にへばりつくほど低くおじぎをしている。「あやしいオスのドラゴンが外をうろついているのを見つけました。きっとウェブスの仲間にちがいありません」

「ここに連《つ》れていらっしゃい」コーラル女王の大声が、どうくつの中にひびきわたった。

アーチンがトンネルの奥《おく》を指さし、みんなが身を乗りだすようにしてそちらを見た。ピラニアとシーウイングの兵隊《へいたい》が、〈サマーパレス〉にだれかを引きずってくるのが見える。

女王のところまで飛んで運ぶため、兵隊たちが一頭のドラゴンを水から引っぱりだす。ドラゴンは水かきのついた両手をだらりとたらしてまぶたを閉じ、スカイブルーの体につけられたかぎ爪のあとからひどく血を流していた。

ツナミの胃袋《いぶくろ》が、まるでクラゲのようにひっくりかえった。

あれはリップタイドだ。

22

女王と自分との間に放りだされたリップタイドを目にした瞬間《しゅんかん》、ウェブスの緑色のうろこがほとんど灰色《はいいろ》に見えるほど青ざめた。

「やめろ！」ウェブスがさけぶ。「そいつはこの件《けん》とはなんの関係《かんけい》もない！　わたしとはなんの連絡《れんらく》も取っていなかったんだぞ！」

モーレイがまた貝がらいっぱいの水をリップタイドに浴《あ》びせた。彼《かれ》がうめき声をあげ、目をおおう。

「ウェブスの話は本当だよ」ツナミが身を乗りだすようにして言った。「リップタイドとウェブスは別《べつ》のところにいたんだもの。リップタイドはあたしを……あたしを助けてくれてたんだから。その……水中語を教えてくれてね」本当のことだったが、ツナミ自身にもまるでうそみたいに聞こえた。

「教えるのはこのみじめなドラゴンではなく、ワールプールの役目のはずよ」コーラル女王が目を細めた。

「ワールプールは、先生としては最低《さいてい》よ」ツナミがさけんだ。「フジツボから教わるほうがまだましだわ」

リップタイドはゆっくりと体を起こし、地べたにすわりこんだ。自分に視線《しせん》をそそいでいるドラゴンたちの顔をぐるりと見回す。そしてウェブスで視線をとめると、二頭のドラゴンはしばらくの間おたがいを見つめあった。

「自分のうらぎりをみとめなさい」女王が言った。「あなたの一族はうらぎり者の一族よ」そう言ってリップタイドの鼻先めがけてかぎ爪《づめ》をふりおろしたが、リップタイドはさっと飛《と》びのいてそれをかわした。ピラニアがいかく音をだし、イッカクの角の槍《やり》で彼のわき腹《ばら》をついた。

「手をださないで！」ツナミがさけんだ。「お願《ねが》い。リップタイドは〈平和のタロン〉じゃないんだよ、あたしが保証《ほしょう》する」リップタイドが顔をしかめたのを見て、ツナミはおどろいた。彼がツナミから目をそらし、自分の前足を見おろす。

なにか、彼女《かのじょ》にだまっていることでもあるのだろうか？

「ふたりまとめて、新しい牢獄《ろうごく》に放りこんでおきなさい」コーラル女王は、強烈《きょうれつ》な嫌悪《けんお》感を声ににじませた。「タロンについて知りたいことは、あとで聞きだすわ。わたしがもう少し、暴力的《ぼうりょくてき》な気分のときにね」

「こいつらに、もうひとつ質問《しつもん》があるんじゃない？」ブリスターが横から口をはさんだ。ずっとなにも言わずにだまっていたものだから、いきなり聞こえた声にツナミは心臓《しんぞう》が止まるかと思った。

コーラルが、ブリスターのほうをぱっとふり向いた。

「あなたの後継者《こうけいしゃ》をみな殺《ごろ》しにした理由よ」ブリスターがねこなで声で言った。「だって**まちがいなく**こいつらが犯人《はんにん》でしょう？」

「まちがいないわ！」コーラルがさけび、ウェブスとリップタイドをにらみつけた。

「ふたりで協力《きょうりょく》したのよ」ブリスターがささやくように言った。「物語の完璧《かんぺき》なクライマックスってとこね」

「ええ、**まさしく**」コーラルがうなずく。

「ちがう！」ツナミはぶんぶんと首を横にふった。「そんなのすじがとおらないわ！」

「まるであなたが書いた、傑作《けっさく》ミステリ小説《しょうせつ》みたいね」ブリスターはツナミを無視《むし》して続《つづ》けた。「ほら、『殺《ころ》しのかぎ爪』とか『血にぬれたしっぽ』とかさ。あれは天才的《てんさいてき》だったわ」

「ええ、**そうでしょう**とも」コーラルは夢中《むちゅう》でうなずいた。「このふたりは完全無欠《かんぜんむけつ》の殺し屋だわ！　すべてがそうしめしてるのよ！」

「ちがう！　適当《てきとう》なこと言わないで！」ツナミはさけんだ。「なんで殺したりするのよ？　動機《どうき》なんてないじゃない！」

「動機ならあるわ」コーラルがうなった。「ブリスター、この子に説明《せつめい》してあげて」

「もちろん、ツナミがたったひとりの生《い》き残《のこ》った後継者として帰ってこられるようになるからよ」ブリスターがすらりと言ってみせた。「他の後継者候補《こうほ》をみんな消してしまえば、あなたの価値《かち》はどんどん高まることになるわ。いざというときの交渉《こうしょう》の切《き》り札《ふだ》になるということ。それに、必要《ひつよう》とあらば強力な道具としても利用《りよう》できるしね」

「だれもあたしを利用なんかしない！」ツナミははき捨てるように言った。

「待って、ウェブスが殺しの犯人なわけがないよ」クレイが口を開いた。茶色い大きな頭を片側《かたがわ》にかたむけている。「だって、他のドラゴンを殺すのがめちゃくちゃきらいなんだ。だからこそ、あなたのところからだってにげだしたんじゃないか」

「くだらない」コーラル女王は、さっと手をふってみせた。「自分の身を守るためににげたのよ」

「そうだとしても、つじつまがあうとは言えないよ」スターフライトはそう言うと、まるで数学の問題でもとこうとするかのように宙《ちゅう》を見つめた。「王女殺しが始まったのは、タロンがツナミの卵《たまご》をぬすむ二年前だ。てことはその時点で〈平和のタロン〉が……特《とく》にウェブスが王家の卵をぬすむことになると知っていたとは思えないよ。ウェブスはそのころ、自分がタロンにくわわることに**なるのさえ**知らなかったんだからね。そのうえウェブスはこの六年、おいらたちといっしょに地底《ちてい》ぐらしをしてた。子どもを殺すたびにここをあそこを飛んで往復《おうふく》するなんて、とても不可能《ふかのう》だよ」

スターフライトは首を横にふった。「悪いけどウェブスは――」そう言いかけたところでブリスターと目があってしまい、彼はあわてて口をつぐんだ。

「スターフライトの言うとおりだね」ツナミは必死《ひっし》に言った。「はっきりしてる」

「だから〈平和のタロン〉のお仲間《なかま》が、彼のかわりによごれ仕事をしたってことよ」ブリスターは動じなかった。「コーラルだって、それでつじつまがあうのはわかってるはずよ。タロンはずっとあなたの敵《てき》だったんだから。やつらが殺しの黒幕《くろまく》だとしたって、そんなの当然《とうぜん》の話よ。この結末《けつまつ》ならばすべてのなぞがきれいにとけるってものだわ」

コーラルがうなずいた。いちばんそばのまき物に向かって、両手がじわりと動く。まるで、今すぐにでも一部始終を書いてしまいたいかのようだ。

「どうしてこんなことするの？」ツナミはブリスターに歩みより、声をあらげた。「なんでウェブスとリップタイドに殺しのつみを着せようとするの？　自分がしたことをかくそうとでもしているの？」

ブリスターが高笑《たかわら》いした。「シーウイングの王女がどうなろうと、わたしにはまったく関係ないことだわ。わたしはただ、かわいそうな味方の……大事なコーラルの痛《いた》みを自分も感じて、はっきりしている事実を彼女に伝《つた》えているだけよ。そこのふたりは殺しのつみにより、いっこくも早く処刑《しょけい》してしまうべきだわ」

ウェブスに死んでほしいと思っている……。ケストレルを殺したのもあんただって、あたしは確信《かくしん》しているよ。なんでそんなことを？ ツナミは心の中で言った。

「すばらしい！　本当にすばらしいわ！」コーラルが大きな音で拍手《はくしゅ》してみせた。「連《つ》れていきなさい。処刑のことはあとで決めましょう」ピラニアと部下の兵隊《へいたい》たちが、ウェブスとリップタイドにじわじわとせまった。

ツナミがろくに声をかける間もないまま、ふたりは引きずられていってしまった。リップタイドは彼女と目をあわせようともしなかった。ツナミはいらだちに、両手をきつくにぎりしめた。

「さあ、どういうことかわかるわね？」コーラルが満足《まんぞく》そうに笑《え》みをうかべた。「これで王家の孵化《ふか》室に卵をもどせるわ。もうすっかり安全だもの」

「安全なんかじゃない！」サニーがさけび、両手で卵をだきしめた。

「安全ですとも」女王が言う。「ウェブスを牢屋《ろうや》に入れてしまった今、その卵はもともとの予定どおり王家の孵化室でかえせるようになったのよ」

「とんだ思いちがいだね」ツナミは首を横にふった。「ブリスターのバカバカしい作り話のために、この子の命を危険《きけん》にさらすわけになんていかないわ」

黒曜石のようなブリスターのひとみに、ツナミへの邪悪《じゃあく》な敵意《てきい》が光った。

「危険なんてあるわけないでしょう？」コーラルはぱたぱたと手をふってみせた。「それに、シーウイングの過去《かこ》の女王たちは、みんな王家の孵化室で生まれてきたのよ」

ふたりの間に、ピリピリとはりつめた静寂《せいじやく》が流れた。**あたしはちがう。**ツナミは心の中で言った。コーラルも同じことを考えていたにちがいない。**あたしが女王になったら、その言葉きっと後悔《こうかい》するよ。**ツナミはそう思ったが、自分が本気でそんなことを考えているのか、もう自分でもわからなかった。本当にここで女王なんかに**なりたい**のだろうか？

なにせ、女王になるということはつまり、ブリスターと手を組んで味方同士《どうし》になるということだ――いや、それともたとえ敵同士《てきどうし》になっても彼女と手を切るだろうか？

卵についてでは、コーラルの気持ちを変《か》えられるドラゴンは一頭しかいない。ツナミはブリスターをちらりと見ると、少なくともひとつだけたしかなことがあるのに気がついた。それは、ブリスターは、シーウイングの次の女王のことなどなにも気にしていないということだ。彼女は少したいくつしているかのように、自分の爪をじっと見つめている。

「いいわ」ツナミは背筋《せすじ》をまっすぐにのばした。「でも、卵がかえるまであたしがそばについてる」

コーラル女王は首をかしげた。「王家の孵化室で？　ひと晩《ばん》じゅうずっと？」

「ぜったい無事《ぶじ》に、あたしが孵化させてみせる」ツナミはそう言うと、白いからの中で青と緑の光を放っている卵を見つめた。赤ちゃんはうすくなった卵のからにくっついており、今にも生まれそうだ。サニーの腕《うで》の中、ときどき卵がゆれ動いている。

「そのかわり、あたしが本当の殺し屋をつかまえたら、リップタイドとウェブスを自由にするって約束《やくそく》して」ツナミが言葉を続けた。

「ふん」コーラルが鼻で笑《わら》った。「ウェブスを自由にするだなんて、ぜったいにありえない話だわ」

「最後《さいご》の後継者をすくったのがウェブスだとしても？」ツナミは問いつめた。

コーラルがかぎ爪で岩を引っかく。「つかまえる必要なんてないでしょう？　だってもう犯人はとらえたんですもの」

「だったらこんな取り引きくらい、したってかまわないはずよ」ツナミが言った。ブリスターが冷《つめ》たい目で彼女を見ていた。

「いいでしょう」コーラルは、片手《かたて》をさっとふった。「リップタイドのほうは約束してあげる。でもウェブスのつみは大きすぎるわ」ツナミは、ブリスターの表情《ひょうじょう》がゆるむのに気がついた。なるほど、ブリスターが本当に死を願っているのは、リップタイドではなくウェブスなのだ。

今できることは、とりあえずこれしかない。ウェブスをすくうには、別の手だてを考えなくては。

「でもツナミ、みんなでいっしょにいるって決めたじゃないか」クレイが言った。「孵化室に行っちゃったら、君を守ってあげられないよ」

「卵をねらってるやつは、あなたのことだって大よろこびで殺すでしょうしね」グローリーが続く。

ツナミは首を横にふると、自分のかぎ爪を広げてみせた。「こっちが先につかまえちゃえば、話は別よ」

第3部

新しい命

23

王家の孵化室《ふか》は漆黒《しっこく》のやみにつつまれていた。暗く、おそろしいほど静《しず》かだ。

もちろんツナミは暗くても目が見えたが、なにもかも灰色《はいいろ》で、少しぼやけて見えた。卵《たまご》の中で赤ちゃんが動いたときだけ、色のついた光がさっとあたりを照《て》らした。どうくつのおくには、雄《おす》の卵がぴったりくっつくようにして静かに置《お》かれているのが見えた。**この子たち**は、なにも心配いらない。

ドアの外には衛兵《えいへい》たちが立っていたが、中にいるのはツナミだけだった。中に入ってドアが閉《し》まると、ツナミは壁《かべ》にそってぐるりと歩きながら、どこかゆかにあなが口を開けているのではないかと、つきでた岩のかげをのぞいて回った。オルカ像《ぞう》のまわりを何回も歩き回りながら、手を、しっぽを、台座《だいざ》を調べてみる。けれど、なにも起きなかった。ひみつの入り口らしきものはどこにも見当たらない。

やがて彼女《かのじょ》は卵の横に丸くなり、部屋じゅうをするどい視線《しせん》で観察《かんさつ》しはじめた。

殺《ころ》し屋《や》め、来れるもんならいつでも来てみなさいよ。心の中で言う。使いかたは知らないが、イッカクの角の槍《やり》もとなりに置いてある。もう二度と、ふいをつかれたりはしない。

サンゴに開いた小さなあなから温かい水が音もなく流れだしており、温《ぬく》もりと細かいあわで卵をつつみこんでいた。ツナミには少し**暑すぎ**たが、卵のそばをはなれる気はまったくなかった。ツナミは水の中に顔をつっこみ、またかくしとびらをさがしてみたが、ゆかはまるで卵そのものと同じようにつるつるで、きれいにみがきあげられていた。

卵の中身が、心臓《しんぞう》の鼓動《こどう》のようにかすかに動いた。中で赤ちゃんが翼《つばさ》を広げようとしているのだ。ツナミは片手《かたて》で卵にふれ、しばらくそうしていた。サニーの言うとおりだとするならば、赤ちゃんにもみんなの声が聞こえるのかもしれない。ツナミは卵に顔を近づけると、水の中でささやいた。

「心配ないよ。あたしがここで守ってあげるからね」

小さな翼がまた動いた。ツナミはさらに顔をよせた。この暑く、物音ひとつしない暗い部屋の中、卵からなにか聞こえるかもしれない。

そのとき、なにか重いものがこすれるようなひくい音がした。

ツナミがぱっと顔をあげる。

静寂《せいじゃく》。暗やみ。

だがツナミは、何者かがこの部屋にいるようなぶきみな感覚《かんかく》におそわれた。

またさっきの音がした。

まるでたくさんのクモが背中《せなか》をはってでもいるかのように、翼の間がぞわぞわする。ツナミは立ちあがり、かぎ爪《づめ》をむいた。孵化室のドアはぴったりと閉《と》ざされている。卵はどれも、さっき見たとおりの場所にある。ゆかからぶくぶくとのぼってくる小さなあわのほか、動いているものはなにもない。

いや……。

石像《せきぞう》だ。

さっきはドアのほうを向いていなかっただろうか？

ツナミは、目が痛《いた》くなるほどじっと石像を見つめた。

首が動いたのだろうか？　**自分のほう**を見ているのだろうか？

ツナミの全身をふるえがおそった。暗やみの中、オルカ像にじっと目をこらす。

石像は、見つめ返してきていた。ツナミの記憶《きおく》では両目がサファイアだったはずだが、どんよりとした灰色の闇につつまれた孵化室で見ると、まるでブリスターの両目と同じく黒曜石のようにかがやいていた。入ってきたとき、あの石像がドアのほうを向いていたのはまちがいない。なのに今はツナミと卵のほうを向き、黒々とした目でじっと見つめているのだ。

どういうことなの？　ツナミがうろたえた。すると――

さっきと同じ、なにかがこすれる重い音が、立《た》て続《つづ》けにひびいた。

サメのようなするどい歯の間で、石の舌《した》がうごめく。

だれもしのびこんでなんかいなかったんだ。ツナミはすぐに理解《りかい》した。**殺し屋はもう中にいたんだ。初《はじ》めからずっとここにいたんだ！**

石像がいきなり、卵をうばおうと両手をつきだしながら台座から飛《と》びおりてきた。

ツナミは、まだかえっていない卵の前に立ちはだかった。緑色をした大理石のかぎ爪が、ツナミの首をおそう。本物のドラゴンのかぎ爪より重く、太く、まるでうろこのすきまを岩につらぬかれたかのようだ。一本のかぎ爪がエラに引っかかり、ぱっくりと大きなきず口を開ける。ツナミはごぼごぼと血をあふれさせながら、石像をおしのけた。

ごめん、孵化室で流血なんてルール違反《いはん》だよね。ツナミは、頭をくらくらさせながら思った。片手で首をおさえ、ふらふらとあとずさる。

石像なんかと、どう戦《たたか》えというのだろう？　かたい石で作られたドラゴンをたおす方法《ほうほう》など、果《は》たしてあるのだろうか？

石像がまたしても、潮《しお》の流れのように容赦《ようしゃ》なくおそいかかってきた。ツナミに激突《げきとつ》し、あおむけにおしたおす。石像は全体重を乗せ、ツナミをゆかにおしつけた。ツナミはもがきながら石像の顔めがけてかぎ爪をふり回したが、かぎ爪はむなしく大理石にこすれるだけだった。爪が折《お》れそうに痛い。

石像はツナミをふみつけながら、卵に近づくつもりらしい。片足《かたあし》でずっしりとツナミの胸《むね》をふみ、彼女のあばら骨《ぼね》がパキパキとくだける音が聞こえた。

卵には手だしさせないよ。

ツナミは両手を上につきだすと、石像の鼻すじを両手でつかんだ。そのまま自分のほうに引っぱって両目にかぎ爪をつっこみ、ふたつのサファイアをほじくりだす。ツナミの手のひらに、ずっしりと重いきらめく宝石《ほうせき》が転がり落ちてきた。

だが石のドラゴンはツナミの期待とはうらはらに、苦痛《くつう》の悲鳴をあげることもくずれ落ちることもなかった。それでも動きを止めて左右に首をふったかと思うと、前足を地面からはなしてすわりこんだ。のしかかる重みがなくなった瞬間《しゅんかん》、ツナミがもがくようにして石像の下からのがれる。

ツナミはごぼごぼとわいてくる血の味を感じながら大きく息を吸《す》いこむと、思いきり大声で「**助けて!**」とさけんだ。水にかき消されたとしても、外の衛兵にはちゃんと聞こえるはずだ。「**助けて! 助けて!**」

まだ外に衛兵たちがいれば、の話だが。

ウェブスたちが犯人《はんにん》だと確信《かくしん》しているコーラル女王は、もしかするとツナミとの約束《やくそく》など無視《むし》して、もう必要《ひつよう》ないとばかりに衛兵たちを帰してしまったかもしれない。

それとも、ツナミの声が聞こえなかったのだろうか。衛兵が来てくれる様子はなかった。

石像はふしぎそうに目のあったはずの場所にふれ、うっかり落としてしまった目玉を見つけようとするかのようにゆかを手さぐりし始めた。ツナミは一歩うしろにさがり、水が流れだしてくるあなをふたつ見つけ、サファイアをひとつずつばらばらにそこへ捨《す》ててしまった。チャンスはすべて活《い》かさなくてはいけない。

卵の向こうへと慎重《しんちょう》に手をのばし、イッカクの槍をつかむ。果たしてこんなものが、石を相手に役立ってくれるのだろうか？

石像は舌をチロチロと動かしながら水の味をたしかめた。目を失《うしな》ってなにも見えないはずの顔を、ゆっくりとツナミに向ける。〈命のドラゴン〉がこの石像に魔法《まほう》をかけたのはツナミにもわかっていたが、いったいその魔法がどんな仕組みなのかまでは知らなかった。視力《しりょく》をうばえば止まってくれるのだろうか？　それともたとえなにがあろうとも、この孵化室にいる後継者《こうけいしゃ》たちをみな殺《ごろ》しにするよう仕組まれているのだろうか？

ツナミは、きっとまわりに衛兵がいないときにだけ殺しをおこなうように魔法をかけられているのだと考えた――女王もおらず、殺しを止める者がだれひとりいないときにだけ。だが、ツナミも後継者なのだ。目撃者《もくげきしゃ》ではない。標的《ひょうてき》なのだ。

石像が、彼女に向かって進み始めた。足をふみだすたびに、その体重でゆかが小さくゆれる。

ツナミは、石像を卵から引きはなしたかった。もしドアを開けられたら、それであの石像の動きをふうじることができるのではないだろうか？　いや、外にだれもいなければ、宮殿《きゅうでん》の中にまで自分を追いかけてこさせることができるのではないだろうか？

だが、たとえ一瞬《いっしゅん》だろうとも卵から目をはなすのはこわかった。あの石像はすばやい。きっと片足で卵をふみつぶし、そのまま彼女を追いかけてきてしまうだろう。

だが卵をかかえてにげようとすれば、ツナミともどもおしつぶされ、卵もあっという間にわれてしまうにちがいない。ツナミが立ちふさがってさえいれば、あのまま置《お》き場《ば》にあるのがいちばん安全なのだ。

ツナミは石像に向かって槍をかまえた。ふつうの戦いのルールは、今は通用しない。目のある場所をつきさしたところで、そのおくには脳《のう》もないのだ。体のおくにあるはずの心臓も、全ドラゴン共通《きょうつう》であるしっぽの弱点もない。

石像が顔をあげた。目玉の落ちたあとが、まるで深海の谷のように黒々と見えた。ツナミのにおいをさがしているのだろうか？　水に流れる彼女の味をさがしているのだろうか？　それとも彼女のたてる物音をさぐっているのだろうか？

なにをしているかはわからないが、石像は目がなくてもなお、ツナミの場所がはっきりとつかめているようだった。

石像がまっすぐに飛びかかってきた。ツナミは槍の柄尻《えじり》を地面に思いきりおしつけた。石像の胸が切っ先にぶつかる。まるで両手をつきさされたかのようなすさまじい衝撃《しょうげき》が、ツナミに伝《つた》わってくる。石像がはじけとぶように後ろにさがった。ツナミは、暗い緑色のかけらがバラバラと水に落ちたのを見のがさなかった。**てことは、こなごなにくだいてしまうことができるんじゃ?**

石像が、今度は両手を前にいち早くつきだして突進《とっしん》してきた。ツナミは手のとどかないところに槍をどかそうとしたが、石像は両手でイッカクの角をつかむと、ひといきに彼女の手から引きぬいてしまった。石像が槍をふり回す。ツナミはするどい切っ先にやられないよう、かがんで地面を転がりながらにげ回った。

石像からは、石どうしがこすれ合う音しか聞こえなかった。ふつうのドラゴンの戦いのように、ほえたり、うなったり、うめいたりもしない。孵化室と同じように、おそろしいほどに静かだった。

ツナミは考えた。この石像は口がきけるのだろうか? 耳が聞こえるのだろうか? なんらかの方法で、やりとりができるのだろうか?

「ねえ、聞こえる?」ツナミは思いきって大声でよびかけた。「あんたに魔法かけたの、だれ?」

石像は答えるかわりに槍を横に投《な》げ捨《す》てると、またツナミに飛びかかってきた。ツナミはその下をくぐりぬけて槍を取りもどし、さっと卵の前に立ちはだかった。

石像が動いているかぎり、こなごなにくだくなど不可能《ふかのう》だ。スピードも力も、あっとう的《てき》すぎる。だが、どうにかして動きを止めることさえできれば……。

石像は体を回転させ、ツナミのわき腹《ばら》にしっぽをたたきこんだ。ツナミの体がうきあがり、水中を飛ぶようにして壁に激突する。胸の中の骨《ほね》が**折れる**音がして、**つきさす**ような激痛《げきつう》が全身をつらぬいた。呼吸《こきゅう》もできないまま、石像を追いはらうように槍を何度もつきだしながら、卵の前にもどる。

石像は、また槍に手をのばしてきた。ツナミは、今度は切っ先を上に向けると、開いた石像の口の中に槍を思いきりつき立てた。

槍は深々とつきささり、そのままぬけなくなってしまった。石像は両手でイッカクの角をつかんで引きぬこうとしたが、槍はびくともしなかった。ツナミが槍を左右にふると、石像の頭もそれといっしょに大きくゆれた。

ツナミは卵の置かれていない置き場に飛《と》び乗《の》り、岩のわれ目に柄尻をおしこんだ。すると石像は、まるでドラゴンの手にとらわれたヒツジのように、身動きができなくなってしまった。なんとか自由になろうとしっぽをふり回し、両手でゆかをたたく。はげしく動く翼にかき回された水はまるで嵐《あらし》のようで、ツナミは立っているのもやっとだった。

なんとか卵のところにもどり、両手でかかえあげる。そのとき――。

卵をたたく小さな音が聞こえた。

からのまん中にひびが入り、小さな緑色の顔がでてくる。深い緑色の目でツナミを見あげ、ぱちぱちとまばたきしている。

ツナミがにっこりほほえんだ。鼻先に何本か、小さなストライプをうかべ、光らせる。あまり明るくしてはいけない。赤ちゃんの目がくらんでしまう。ただあいさつしたいだけなのだ。

石像は必死《ひっし》にもがきながら、ゆかをくだき始めていた。今にもあそこからのがれてしまうのではないかと、ツナミは青ざめた。赤ちゃんをだきながら、できるだけ急いでドアへと泳いでいく。そしてドアを思いきりけり開けてみると思ったとおり、外にいるはずの衛兵はかげも形も見当たらなかった。

だが、ドアが開くと同時に、石像がぴたりと動きを止めたのだ。

ツナミは廊下《ろうか》に出る前にふり向き、石像を見てみた。

あの魔法は、だれも見ていないところでしか働《はたら》かないのだ。だから、ドアが開いたとたんに力を失ってしまったのだ。魔法をかけたのが何者かはともあれ、だれかに中をのぞかれ、石像が殺しを働いているのを見られたくなかったのだろう。たぶんその魔法には、だれかが廊下からやってくると石像に知らせる力もあるのだろう、とツナミは考えた。だから いつも、台座の上にもどっているのだ。この石像は、存在《そんざい》するかぎりいつまでも後継者の卵を破壊《はかい》するために置かれているのだ。

ふん、それももう終わりだね。ツナミは石像をにらんだ。

あのすがたの石像を見れば、さすがのコーラル女王も真実を信《しん》じるしかなくなるだろう。台座の上でゆうがに立っていたはずの大理石のオルカ像が、槍に身動きをふうじられたまま戦おうとしているのだから。なにかを必死に求《もと》めるように両手を前につきだし、凶悪《きょうあく》な表情《ひょうじょう》を顔にうかべて。長年にわたり孵化室にひそんでいた殺し屋の正体はこの石像なのだと、コーラルにもはっきりとわかるだろう。

さて問題は……だれが魔法をかけたのか、だ。もちろん〈命のドラゴン〉だろう。とはいえ、もちろんアネモネではない。王女殺しが始まったころには、まだ生まれてもいなかったのだから。

ツナミには、新たに思いついたことがあった。**この王家には〈命のドラゴン〉、つまりアニムスの力が受けつがれているのではないだろうか。**

しかし、もしシャークやモーレイにもこんな力があるのだとしたら、ふたりともあちこちで使いまくっているにちがいない。女王に気に入られ、彼女がほしくてたまらないひみつ兵器《へいき》になろうと、戦いの中で使っていたはずだ。それに、もしシャークの目的《もくてき》が娘《むすめ》のために玉座《ぎょくざ》を手に入れることだとしたなら、コーラルの子どもたちではなく、コーラル自身を魔法でほうむっていたことだろう。

そして、もしモーレイが〈命のドラゴン〉だったなら、コーラルが意のままに自分を使えるよう、その力を女王に差《さ》しだしていたはずだ。

彼《かれ》らじゃない。王家の血を引く別《べつ》のドラゴンだ。ツナミには確信があった。ドアを開けたまま、また孵化室の中にもどる。コーラルの言葉が忘《わす》れられなかった。**わたしの最初《さいしょ》の娘でね。才能《さいのう》にめぐまれた彫刻家《ちょうこくか》だったわ。**

ツナミは生まれたての赤ちゃんが落ちないよう、首にまきつけるようにした。エラの痛みに顔をしかめる。

何年も前に殺されたオルカが、おそろしいプレゼントを残《のこ》していったんだわ。

注意深く卵の置き場をまたぎ、石像の顔をじっと見つめる。

虚無《きょむ》。命のぬけがら。今はもうただの石像だ。

コーラルとふたりで大よろこびしながら、この石像を数えきれないほどの細かいはへんになるまでくだいてしまうところを思いえがいてみた。

もうオルカの兵器が赤ちゃんを殺すことも、卵をわってしまうこともない。殺しの日々は終わりをむかえたのだ。

24

天《てん》井《じょう》からさしこんでくる明るい朝日が、〈夏宮《サマーパレス》〉じゅうの水たまりをそめあげていた。ツナミは翼《つばさ》を開いたり閉《と》じたりしながら、いま上のフロアでおこなわれている評議会《ひょうぎかい》の会議《かいぎ》にブリスターとともに出席《しゅっせき》しなくてすんだことに感謝《かんしゃ》していた。昨日《きのう》、孵化《ふか》室であんな戦《たたか》いをしたばかりなのだ。今はせめて少しの間だけでも、策略《さくりゃく》をめぐらす二頭の女王たちや戦争《せんそう》計画からはなれていたかった。

エメラルドグリーンの小さなドラゴンの赤ちゃんが、浜辺《はまべ》で遊び回っていた。砂《すな》をけりあげたり、その砂が鼻に入ったのにおどろいて立ち止まったりしている。赤ちゃんは大きなくしゃみをしてあおむけにたおれると、体を起こしてふきげんそうにツナミを見つめた。

「まったく、鼻に砂を入れるのやめればいいのにさ」ツナミが言った。

小さな妹は体をふるわせると、砂をほっている小さなカニを見つけ、つかまえようと両手をのばして飛《と》びかかった。カニがあなの中に消え、赤ちゃんがからっぽの手をふしぎそうに見つめる。

「あの子の名前、決まったの？」サニーがたずね、ツナミの横から少しもたれかかってきた。ツナミは胸《むね》の中に、ほっとした気持ちがふわりと広がるのを感じた。サニーは自分を許《ゆる》してくれたのだろうか。それとも最初《さいしょ》からおこってなどいなかったのだろうか。どちらにしても、ツナミはうれしかった。

「ぴったりの名前を考えてるところだよ」ツナミが答えた。「母さんが、あたしにまかせてくれるって」

砂をほっていた赤ちゃんが顔をあげた。鼻先が砂まみれで、まるでひげみたいだ。

「ウォルラスっていうのはどう？」グローリーがこらえきれずにくすくす笑《わら》った。「まるでセイウチ《ウォルラス》みたいだし、ぴったり」

「ぜんぜんちがうよ！」ツナミはむっとした。「セイウチなんかより、もっとずっと品があるでしょ！」

飛んでいる虫をつかまえようとした赤ちゃんが空中でバランスをくずし、しっぽだけをピンと立てて頭から砂につっこむ。必死《ひっし》にバサバサと羽ばたく彼女《かのじょ》を、サニーがやさしく砂から引きぬいてやった。

「まさしく」グローリーがうなずいた。「まさしく品のかたまりね」

「この子、めちゃくちゃかわいいよ」クレイが言った。「ツナミ、鼻すじが君にそっくりだよ」

ツナミはうれしそうに、しっぽをパタパタさせた。自慢《じまん》げにあたりを見回し、みんなから少しはなれたところにすわっているスターフライトに気づく。彼《かれ》は手にすくいあげた砂をかぎ爪《づめ》の間からさらさらと落としながら、不安《ふあん》そうな顔で天守《パヴィリオン》を見あげていた。

グローリーがツナミの視線《しせん》に気づいた。スターフライトに近づき、乱暴《らんぼう》に脇腹《わきばら》をつつく。

「どうしたの？」グローリーは強い口調で聞いた。「ブリスターのごきげんを取るようなまねばかりしてさ」

「そんなことしてないよ！」スターフライトがむっとした。

「してたじゃない」ツナミも続《つづ》いた。スターフライトは、ふたりから顔をそむけた。

「ブリスターはいい女王になるだろうなと思ってるだけだよ」もごもごと彼が言う。

「そんなわけないでしょ」グローリーが答えた。「山の底《そこ》にいたころ、なんて言ってた？ブリスターには邪悪《じゃあく》なところがあって、ピリア全土をおとしいれるような悪だくみをしてるんじゃないかって言ってたじゃない」

「あ、たしかに言ってたな」クレイは、赤ちゃんが入って遊べるよう砂浜《すなはま》にあなをほりながら言った。「ぼくも覚《おぼ》えてるよ」

スターフライトはむかついたように、さっとクレイのほうを見た。「へえ、**それ**は覚えてるんだ？」

「なんでそんないきなり、ブリスターが**大好き**《だいす》になっちゃったのよ？」ツナミが言った。小さな妹があなに入り、すぐに飛びだしてくると、バサバサと翼の砂をはらった。

「ブリスターは頭がいいんだよ」スターフライトは言いにくそうに言った。「なんていうか……その……バーンやブレイズよりもましなのさ」

「わたし、きらいだな」サニーが言った。ツナミは意外に感じた。

「ほんとにそう思うの？」スターフライトが、しゅんと翼をしおれさせた。

「だってわたしのこと**かわいい**なんて言うんだもん。まるでそのくらいしか長所がないみたいにね」

「でも、サニーはかわいいじゃないか」クレイは、サニーの頭をぽんぽんとたたいた。

「サニーのこと、うまく言い表してると思うよ」ツナミもうなずいた。サニーがむっとした顔をしてみせるのを見て、ツナミは本当にかわいいと思った。「でもあたしも、あいつは好《す》きじゃないな。むしろ、信用《しんよう》してないくらい。ブレイズに会ってみなくちゃ。脳《のう》なしだって言われてるけど、もしかしたら大げさなうわさ話かもしれないからね」

「その可能性《かのうせい》はうすいね」スターフライトがむっつりした顔で言った。

「じゃあ、ここをでてブレイズをさがしに行くの？」グローリーがツナミにたずねた。

「ここじゃもうやることないってこと？」

赤ちゃんまでいつのまにか動きを止めて、ツナミを見つめていた。うれしそうな仲間《なかま》たちの顔を見て、ツナミはつきさすような罪悪感《ざいあくかん》を覚えた。みんながそんなにも〈海の王国《シーキングダム》〉をはなれたがっているなど、まったく気づかずにいたのだ。

頭上から羽ばたきが聞こえてきた。みんなが見あげると、コーラル、アネモネ、ブリスター、モーレイがぐるぐると円をえがくようにしながら〈サマーパレス〉のパヴィリオンからおりてくるのが見えた。

緑色の赤ちゃんは、アネモネがおりたったとたんにかけより、彼女の手にとびついた。アネモネが笑いながら、赤ちゃんを引っくりかえす。小さな妹はさけび声をあげてまたうつぶせになり、アネモネの脚《あし》にしがみつくようにしてのぼりだした。

「もう名前は決まったの？」アネモネがツナミの顔を見た。

「オークレットっていうのはどう？」ツナミが言った。

「ふむ、ウミスズメのことだね」スターフライトは、なんでも聞いてよといわんばかりの声でクレイに言った。

「へえ、いいじゃない」クレイが言った。「まあ、ぼくも知ってたよ」

ツナミは、ふたりの妹たちを見ている母親の表情《ひょうじょう》を好きだと感じた。ほこらしそうに、たのもしげに見つめ、ふたりを祝福《しゅくふく》しているようだ。ツナミの読みは正しかった。コーラル女王は、たとえどちらかの娘《むすめ》がいずれ成長《せいちょう》して自分の玉座《ぎょくざ》をつぐことになろうとも、わが子を殺《ころ》すようなことはしないのだ。少しばかり過保護《かほご》ではないかと思うほど大事にしているが、ツナミにしてみれば、まったく放りだしているよりもそのほうがずっとよかった。

ブリスターやバーンにも、子どもがいるのだろうか？　スターフライトなら知っているかもしれない。まき物のどれかには、ぜったいに書いてあるはずだからだ。もし必要《ひつよう》とあらば、たとえわが子でもブリスターなら殺してしまうのではないか、とツナミは感じた。ツナミが知りたいと願《ねが》っているよりもはるかに多くのひみつやたくらみを、あのきらめく黒い目はひめている。

「あのオルカ像《ぞう》は破壊《はかい》したわ」コーラル女王がため息をついた。「あんなにきれいだったのにね……。本当に才能《さいのう》ゆたかな子だった。あの子が〈命のドラゴン〉の力をこのわたしにかくしていたなんて、とても信《しん》じられないわ。ワールプールとともに訓練《くんれん》もできたというのに」

「わあ、それは大チャンスをのがしちゃったね」ツナミはそう言って、アネモネにウインクしてみせた。

「あの子がほった作品は、ひとつ残《のこ》らず調べてみなくちゃ」コーラルは考えこみながら言った。「他になにか、ひみつの魔法《まほう》をかけられたものがあったらいけないもの」

「オルカが犯人《はんにん》でまちがいないのよね？」ツナミは質問《しつもん》した。「他にこの宮殿《きゅうでん》に〈命のドラゴン〉がいる可能性はないの？」思わずモーレイに視線を向ける。彼女もツナミをにらみ返してきた。

コーラルは首を横にふった。「破壊する前にアネモネがあの石像《せきぞう》にまた命をあたえて、魔法をかけた者がだれか言わせたのよ。はっきりオルカだと答えたわ」そう言って、またため息をつく。「オルカはあの石像をほると、わたしにいどむ直前になってからあの孵化室に飾《かざ》ったの。おそらく、わたしに勝つ気でいたんでしょう。だから、後継者《こうけいしゃ》や挑戦者《ちょうせんしゃ》になりそうな者を排除《はいじょ》するために手を打っておいたんだと思うわ」

「そういうことなら、オルカの最後《さいご》の言葉も説明《せつめい》がつくわね」モーレイがけわしい顔で言った。

「そうね」コーラルは悲しげな顔をした。「あの子、『わたし、なにもかもまちがっていたわ。母様……母様は永遠《えいえん》にこの国を治《おさ》めようと思っているのでしょう？　ならわたしに感謝することになるわ。もう母様を止めることはだれにもできないのだから』って言ったのよ」女王は、砂まみれで遊んでいるアネモネとオークレットを見おろした。心残《こころのこ》りがあるような表情で、アネモネの頭をなでる。

「でもさ……」クレイがおずおずと口を開いた。「オルカが殺《ころ》し屋《や》だったんなら、トンネルでツナミをおそってきたのはいったいだれなんだろう？」

コーラル女王は肩《かた》をすくめた。「いずれ必《かなら》ずつかまえてみせるわ。物語は、そういうものだもの」

アネモネは、くやしそうな顔でツナミを見た。

ツナミはまだ、おそってきたのはシャークなのではないかと考えていた。シャークはもう牢獄《ろうごく》からだされて、いかにもふきげんそうに鼻先にしわをよせながら〈サマーパレス〉の見回りをしている。エラからどくどくと血を流したツナミが赤ちゃんをかかえてよろよろと孵化室からでてきたときにも、うれしそうな顔もせず、手助けすらしてくれなかった。ツナミは、首にまかれた海草の包帯《ほうたい》に手をふれてみた。体を動かすたびにあばらが痛《いた》かったが、癒し手《ヒーラー》には、とにかく休んで自然《しぜん》にいえるのを待つしかないと言われていた。

休めとはね！〈運命のドラゴンの子〉には、休んでる時間なんてないんだよ！ ツナミは歯ぎしりした。

「さあ、本当の殺し屋がわかったんだし、リップタイドを自由にしてくれる約束《やくそく》だよ」ツナミはコーラルに念《ねん》をおした。

「ええ、わかってるわ」女王がうなずいた。「でも、リップタイドをどうすればいいのか、まだわからないのよ。わたしの国に残してあげるわけにはいかないわ。受け入れてもらえるかどうか、〈平和のタロン〉のところにもどってみるしかないでしょう」

「あたしたちと来ればいいのよ」ツナミはそう言ってから、あわてて口を閉ざした。しかし、もう手おくれだった。コーラルもブリスターも、ひどくふゆかいそうな顔でツナミを見つめている。

「あなたと？」コーラルがゆっくり言った。「あなた、どこかに行くつもりなの？」

「あの……うん……そうするしかないと思う」ツナミは言った。後ろの仲間たちが、そっとよりそってくるのを感じる。「ここはあたしの居場所《いばしょ》じゃないんだよ、母さん。そうだったらいいなとは思うけど、でも……あたしめんどうしか起こさないし、生まれ持った使命だって果《は》たせないしさ。水中語《アクアテイツク》だってぜんぜんだめだしね。評議会のことなんて、ぜんぜんわからないし。母さんには、いつか偉大《いだい》な女王様になる娘がふたりもいるじゃない」

そう言って、アネモネにうなずく。「ここには、あたしの運命はないんだ。戦争を止めなくちゃいけないの。仲間たちといっしょにね」

「どうやってそんなことをするつもりなの？」ブリスターが静《しず》かにたずねた。

「さあね。でも、そのうちつき止めてみせるわ」ツナミが答えた。

「ぼくたち、ブレイズに会ってみるつもりなんだ」クレイが言った。「それが公平ってものだと思うし」

バカ。だまってなさいよ、クレイ！　ツナミは顔をしかめた。

「でも会ったからって別《べつ》に……だっておいらたちはあなたこそ……」スターフライトはあわててブリスターに言ったが、ツナミにぎろりとにらまれて口をつぐんだ。

「だめ。だれもここからはださないわ」ブリスターが言った。背中《せなか》のダイヤモンドもようをうねらせながら、近づいてくる。

「あなたの命令《めいれい》は受けないよ」ツナミが言った。

「**わたし**こそ、あなたたちが**選《えら》ぶ**べきドラゴンなのよ」ブリスターがおそろしい声で言った。「ナイトウ……〈平和のタロン〉だって、このわたしを望《のぞ》んでいるわ」

「へえ、そんなことわかるの?」グローリーが言った。

「タロンが決めることでもないわ!」ツナミが声をあららげた。

「今日から、とても快適《かいてき》なくらしが送れるのよ」ブリスターが言った。「あなたたちはただ、〈運命のドラゴンの子〉が選んだ〈砂の翼《サンドウイング》〉の新しい女王はこのわたしだと、みんなに言えばいいだけなのよ」

「ここにいれば、あたしたちを閉じこめておけるもんね」ツナミは怒《いか》りに声をふるわせた。

「あいにく、閉じこめられるのはもううんざりなの。母さん、そんなことしないってブリスターに言ってあげて」

コーラル女王が、不安そうにブリスターに視線を向けた。「ブリスター女王、みんなブレイズに会ったらまちがいなくあなたを選んでくれるわ。ブレイズを選ぶだなんて、あったとしても百万年後の話よ」

「かもしれないわね。もっとも、百万年生きられたらの話だけどね」ブリスターがすらりと答えた。「ねえ、コーラル。外の世界がどれほどあぶないところかは、あなたがだれよりも知ってるはずよ。ジルの身になにが起きたか忘《わす》れてしまったの?〈運命のドラゴンの子〉をここに引き止めておけば、完璧《かんぺき》に守ってあげることができるのよ」

「ああ、たしかにそのとおりだわ」コーラルは、ほっとしたように言った。「ブリスター女王の言うとおりよ、ツナミ。ここにいなさいな。みんなのお世話はちゃんとしてあげるから」

ツナミは仲間たちをふり返った。スターフライトはひどい顔をしていたが、他のみんなはツナミが外にだしてくれると信じきっているように目をかがやかせている。

「ここは、仲間たちの居場所でもないの」ツナミが言った。「グローリーはふるさとに帰りたがってる……そうだよね、グローリー？　サニーだって両親をさがそうとしてる。あたしがしたことをみんなにさせないなんて、不公平《ふこうへい》だよ。あたしたちはただ――」彼女は翼に力をこめた。「行かなきゃいけないの。あたしたちをここに閉じこめておこうなんて、タロンやスカーレット女王とたいして変《か》わらないんだ」

ブリスターがスターフライトをにらんだ。「〈夜の翼《ナイトウイング》〉、この件《けん》でなにか言いたいことがあるのではなくって？」

彼はみじめな顔でじっと自分の手を見おろしたまま、なにも答えなかった。

ブリスターがするどいいかく音をたてる。「役立たずめ。あなたたち、みんなどこかおかしいみたいね。でもせっかくの〈運命のドラゴンの子〉をみすみすにがしてやるわけにはいかないわ」ブリスターは、コーラルのほうを向いた。「この子たちを、牢獄に入れておしまい」

「母さんがそんなことするわけない」ツナミが言った。「母さん、そうでしょう？　しないよね？」

「〈空の翼《スカイウイング》〉の闘技場《アリーナ》で夫《おっと》を殺したのが**だれ**だか聞いたら、きっと気が変わるわ」ブリスターが残忍《ざんにん》な声でささやいた。

ツナミは、全身がこおりついてしまったように感じた。もうおしまいだ。彼女のひみつがあばかれ、報《むく》いを受けるときがおとずれたのだ。

コーラルはエラを大きく広げ、目を見開いた。「なんの話？」

「ジルがアリーナで死んだのは知っているでしょう？」ブリスターが言った。「けれど、相手がだれだったかは知らないんじゃないかしら？　彼を切りさき、殺してしまった相手よ」

「そういうことなら、ブリスターがケストレルを殺したのをかくして、うそをついているのだって知っておかなくちゃね。それに、自分の都合でウェブスを殺そうとしていることも、あなたの娘たちのことなんてぜんぜん気にしちゃいないってこともさ」いきなりスターフライトが言った。

ブリスターはコブラのように首をもたげ、スターフライトをいかくした。スターフライトは、まるで彼女のしっぽにおそわれると思ったかのように、翼で頭をおおった。だがブリスターは攻撃《こうげき》せず、ただひとことこう言った。「その言葉、後悔《こうかい》することになるわよ。

役立たずのナイトウイング」

　コーラルはアネモネとオークレットを自分の翼でかくすと、水辺《みずべ》に向かって一歩あとずさった。だれを信じていいかわからないかのように、うろたえた顔でブリスターとツナミの顔を見くらべる。

「耳をかしてはだめよ、コーラル」ブリスターが言った。「この子たちはまだまだほんの子どもよ。子どもには、どうするのがいちばん自分のためになるかなんて、わからないものなんだから」

「でも、いちばんいいのは牢獄じゃないってことくらいは、ちゃんとわかるよ」ツナミが言い返した。「それにブリスター、今からは母さんをちゃんと**コーラル女王**ってよびなさい。失礼《しつれい》だわ」

　ブリスターは鼻のあなからけむりをふきだした。ツナミは、それを見ながら考えた。もし目の前でブリスターが自分たちを攻撃したら、コーラルはどうするだろうか。

「なにがなんだかわからないわ」コーラルはそう言いながら、しっぽで合図した。どうくつのひとつから、〈海の翼《シーウイング》〉の衛兵《えいへい》の一団《いちだん》が飛びだしてくる。「けれどツナミ、今は身の安全のためここに残りなさい」

「母さん！」ツナミがさけんだ。一頭の衛兵の鼻っつらをしっぽで引っぱたき、別の一頭に牙《きば》をむく。「たのむから自分の頭で考えて！　あたしたちを行かせてよ！」

けれどコーラル女王は、ブリスターの視線までさけるように背《せ》を向けてしまった。そして片手《かたて》でオークレットをそっとつかむと、娘たちとともにパヴィリオンへと飛び去ってしまったのだった。

ツナミは衛兵たちと戦った。しかし相手の数が多すぎるうえに、昨夜《さくや》の戦いでけがをしたあばらがまだ激痛《げきつう》の悲鳴をあげていた。仲間たちは一頭、また一頭と制圧《せいあつ》され、昨日リップタイドとウェブスが連《つ》れていかれたどうくつの牢獄へと引きずられていった。

パヴィリオンのあちこちから、シーウイングたちがその様子を見ていた。こんな屈辱《くつじょく》、ツナミは初《はじ》めてだった。〈運命のドラゴンの子〉だというのに、まるで宝物庫《ほうもつこ》にためこむ財宝《ざいほう》みたいなあつかいだ。

安全な場所を求《もと》めて〈シーキングダム〉にやってきたはずが、またとらわれの身になってしまうとは。

25

どうくつの牢獄《ろうごく》はがけの高いところにあった。パヴィリオンを見おろす、あの緑の天井《てんじょう》からもそう遠くない場所だ。ツナミは、リップタイドとウェブスが連《つ》れていかれるのは見ていたものの、このどうくつを気にとめたことはほとんどなかった。

しかし衛兵《えいへい》たちに囲《かこ》まれながら近づいていくにつれて、どうくつを満《み》たす青い光と、中から聞こえてくるバチバチバチという奇妙《きみょう》な音にツナミは気づいた。

するどい槍《やり》につかれるようにしてどうくつの入り口をくぐると、足元の岩がじっとりとしめって感じられた。辺《あた》りはうす暗かったが、目がなれてくるにしたがい、さらに前方にもっと大きなどうくつが口を開けているのが見えてきた。そこに向かって道が一本、曲がりくねりながらつづいている。

ラグーンとシャークが連れていかれた海底《かいてい》の牢獄とはちがう。ここは、コーラル女王が本当におそれる囚人《しゅうじん》たちを閉《と》じこめておくための牢獄だ。ツナミはおされるようにしてどうくつを進みながら、戦争《せんそう》でとらえられた敵兵《てきへい》のすがたもちらほら見えるのに気がついた。番人たちに向けて小さな炎《ほのお》をはいているスカイウイングも、見えるだけで三頭いる。一頭の〈氷の翼《アイスウイング》〉がなれない暑さに苦しみながら、ぐったりと翼《つばさ》をたれてぜえぜえ苦しそうに息をしている。檻《おり》には二頭のサンドウイングがとらえられており、片方《かたほう》は体を丸めて目をつぶり、もう片方は怒《いか》りのうめき声をもらしながらぐるぐると歩き回っていた。

クレイのように両方の足首に鎖《くさり》をまかれた、大きなメスの〈泥の翼《マドウイング》〉もいた。前を通りすぎていくクレイを見て、ふしぎそうに首をかしげている。

だがこの牢獄の奇妙なところは、とらわれたドラゴンたちでも、おどろくほどの大きさでもなかった。

檻だ。

どの檻にも、鉄格子《てつごうし》もとびらもない。ドラゴン二頭分くらいの広さの水路が、ドラゴンをとらえた石の島を取《と》り囲《かこ》んでいる――何頭もいられるほど大きな島もあれば、せいぜい一頭しか乗れないくらいの小さな島もあった。天井にできたみぞからは水が滝《たき》のように流れ落ちてきており、島の周《まわ》りに水の壁《かべ》を作っていた。

そして、滝も水路も同じようにあざやかな青い光を放ち、あわのはじけるような、バチバチという音をたてていた。とらわれたドラゴンたちはみな飛《と》んでくる水しぶきをよけるようにおずおずと身を引き、しっぽがぬれないようかわいた地面の上に引っこめていた。

島と島を、長い橋のように道がつないでいた。天井をおおいつくすように光虫《こうちゅう》がいて、この奇妙な牢獄にぶきみな光を投げかけていた。

ツナミは首をのばして水路をのぞいてみた。とらわれのドラゴンたちは、なにをあんなにおそれているのだろうか？

水路のそこかしこに、むらさきの光を放つクラゲがみゃく打つようにうかんでおり、光虫たちとともにあたりを照《て》らしていた。クラゲが触手《しょくしゅ》でさすのはツナミも知っていたが、こうしてドラゴンを閉じこめてしまうほどおそろしいとは思えない。もし自分がとらわれていたなら——**今にもそうなりかけているが**——水の壁をとびこえて、ザバザバと水路をつっきり、どれだけたくさんクラゲがいようともなんとか脱出《だっしゅつ》してみせるだろう。

と、水路の一本でなにか、ダークグリーンのかげが泳いでいるのが見えた。ゴミあさり《スカベンジャー》くらいの体長でドラゴンのしっぽくらい太く、腕《うで》も脚《あし》も、そして翼もない。ツナミが目をこらしてみると、すぐ近くに別《べつ》の一匹《ぴき》がうかんでくるのが見えた。平らな頭と、まるで死んだような落ちくぼんだ目。かげは、プツプツとたちのぼってくるあわだけを残《のこ》し、すぐに水中にしずんでいってしまった。

サニーは灰緑色《かいりょくしょく》のひとみを大きく見開いておびえながら、クレイに体をくっつけていた。ツナミが見てみると、スターフライトも檻をじっと観察《かんさつ》していた。もしかしたら、なにが起きているのかを理解《りかい》しているのかもしれない。

ウェブスとリップタイドのすがたは見当たらなかったが、どんどんおされて進んでいくうえに水の壁ですがたがぼやけてしまうものだから、数少ないとらわれのシーウイングたちを見分けるのはむずかしかった。

やがて衛兵たちは、いちばん大きな島のところで足を止めた。他の島と同じくまわりには水路が流れているが、天井から滝の壁は落ちてきていない。それにツナミが見るかぎり、水路を泳いでいるかげもなかった。

「とびこえろ」一頭の衛兵がおどすように言った。「全員だ」

「言うこと聞かなかったら？」ツナミがたずねた。

「そうしたら、まとめてひとつの島に入れるのではなく、はなればなれの島に一頭ずつ閉じこめてやる」

クレイはすぐに水路をとびこえた。足の爪《つめ》で岩のゆかをこすりながら、重い音をたてて着地する。そしてみんなのほうをふり向くと、ジャンプしてくるサニーを受け止めるため手を差《さ》しのべた。続《つづ》けてスターフライトが、次にグローリーが、最後《さいご》にツナミがしぶしぶと羽ばたいて水路をとびこえ、仲間《なかま》たちのとなりに舞《ま》いおりた。

別の衛兵が、壁ぎわにはられた鎖を手に取った。そして両手でたぐりよせるようにして引っぱると、どこか岩のおくでなにかガチリと音が聞こえ、地鳴りのような低《ひく》い音がひびいてきた。ツナミは水路に身を乗りだし、のぞきこんでみた。水路の壁についた小さなとびらが開いていくのが見える。そして中からさっきと同じダークグリーンの怪物《かいぶつ》が三匹《びき》出てきて、死んだ目で彼女《かのじょ》を見あげてきたのだった。

頭の上で空《くう》を切る音が聞こえ、ツナミは背後《はいご》に向かって思いきり引っぱられた。その瞬《しゅん》間《かん》、いきおいよく水が流れ落ちてきた。ツナミはどうくつの天井を見あげ、それから後ろをふり向いた。彼女を後ろから引っぱったのは、スターフライトだった。ツナミをつかんでいた手をはなし、島を取り囲む滝を見回している。不安《ふあん》そうに、両手の爪をカチャカチャとぶつけている。

「水中にいるあの気味の悪いやつら、なんなの？」ツナミはスターフライトにたずねた。

「たぶん……電気ウナギじゃないかな」

「わわ、こわい！」グローリーが、まるで翼にたかる虫を追いはらうかのようにバサバサと羽ばたいた。「電気ウナギがでてくるまき物を読んで、何か月もこわい夢《ゆめ》にうなされたんだよね」

サニーは、クレイにもっとくっつこうとするかのように、彼《かれ》の前脚《まえあし》にしっぽをまきつけた。「ねえ、電気ウナギって？」

「ショックみたいなものをあたえる生物さ」スターフライトが説明《せつめい》した。その瞬間、彼の背後で青い閃光《せんこう》がバチバチとはじけながら滝をのぼっていき、また消えたものだから、全員がとびあがるほどおどろいた。

「かみなりに打たれたみたいなショックらしいよ」グローリーが言った。

「それに、ドラゴン一頭くらい殺《ころ》しちゃうほどの威力《いりょく》があるんだ」スターフライトが続ける。「特《とく》に塩水《しおみず》の中では強烈《きょうれつ》らしいし、あそこにいるくらいのデカブツならなおさらだろうな」

「じゃあこの島の周りの水路って……」ツナミが口を開いた。

「いつ強烈な電流が流れてもおかしくないってことだね」スターフライトが言った。「ただ、ずっとってわけじゃないよ……電気は流れっぱなしじゃないからね。けど、電気ウナギが腹《はら》をすかせたりおこったりしてるときには、たぶんしょっちゅう電気をだしてるんじゃないかな。そんなときには、水にふれただけで感電しちまうんだ。たとえ少し気絶《きぜつ》するていどだったとしても、めちゃくちゃ痛《いた》いはずさ」

ツナミはけわしい顔で滝を見つめた。向こう側《がわ》に、立ち去っていく衛兵たちのすがたがぼやけて見える。みんなを閉じこめておくこの牢獄の仕組みに、よほどの自信《じしん》があるのだ。

「またとらわれちゃうなんて、信《しん》じられないよ」クレイがため息をついた。「なんでぼくたち、いつもこんな目にばかりあうんだろう？」

「**まったく**だよ！」サニーがおこったように言った。「みんな予言を信じてないの？　信じてるんだとしたら、わたしたちが正しいことをしてるって信じてくれてもいいのに！」

「みんな、自分たちの都合のいいように予言を利用《りよう》しようとしてるんだよ」ツナミがぐるぐると歩き回ろうとしたが、島がせますぎて、どうやっても翼かしっぽが水にふれてしまいそうだった。あきらめ、うなり声をもらしてすわりこむ。「まったく、どんなむかつくことが**起こる**のか、もうちょっとあのくだらない予言に**はっきり**書かれてさえいたら、ちょっとは**マシ**だったのにさ」

「なんでつかまったときに、あの毒液《どくえき》を使わなかったのさ？」スターフライトがグローリーに言った。

「そのうち使うわ」グローリーは真剣《しんけん》な顔で言った。「今はタイミングを待ってるの」

「それが正解《せいかい》だと思うよ」ツナミがうなずいた。「グローリーの魔法《まほう》の死のつばがあっても宮殿《きゅうでん》すべてを敵《てき》に回すことなんて無理《むり》だったろうし、こっちの最大《さいだい》のひみつ兵器《へいき》のことがバレちゃってたかもしれないからね」

「え、ありがとう」グローリーはおどろいた顔で言った。「でも、その**魔法の死のつば**っていうのはやめてほしいけど」

「たぶん今夜だね」ツナミが声を落とした。「この宮殿がほとんど寝静《ねしず》まってからね。それからだったら、なんとか脱走《だっそう》できるんじゃないかな」

「でも、電気ショックの水で死ぬかもしれないんだよ？」サニーが言った。「いなずまウナギに、魔法の死のつばが通じるの？」

「電気ウナギだよ」スターフライトが、まちがいを正した。

「ねえ、**魔法の死のつばっていうのはやめて**」グローリーが言った。

「じゃなきゃ……」ツナミは、あのときかぎをだしてくれた衛兵を思いだしながら言った。「だれかにたのんでだしてもらえるかもしれない」

「ぼくはその作戦《さくせん》がいいな」クレイがうなずいた。

「わたしは、敵の目玉をひとつ残らずとかしちゃいながら脱出するのがいい」グローリーが言った。

「魔法の死のつばでね！」サニーはそう言うと、自分をにらみつけるグローリーの視線《しせん》からにげるように、クスクス笑《わら》いながらクレイの翼の中に頭をつっこんだ。

「グローリー、めちゃくちゃ**おっかないよ**」ツナミが言った。

「へえ、どんなことがあっても戦《たたか》って道を切り開く、勇《いさ》ましいシーウイングはどこに行っちゃったの？」グローリーがたずねた。

「戦いをやめたわけじゃないよ」ツナミは答えた。ジルのすがたが頭をよぎり、身ぶるいする。「ただの意見だよ。ここの衛兵には、本当は味方をしてくれるやつらだってたくさんいるはずなんだ。力になってくれるドラゴンが、必《かなら》ず見つかるはず」

サニーが顔をあげた。「今、なにか聞こえなかった？」

「どんな音？」スターフライトが質問《しつもん》した。

小さなサニーは首を横にふった。「水の音のせいで、よく聞こえなかったんだよね」

「なんにもないじゃない？　どうせ役になんて立たないでしょ」ツナミがそう言うと、サニーは顔をしかめて彼女をにらんだ。

「だれか来る」グローリーが声をひそめた。滝のせいでぼやけてしまっているが、ぼんやりとした白いかげが向かってくるのが見える。

「聞こえたの、あいつかな？」スターフライトがサニーに言った。

サニーは、困惑《こんわく》して首をふった。

メスのドラゴンが近づいてくるにしたがい、ツナミは見覚《みおぼ》えのある色なのに気がついた。

でも、そんなはずは――。

「アネモネなの？」ツナミがよびかけた。

「無事《ぶじ》だったんだね！」アネモネが滝の檻にかけよってきた。バチバチと危険《きけん》な音をたてる水路にぎりぎりまで近づいている。ツナミは、小さな妹に手をのばし、翼でくるんでやりたくなった。

「ハーネスがついてない！」ツナミが目を丸くした。

「そうだよ、すごいでしょう？」アネモネは、翼を広げて笑ってみせた。「ほんのちょっとの間だけだけどね」そう言って、胸《むね》にぴったりとついたままのあみを引っぱってみせる。

「あとでまたつながれるんだ。でもコーラル女王が、オークレットにハーネスをつけてる間は、〈サマーパレス〉の中なら自由に飛《と》び回《まわ》っていいって。もしツナミたちの心配がなければ、人生最高《さいこう》の日だったのになあ」

「ぼくたちをにがしてくれない？」クレイが期待をこめてたずねた。

「ここをでて、アネモネもいっしょに行こう！」ツナミが言った。「あんな力なんて使わせないって約束《やくそく》するからさ」

アネモネは首を横にふった。「そうできたらどんなにいいか……。でも母様もブリスターも、〈運命のドラゴンの子〉ににげられたら、きっとカンカンになるよ。そのうえひみつ兵器まで消えたりしたら、獲物《えもの》を追うサメみたいに追いかけてくるはずだよ」

「たしかにそのとおりだね」スターフライトは、みんなで冷静《れいせい》になろうよと言わんばかりの声で言った。

「どうでもいいよ」ツナミは力強く答えた。「ピリアじゅうのドラゴンに追われたってかまうもんか。みんなで守ってあげるよ、こんなとこにいるよりもずっと安全にね」

アネモネがもぞもぞと翼を動かした。水ごしにでも、彼女の悲しげな表情《ひょうじょう》がツナミにも伝《つた》わった。「わたし……わたし、ウェブスみたいにふるさとをでていって二度と帰らない覚悟《かくご》を決めるなんて、とても無理だよ」アネモネが言った。「オークレットがいないなんてさみしすぎるし、ここのシーウイングたちにもわたしが必要《ひつよう》なんだ。それにわたしがいないと、母様だってブリスターの言いなりになっちゃうわ」

なにもかも理屈《りくつ》が通っているのはツナミにもわかったが、それでも会ったばかりの妹を見捨《みす》てて行くのだと思うと、全身がむずがゆくなった。

「わかったよ」クレイがうなずいた。「でも、にがしてくれることはできるんだよね?」

「すぐにこの子の仕業《しわざ》だってバレるわ」グローリーが指摘《してき》した。

「うん。危険すぎると思う」ツナミがうなずく。

「でも、他にちょっとしてあげたいことがあるんだ」アネモネが、両手でなにかを持ちあげた。ツナミが目をこらす。それはまっ白な、イッカクの角の槍だった。

「槍よ聞け」アネモネが真剣な顔で言う。「入り口のトンネルでツナミをおそったドラゴンをさがしだし、ここに連れてきなさい」そして持っていた手をはなすと、槍はものすごいいきおいでどうくつの出口に向かっていった。

仲間たちは、目を丸くして彼女を見ていた。

「夢でも見てるみたいだ。本当に槍が犯人《はんにん》さがしなんてできるの?」クレイが言う。

「ま、すぐにわかるから」アネモネは両手を合わせた。

「こんなことしなくてよかったのに」ツナミは心配そうに言った。「気分悪くない?」

「ちょっと寒いだけ」アネモネが答えた。両手でしっぽをはさむようにして、ざらざらと音をたてながらこする。

みんなは待った。待ち続けた。

やがて、だれかがよろめきながらやってくるのが見えた。あの槍が光を放ち、ドラゴンの背後から背中《せなか》を、翼を、しっぽをつつきながら追い立ててくる。

「痛い！」どうくつの中に声がこだました。「いったいこれは……なんでわたしが……痛い！　なにを……痛い！　やめろ！　痛い！　女王陛下《へいか》に報告《ほうこく》す……痛い！」

「ふむ、コーラルじゃないわね」グローリーが言った。

「シャークでもない」ツナミがぽりぽりと自分の角をかいた。てっきりシャークだとばかり思っていたというのに。

「モーレイでもないみたい」アネモネが、近づいてくるドラゴンを見ようと立ちあがった。

槍につかれながら一頭のドラゴンが、電気ウナギが泳ぐ水路のふちに立つアネモネの横にやって来た。

ワールプールだ。

26

「ワールプール？」ツナミは心の底《そこ》からびっくりしていた。「どうして**あんた**が、あたしを殺《ころ》そうとするの？」まさか、こんなにたいくつなドラゴンが犯人《はんにん》だとは、思ってもみなかった。

「くだらない。殺そうだなんて――」緑のドラゴンが、見くだすように言った。槍《やり》がまた、さっきよりも強く彼《かれ》をつつく。「**痛《いた》い！**　なんと、アネモネ様。まさか、こんな強力な魔《ま》法《ほう》をお使いになれるとは。きっとわたしが教師《きょうし》として優秀《ゆうしゅう》すぎたんでしょうな。むろん、こんなにさしたりしなければもっと……**痛い！**」

アネモネは、気まずそうにもじもじした。「あなただったなんて思わなかったから……」

「このすばらしい成果《せいか》については、ブリスター女王にもお伝《つた》えしなくては」ワールプールが、ねばつくような声で言った。「きっと大よろこびなさるぞ」

「ぜったいやめて」ツナミが声をあらげた。

「そんなところにいる君を、わたしがこわがるとでも？」ワールプールが笑《わら》った。

「ブリスターに言う気なら、こっちも母さんに、あんたに殺されかけたって言うよ」ツナミは言い返した。「母さんがどう思うか想像《そうぞう》してみたら？」

彼は肩《かた》をすくめると、金の輪《わ》っかのピアスに手をのばしてもてあそんだ。「お母上はむしろ、とてもよろこばれるのではないかな。わたしはただ、アネモネ様がちゃんと女王にふわさしい王女になれるようにしただけのことさ」

「わたしを？」アネモネが翼《つばさ》を開き、また閉《と》じる。「あなた、わたしのことあんまり好《す》きでさえないじゃない？　なのに、なんでわたしのためにそんなことを？」

「やれやれ。正直に言おう」ワールプールがため息をついた。「そこの娘《むすめ》と結婚《けっこん》したくないんだよ、わたしは」そう言って、ツナミを指さす。

「やった！」グローリーがうれしそうに言った。「わたしが予想した、ツナミがだれかに殺される理由のリストにばっちり入ってるやつ！」

「そんな心配しなくていいのに」ツナミはそっけなく言い返した。「だって、あんたと結婚するくらいなら、イタチザメに八つざきにされたほうがマシだもの」

「でもわたしは、王になりたいんだ」ワールプールが言った。じゃらじゃらと金の指輪《ゆびわ》がはめられているのが見えるように、両手を広げてみせる。「だから君を消してしまいさえすれば、もっとおとなしくて性格《せいかく》もいい娘と結婚できる確率《かくりつ》もあがるというわけさ」

「わたしだって、あなたと結婚するなんてぜったいにやだよ！」アネモネがさけんだ。

「それはあなたが決めることではないのですよ」ワールプールはそう言って、どうくつの入り口に引き返しはじめた。「コーラル女王とブリスター女王にあなたの力のことを教えれば、きっと感謝《かんしゃ》して好きなものをなんでもあたえてくださるはず。だがもちろん、あなたはその後、その力を戦争《せんそう》のために役立てるべく大忙《おおいそが》しになるでしょう。そして、おそらくは生《い》き残《のこ》れますまい。ならばむしろ、オークレット様をいただくようお願《ねが》いすべきだろうか」彼は自分に言い聞かせるように、こつこつと自分の鼻すじを爪《つめ》でたたいた。

「そんなことさせない！」ツナミはさけんだ。こんなふうにアネモネが利用《りよう》されないよう、守ってやるつもりだった。妹からの、たったひとつのお願いだったのだ——だというのに今、自分のせいで、アネモネがブリスターの**こま**にされてしまおうとしているのだ。

ツナミが滝《たき》めがけて飛《と》び立《た》ったが、同時にクレイが飛《と》びだして彼女《かのじょ》をおさえこんだ。青い光が目の前でバチバチとはじける。見おろしてみると、電気ウナギたちがまるで邪悪《じゃあく》な海草のようにぶきみに集まっているのが見えた。

だが、同時に動いたのはクレイだけではなかった。アネモネが宙《ちゅう》にういていた槍をつかみ、それをふり回すと、ワールプールの頭を思いきり横なぐりになぐったのだ。

ワールプールがよろよろと前にふらつき、音もなくくずれ落ちる。背中《せなか》の翼が横向きにたおれ、彼の体がバランスを失《うしな》う。そしてあっというまに彼の体が水路のふちをすべり、電気ウナギたちの待つ水中へと落ちていってしまったのだった。

アネモネが恐怖《きょうふ》の悲鳴をあげ、槍を取り落とす。そして水路に両手を差《さ》しのべた……もう手おくれだった。

目のくらむような青い閃光《せんこう》が、バチバチと音をたてながら滝をかけあがる。ツナミが水ぎわからとびのき、五頭の仲間《なかま》が島のまん中で身をよせあった。ワールプールが消えた辺《あた》りの水がはげしくみだれ、あわだっていた。緑の太いしっぽが泡《あわ》と光の中で水を打ち、まるで何本ものいなずまが落ちてきたかのように火花が飛《と》び散《ち》る。

サニーが目をおおい、クレイが翼で彼女をくるむ。ツナミは、自分もアネモネをそうしてやりたいと思った——水路の向こうがわで、小さな妹は恐怖のあまり固《かた》まってしまっていた。

閃光がだんだんとおさまっていき、ときどきかみなりの音が壁《かべ》にひびくだけになった。

そして、すべての閃光がやんだ。滝も水路も、ぴたりと静《しず》まりかえっていた。

ツナミがのぞいてみると、電気ウナギたちはまだ底のほうで大きく、黒く固まっていた。しかしもう暴《あば》れるのをやめている。ツナミは、電気ウナギたちがなにをしているのかよく見えないのを幸運に思った。

「アネモネ！　だいじょうぶ？」彼女は大声で妹に呼《よ》びかけた。

アネモネは答えなかった。ぼやけたそのすがたはまったく動かず、まるであのオルカ像《ぞう》のようだった。

「言うべきかどうかわからないけど……」スターフライトが口を開いた。「今ならこの水路をわたれるんじゃないかな」

ツナミは、ぱっとふり返った。「本当に？　どうして？」

スターフライトが電気ウナギたちを指さす。「ああして放電したら、しばらくまた電気をためなくちゃいけないんだ。たぶんだけどね。だから最低《さいてい》でも一、二分は、あんなふうに電気ショックを起こせないはずだよ。待って――」ツナミがさっそく翼を広げたので、彼はあわてて止めた。「でも、絶対《ぜったい》じゃないんだ。ドラゴンについてのまき物ほど、電気ウナギのまき物は読んでなかったからさ。ごめんよ」スターフライトの黒い頭がうつむいた。「わざわざ危険《きけん》をおかすような価値《かち》なんてないかもね。おいらの言うことなんて気にしないでよ」

「でもスターフライトはなんでも知ってるじゃない。きっとまちがいじゃないと思う」サニーが言った。

「あたしが行って、滝を止めてくる」ツナミが言った。「それなら、危険をおかすのがあたしひとりですむしね」

スターフライトはとてもつらそうな顔になった。「でも、おいらが言いだしたことだよ。もしおいらのまちがいだったら、そんなのとても……」

かわいそうなスターフライト。ツナミは自分のしっぽを彼のしっぽにからめた。スターフライトはただ、勇気《ゆうき》をだして力になろうとしてくれているのだ。でもこういうのは彼ではなく、自分の役目だ。

「バカなこと言わないの」ツナミはそっと声をかけた。「ここはあたしの国だよ。ここで無茶《むちゃ》するのはあたしの役目ってこと」

「まき物には電気ウナギのこと、なんて書いてあったか覚《おぼ》えてる？」クレイがグローリーに質問《しつもん》した。

グローリーは少し翼をあげた。「たいしたことは書いてなかったと思う。少しの間電気切れを起こすことがあるっていうことだけど、今がそうなのか、どのくらい続《つづ》くのかまでは知らない」

よく考えろ。スターフライトみたいに。本能《ほんのう》に身をまかせちゃだめだ。ツナミは心の中で言った。**でも……もしこれがにげだす最後《さいご》のチャンスだったらどうする？**アネモネのほうを見る。**それに、あの子だって助けてあげなきゃいけない。**

でもあたしが死んだら、みんなはどうなっちゃうの？

両手をきつくにぎる。母親の評議会《ひょうぎかい》の光景《こうけい》が、さっと頭にうかんだ。「わかった。投票《とうひょう》で決めるよ」ツナミが口を開いた。

「どういうこと？ねえねえ、なんだかいつものツナミとぜんぜんちがうんですけど？」グローリーが目を丸くした。

「**早く！**」ツナミは、静まりかえった滝をちらりと見ながら言った。

「わたしはスターフライトを信《しん》じる」サニーが言った。「今なら水路をわたれるよ。ぜったい」

「おいらは反対だ」スターフライトが落ちこんだ声で言った。「だれもわたらないほうに投票するよ。安全のためにね」

「わたしは、ここからでるほうに賛成《さんせい》」グローリーが言った。「あぶない仕事はえらそうなツナミ先生におまかせするってのにもね」と、歯を見せてツナミに笑ってみせる。

クレイはゆっくり首を横にふった。「決められないよ。ツナミ、君はみんなにとってすごく大事な仲間なんだ。君がやるのには反対だよ」

「なるほど、こんなの役に立たないね」ツナミはふんと鼻を鳴らした。「じゃあ、あたしが自分で決めるからね。みんな、ごりっぱな評議会だったよ」だが、みんなの答えはだいたい彼女の予想したとおりだった。そしてみんなの意見を聞いたうえで、ツナミの気持ちはもう固まっていた。

大きく深呼吸《しんこきゅう》して、水の壁に向かって一気に飛びこんだ。まるでいてつく雹《ひょう》の嵐《あらし》の中に飛びこんだみたいだ。冷《つめ》たいしずくが鼻にも閉じた目にもたたきつけてくる。海草の包帯《ほうたい》をとおしてえらに切りつけ、折《お》れたあばらにはげしく打ちつける。ツナミは電撃《でんげき》のようなするどい痛みにそなえて身がまえたが、次の瞬間《しゅんかん》、足がかたい岩の地面にふれるのがわかった。

まぶたを開き、足をすべらせながらなんとか止まる。無《む》きずのままで、水路をわたりきったのだ。

ツナミはアネモネの両肩《りょうかた》をしっかりつかむと、小さな妹が自分の目を見あげるまでゆさぶり続けた。

「あなたはここからでてって」ツナミが言った。「あたしたちは脱出《だっしゅつ》するつもりだけど、アネモネが関《かか》わってたなんて思われたら大変《たいへん》なんだ。母さんをさがして、すがたが見えるところでぶらぶらしてなさい。そうすれば、アリバイになるからね。わかった？　ちゃんと聞いてる？」

「でもわたし、こんなことしちゃったんだよ……」アネモネは水路を指さした。

「わざとやったわけじゃないでしょ」ツナミが言った。ドラゴンの骨《ほね》がくだける音が、また頭の中にひびいた。アネモネが今どんな気持ちでいるのか、彼女には痛いほどわかった。「アネモネ、あれは事故《じこ》だったの……あなたがつき落としたわけじゃない！　それにあんなことが起きていなかったら、その力でどれだけたくさんのドラゴンを殺さなくちゃいけなかったか考えてみて。これで母さんには、だれも訓練《くんれん》してくれなくなったから力が弱まってしまったって言えばいいんだよ。いつも失敗《しっぱい》してみせてさ。まだまだ力が足りなくて長い時間がかかるんだって、母さんに信じこませるんだよ」

「でもいつかは……」アネモネが暗い声で言った。

「いつか、それもすぐに戦争は終わるよ。あたしたちが終わらせるからね。信じて」

ツナミは、アネモネの手をきつくにぎった。「さあ、行きなさい」

「がんばってね」アネモネがささやいた。

ツナミは翼で妹をくるんだ。「あなたもがんばって」

アネモネはどうくつの外に向かっていった。白い翼で羽ばたきながら、曲がり角のむこうに消えていく。

ツナミは、壁ぎわにはられた鎖《くさり》にかけよった。衛兵《えいへい》は引っぱりおろしていたが、逆《ぎゃく》に引っぱりあげることはできるのだろうか？　逆方向《ぎゃくほうこう》に引いてみると、鎖からずっしりと重い感触《かんしょく》が伝わってきた。天井《てんじょう》からガチャリと音がする。ツナミは一瞬《いっしゅん》だけ動きを止め、衛兵たちが消えていった道に目をやった。出入り口には衛兵がいるのだろうか？　今のが聞こえてしまったら、どうすればいいのだろう？

「おい、そこのやつ」かすれた声が聞こえた。ツナミはぎくりとして、あたりを見回した。

やせこけたサンドウイングが一頭、自分を閉じこめた島からじっと彼女を見ていた。滝をはさんではいても、暗くきらめくその目がツナミには見えた。「おれのこともたのむよ。ここからにがしてくれ！」彼が必死《ひっし》にうったえる。

ツナミはまた鎖のほうに向き直り、引っぱり続けた。コーラルにとらえられたドラゴンたちの運命は知らないし、彼らがなぜここにいるのかも、本当にとらわれるほどのつみをおかしたのかも、彼女にはなにもわからなかった。

だが、二頭だけはちがう。

このどうくつのどこかにリップタイドとウェブスがつかまっていて、いずれおとずれる処刑《しょけい》の瞬間を待っているのだ。ふたりのことも、早く見つけてやらなくては。

頭上から巨大《きょだい》な金属同士《きんぞくどうし》がぶつかりあうようなごう音が聞こえて、仲間たちを取りまいていた滝がぴたりと止まった。静寂《せいじゃく》の中、みんながいっせいに天井を見あげる。

最初《さいしょ》にサニーが羽ばたきながら水路をとびこえ、他のみんなも急いであとに続いた。ツナミがみんなをおしのけ、先頭に立って道を進みだす。

「おれを置《お》いてくのか？」さっきのサンドウイングがさけんだ。

「リップタイドとウェブスを見つけなくちゃ」ツナミは仲間たちに声をかけた。「だれか、ここに連《つ》れてこられたときに見かけなかった？」

「見たよ！」クレイが大声で答えた。「入り口からちょっと入ったところで、同じ島にいたよ」

五頭は急いで進んでいった。ツナミは翼をぴったりと体につけ、あわだつ青い水の壁も水路にひそむ電気ウナギも見ないようにした。

最後の角を曲がると、ずっと前のほうに〈サマーパレス〉をつつむ緑色の光が見えてきた。衛兵たちがいるのにツナミが気づき、仲間たちをかげの中へとおしもどす。

三頭だけか。彼女は心の中で数えた。牢獄《ろうごく》の外につきでた岩だなの上、三頭の衛兵が、手にした槍をもてあそびながら立ち話をしている。すっかり油断《ゆだん》しているようだ。それに、ツナミに会いに来たアネモネを通してくれたのだから、かくしてはいてもおそらくツナミたちの味方なのだろう。

できることなら、衛兵たちと戦《たたか》いたくはない。もう二度と、シーウイングの血を流すのはごめんだ。

「あそこだ」クレイが彼女の耳元でささやき、うしろから指をさした。「ほら、入り口のすぐそばの島だよ」

水の壁の向こうに青いかげがふたつ、ツナミにも見えた。島の横の壁にそって鎖がはられているのも見える。衛兵に気づかれずにあそこまで行き、気づかれずにあの装置《そうち》を動かすことができれば、リップタイドとウェブスもみんなといっしょににげることができる。

「またあの音だ」サニーが小声で言った。「みんなも聞こえない?」

「聞こえるって、なにがさ?」クレイが小声で返す。

「わからないよ」サニーが言った。「ずっと聞こえる……これ、羽ばたく音かな……」

「宮殿《きゅうでん》じゅうでシーウイングたちが飛《と》び回《まわ》ってるからね」グローリーが言った。

「うん」サニーが言った。「でも、もっと大きくて、もっと高いところ……はっきりはわからないけど」

サニーは一歩足をふみだすと、外のほうに首をつきだした。「うん、まちがいないわ」と大きくうなずく。「緑の天井のうえで羽ばたきが聞こえる。ものすごい数だよ」

「サニー――」ツナミが口を開いたがクレイがぱっと顔をあげた。スターフライトも続く。

「サニーの言うとおりだ」クレイが言った。

ツナミは、その意味がわかるとはっとした。「まさか、そんな――」

スターフライトがしっぽをゆらす。「炎《ほのお》のにおいもするよ」

ツナミには考えているよゆうもなく、どうしたらいいのかもちゃんとわからなかった。かくれ場所からとびだし、衛兵たちに向かって走りだす。

「あぶない！」大声でさけぶ。「宮殿に知らせて！」

三頭の衛兵たちはぎょっとして、おどろきのあまり岩だなから槍を落としてしまった。ツナミの角がまるでもえさかる火柱になってしまったかのように、まじまじと彼女を見つめている。

「早く！」ツナミはそうどなると、衛兵たちをおしのけて岩だなのふちにかけよった。

「みんな！　母さん！　気をつけて！　敵襲《てきしゅう》だよ！」

最初の火炎弾《かえんだん》が天井をつきやぶってきたのは、まさにそのときだった。

27

パニック。

悲鳴。

水に囲《かこ》まれた宮殿《きゅうでん》だというのに、炎《ほのお》はみるみるもえ広がっていった。

天井《てんじょう》が大きくくずれ落ち、〈サマーパレス〉には火のついた枝《えだ》や葉、そしてがれきがふりそそいだ。翼《つばさ》を炎につつまれ、苦痛《くつう》のさけびをあげながら湖に墜落《ついらく》していくドラゴンたちが見える。

火炎弾《かえんだん》の正体は、炎がついただけのふつうの丸太だったが、それでもパヴィリオンをつきやぶり、シーウイングをたたき落とし、ものすごい損害《そんがい》をあたえていた。

「スカイウイングどもめ、ここを見つけたな」一頭の衛兵《えいへい》が、恐怖《きょうふ》におののきながら空を見あげた。言い終わりもしないうちに全員の視線《しせん》の先を、赤とオレンジの翼のドラゴンたちが飛《と》んでいくのが見えた。どんどん火炎弾を落とし、天井に向かって炎をはいている。

「でもいったいどうやって？」別《べつ》の衛兵が言った。

ツナミは、ブリスターがウェブスを引きずりだしたときに開いた、あの天井のあなを思いだした。あのあなだけで、スカイウイングがここにたどりつくだろうか？　しかも、こんなにも早く？　偵察《ていさつ》のドラゴンがあのあなを発見し、報告《ほうこく》にもどり、そしてたった一日で部隊《ぶたい》を集めて攻撃《こうげき》してきたなど、果《は》たしてありえるのだろうか？

いや、他の原因《げんいん》があるはずだ。

ツナミは湖を見おろした。出口のトンネルを目指して必死《ひっし》に進むドラゴンたちのせいで、水面は大混乱《だいこんらん》になっていた。入り口がひとつしかないのだから、出口もひとつしかない。それも、全員が一度ににげだせるほど大きな出口ではない。あんな小さなトンネルにすべてのドラゴンがおしよせるなど、ツナミは想像《そうぞう》しただけでも気分が悪くなった。

道はもうひとつある——だが天井をぬけてスカイウイングの待ち受ける空にでるなんて、自殺行為《じさつこうい》だ。

ツナミはドラゴンたちの中に母親のすがたをさがしたが、ひもでつながれた真珠《しんじゅ》かざりも、自分とまったく同じ色あいの翼も、どこにも見当たらなかった。とりあえず、やけこげた翼でぐったりと湖にうかんでいる死体の中にコーラルがいないのはたしかだ。

ブリスターのすがたも、どこにも見えなかった。

シャークが命令《めいれい》をがなりたてながら飛《と》び回《まわ》っていた。ほとんどのドラゴンは取りみだしており彼《かれ》の命令など聞こえなかったが、何頭かのドラゴンが集まり、彼を追って空に舞《ま》いあがっていった。ツナミはそれを見ながら、あんな数ではとてもかなわないと思った。勝ち目など、万にひとつもありはしない。

岩だなのふちに足をふみだしたその瞬間《しゅんかん》、だれかがしっぽをつかんだ。

「行くな」クレイがツナミを引きもどす。「戦《たたか》いたい気持ちはわかるよ。でも君をそんなふうに失《うしな》うわけにはいかないんだ」

ツナミは足を止めた。体じゅうの筋肉《きんにく》が、今すぐにでも空に舞いあがり、スカイウイングたちの鼻っつらを切りさき、しっぽでたたき落としてやりたがっている。**いつものあたしなら、衝動《しょうどう》にまかせて飛びこんでるところだね。**彼女《かのじょ》は心の中で言った。

今は仲間《なかま》の言葉に耳をかたむけるべきなのだろうか。

ツナミは、炎につつまれた天井を見あげながら恐怖におののいている三頭の衛兵のほうを向いた。「行きなさい」ツナミがさけぶ。「牢獄《ろうごく》を守るよりも、宮殿を守るほうがずっと大事だよ」

「でも……」一頭の衛兵が口を開いた。「君たちをにがすわけには……」

「自分たちの命を守らなくちゃ」ツナミが言った。「あたしたちだって同じだよ。あたしを信《しん》じなって。天は〈運命のドラゴンの子〉を、こんなとこで殺《ころ》したりしないよ」

衛兵たちはそれ以上《いじょう》もうなにも言い返さず、がけから飛びおりていった。一頭がトンネルにおしよせていくドラゴンたちにくわわり、他の二頭が司令官《しれいかん》、シャークとともに戦おうと舞いあがっていく。

ツナミはさっとどうくつのほうへ向き直ると、ウェブスとリップタイドがとらわれた島に向かってかけだした。クレイはもう先に到着《とうちゃく》し、壁《かべ》の鎖《くさり》をどうすればいいのかわからずにいた。どっちに引っぱればいいか、ツナミが教える。

「ねえ、聞こえる？」ツナミは、ふたりに向かってさけんだ。「今だしてあげる。飛ぶ準《じゅん》備《び》をして！」

「ツナミなのか？」リップタイドの声がした。天井から聞こえてくる機械《きかい》の作動音に、続《つづ》く声がかき消されていく。そして、流れ落ちてくる滝《たき》がいきなり止まったかと思うと、ツナミの目の前にスカイブルーのシーウイングが立っていたのだった。

彼がにっこりとほほえんだ。

「元気そうじゃない」ツナミが言った。「〈運命のドラゴンの子〉は、ドラマチックな救出《きゅうしゅつ》劇《げき》が専門《せんもん》でね。尊敬《そんけい》した？」

「超《ちょう》したよ」彼が水路をとびこえ、彼女のとなりにひらりとおりてくる。ウェブスもなんとかそれに続くと、よろめきながら着地した。耳からまだ細く血が流れているのは、あまりいいこととはいえなかった。

新たな火炎弾がふたつ、すぐ外を落ちていった。下からさらにたくさんの悲鳴があがる。

リップタイドはおどろき、おびえたような顔で翼をふくらませた。

「宮殿が攻撃を受けてるんだ」ツナミが説明《せつめい》した。「にげるのがちょっとめんどうになるけど――」

「待った」リップタイドが、ツナミの片手《かたて》をにぎった。「ツナミ、君に言わなくちゃいけないことがあるんだ。ぼくは……ぼくは〈平和のタロン〉のために働《はたら》いてるんだよ」

ツナミはまじまじと彼を見た。母親の話は**本当**だったのだろうか？　リップタイドは、自分の人生を台無《だいな》しにしたドラゴンたちの手先だったのだろうか？　〈平和のタロン〉を好《す》きだったことなんて一度もない。どうしてそんな連中《れんちゅう》のひとりに心をひかれてしまったのだろう？

「お願《ねが》いだから聞いてくれ。ぼくがタロンにくわわったのは、父さんのことをもっとよく知りたかったからなんだ。でもタロンは、無事《ぶじ》に生きてるってことしか教えてくれなかったよ」リップタイドは、足元に視線を落とした。「それから何年か、ぼくはシーウイングの情報《じょうほう》をタロンにわたし続けているんだよ」

あたしに言わせれば、うらぎり同然《どうぜん》だよ。ツナミは心の中で言ったが、自分とシーウイング、どちらに対するうらぎりのほうがゆるせないのか、自分でもよくわからなかった。

「ほんと、悪いくせだね」ツナミが言った。「決定的《けっていてき》に大事なことをあたしに言わずにいるのはさ」

「だよね。ごめんよ。君と出会う直前にも、タロンのスパイと会ってたんだ」彼の言葉を聞いて、ツナミは体に黒いらせんもようをつけたあのドラゴンを思いだした。「〈運命のドラゴンの子〉がシーキングダムにすがたをあらわしたら、けっして目をはなすなって言われたよ」

ツナミは彼ににぎられた自分の手を引きぬいた。リップタイドは、〈平和のタロン〉の存在《そんざい》を知っておどろいたふりをしてみせたのだ。〈運命のドラゴンの子〉たちのことなど、なにも知らないような顔をしてみせたのだ。

そんなひみつをかくしながらシーウイングとともにくらしていたのだから、まったくたいした役者だ。こうなると、今まで彼に言われたことも、ツナミはうっかり信じてはいけないような気持ちになってきた。

彼が動くたびに、わき腹《ばら》のきず口から血がしたたった。「君と仲間たちの無事を守るため、ぼくはずっとそばにいたんだよ」リップタイドは翼をひろげ、両手をツナミに差《さ》しだした。「本当のことが言えなくてごめんよ。真実を知られたら、信頼《しんらい》してもらえないと思ったんだ」

それは彼の言うとおりだった。だが、今だって彼を信頼しているわけではない。

なにかがパヴィリオンに激突《げきとつ》するものすごいごう音が、外からひびいてきた。

「もう行かなきゃ」グローリーが後ろから声をかけてきた。いつもの彼女らしい嫌味《いやみ》をつけ足さないので、ツナミは今の話を聞かれたのではないかと思った。

「ちょっといい？」クレイの声が背後《はいご》から聞こえた。「ツナミ？　ウェブス？　あのドラゴン知ってる？」

全員がふり返ると、どうくつの出入り口に巨大《きょだい》なメスのマドウイングが一頭立っているのが見えた。茶色い翼はすっかりすすけてよごれ、口の片側《かたがわ》がむごたらしいきずに引っぱられ、奇妙《きみょう》な笑《え》みをうかべているように見える。

おどろいたウェブスが、さっとしっぽをふった。「知っているもなにも、あれは〈平和のタロン〉のドラゴンだよ。わたしの命をすくってくれたクロコダイルだ！　こんなところでなにを？」

マドウイングがおかしそうにくすくす笑《わら》った。「かわいそうなウェブス。なにもかも、ほんとにまちがいだらけで」のしのしとどうくつの中にやってきて、クロコダイルは〈運命のドラゴンの子〉たちを値《ね》ぶみするかのように見回した。「この子たちが、タロンがあんなに**こだわってる**連中？　ひょろっちいのばかりじゃない」そう言って、ぴしゃりとしっぽをふる。「でも、スカイウイングがあなたを取りもどしたがってるわよ。あなたのことよ、そこの〈雨の翼《レインウイング》〉。新しい女王様のおもちゃにしたいんでしょうよ、きっと」

「スカーレット女王が死んだの？」グローリーが思わずさけんだ。「たしかなの？」

「スカイウイングと手を組んでるなど、ありえんことだ！」同時にウェブスもさけぶ。

「それがありえるのよ」クロコダイルが言った。「まったく、〈平和のタロン〉への潜入《せんにゅう》がこんなにも役立ってくれるとはねえ。おろかなシーウイングのあとをつけて、ずっとさがし求《もと》めてきたひみつの宮殿にたどりつけるだなんて、思ってもいなかったよ」

ウェブスは、いきなりのしかかってきた山のような罪悪感《ざいあくかん》におしつぶされたかのように青ざめ、翼を重くたれさげた。

「おまけに〈運命のドラゴンの子〉っていうおまけつきよ」クロコダイルが続ける。「これはもう、昇進確実《しょうしんかくじつ》っていうところね」

「スカーレット女王は本当に死んだの？」グローリーがもう一度たずねた。

「だれも知らないわ、そんなこと」クロコダイルが肩《かた》をすくめた。「どうやら消えてしまったみたいでね。あの女王がどうなったかたずねても、みんなちがう答えをよこす有様なのよ」

「なるほど、ツイてたわね」グローリーが言った。「ほんとに死ぬかどうか、自分で試《ため》せるんだからね！」ぱっと口を開け、まっ黒い毒液《どくえき》をクロコダイルの両目めがけてはきだす。

クロコダイルは激痛《げきつう》に悲鳴をあげ、どうくつの壁に翼をこすりつけながらあとずさった。両手で鼻先をおさえるが、毒液はもううろこのすきまから体にしみこみ始めていた。彼女はもう一度ほえるとどうくつからとびだし、湖めがけて飛びおりていった。

「行くよ！」ツナミがさけび、ぱっと翼を広げた。

五頭とリップタイド、そしてウェブスがどうくつから飛んだ。はるか下では、ドラゴンたちがまだおし合うようにしながらトンネルに入ろうとしていた。しかし出口に群《むら》がるドラゴンたちの翼や巨体《きょたい》は、さっきよりへっているようにはまったく見えなかった。

「あっちは無理《むり》だ」スターフライトが言った。

「天井をぬけて外にでるよ」ツナミが言った。みんなが見あげると、三頭の赤いドラゴンが炎をはきながら飛びすぎていくのが見えた。

「おいらとしては、そっちの計画も微妙《びみょう》なんだけどなあ」スターフライトが小声で言った。

ツナミはようやく、母親のすがたを見つけた。図書館のフロアに立ちつくしたコーラル女王が、自分の作品をしるしたたくさんのまき物に最後《さいご》の別《わか》れをつげている。まだもえてこそいないが、宮殿でいちばんもえやすいのがあのまき物だ。もしあれが炎につつまれたならけむりが宮殿を満《み》たし、さらに多くのドラゴンたちが死ぬことになるだろう。

小さなオークレットは、女王の胸《むね》にしっかりとだかれていた。アネモネはハーネスをはずされたままパヴィリオンのふちに立ち、母親たちを待っていた。

ツナミたちの見ている中、コーラル女王はまき物を手に取り、次々と湖に投げこみ始めた。すぐにアネモネがかけよると女王は手を止め、いとおしそうに娘《むすめ》の頭にふれた。

きっといいお母さんなんだ。ツナミは悲しくなった。それに、いい女王なんだ。

もしも自分とコーラル、ジル、アネモネ、そしてオークレットがひとつの家族としてともにくらし、だれもだれかを殺そうとしないごくありきたりの幸せの日々をすごせる別のピリアがあったなら、どんなだろうか。ツナミはふと考えた。

だが、もうおそい。今のツナミにはまったくふつうじゃない別の家族がいて、その家族はだれよりも彼女を必要《ひつよう》としているのだ。

ツナミは、すっかりボロボロになってしまった天井の残骸《ざんがい》に向かって上昇《じょうしょう》していった。もえさかる丸太がまた自分たちのほうに落ちてきたので、ツナミはグローリーに命中しないよう彼女をわきに引っぱった。丸太はパヴィリオンに激突し、一頭のドラゴンを火だるまにしながら湖に落ちていった。

「サニー！　スターフライト！　クレイの翼にかくれて！」ツナミがさけんだ。クレイが炎を通さない自分の翼を大きく広げる。サニーとスターフライトが、それぞれ両側《りょうがわ》の翼の下にかくれる。

外に広がる空の様子を見るため、ツナミは前に飛びだした。けむりをあげてくすぶる葉のすきまをぬけ、あやうくスカイウイングと衝突《しょうとつ》しそうになる。スカイウイングは手に丸太をかかえ、宮殿めがけて落とすために炎をはきかけようとしているところだった。あわてて身をかわしたスカイウイングをふり向いたツナミは彼が手にした丸太に気づき、わき腹にしっぽをたたきこんだ。丸太が海へと落ちていき、スカイウイングも宙《ちゅう》を転がるようにあとを追って墜落していく。

さらに五頭のスカイウイングが、次の攻撃をしかけようと空中で編隊《へんたい》を組んでいた。ツナミが左に目をやると、予備《よび》の丸太を運んでいる巨大なマドウイングの部隊が見えた。さっきのスカイウイングたちがそこに飛んでいって一本ずつ丸太を受け取り、また火炎弾を落とすため宮殿へと舞いもどっていく。

ツナミは怒《いか》りのうなりをあげた。これは子どもたちや罪《つみ》もないただのシーウイングたちがいる宮殿を標的《ひょうてき》にして入念《にゅうねん》に計画された、残虐《ざんぎゃく》な攻撃なのだ。こんな戦いに、公平さも名誉《めいよ》もありはしない。

彼女の右のほうでは、シャークとシーウイングの兵隊《へいたい》が、別のスカイウイングたちと戦闘《せんとう》中だった。炎がはじけ、かぎ爪《づめ》がうろこをおそう。ツナミもその戦いにくわわりたかった。あそこに飛びこんでいき、家族がくらす宮殿をおそった侵略者《しんりゃくしゃ》たちを切りさき、爪《つめ》をたて、戦いたい衝動にかられる。そんな戦いなら、あとで罪悪感におそわれる心配もない。だがとなりを仲間たちが飛んでいる今、自分だけがはなれるわけにはいかなかった。

「あっちだよ」ツナミはそう言って、いちばん空が開けているほうに頭をつきだした。太陽の位置《いち》からすると、おそらく南だろう——南、それは大陸《たいりく》のある方角……つまり、ツナミたちが向かうべき方角だ。

グローリーがものすごいスピードでツナミを追いこしていった。そしてツナミがしめした空に差しかかった瞬間、全身のうろこがうすいブルーと白金色に変《か》わり、かがやきを放ちながら見えなくなっていった。ツナミが目をこらしても、彼女が飛び去った空にはかすかなゆらぎさえも見えなかった。

次に、サニーとスターフライトを守るため翼を広げたクレイが続いた。一頭のスカイウイングがクレイたちを見つけ、急旋回《きゅうせんかい》して向かってくる。ツナミはそのメスのドラゴンにとびかかると鼻すじをつかみ、全身の力をこめて下腹《したばら》にけりをたたきこんだ。スカイウイングがけり返してきて、ツナミの折《お》れたあばらに強烈《きょうれつ》な激痛が走る。つかんでいた手がはなれる。飛び去ろうとしていたクレイの背中《せなか》に、スカイウイングが炎をはく。

炎がうろこをかすめてクレイは全身をふるわせたが、それでも羽ばたくのをやめず、二頭の仲間を守りながら飛び続けた。黒くこげることもひどいやけどを負うこともなく、もとどおりの茶色にもどったクレイの翼を見て、スカイウイングはあっけに取られて目をぱちくりさせた。

「おどろいた？」ツナミは声をかけ、鼻先を思いきりけりつけた。

スカイウイングは白目をむいて、海めがけて落ちはじめた。はでな水しぶきをあげ、一《いっ》瞬《しゅん》のうちに波の中に見えなくなっていく。

やぶれた天井からリップタイドが飛びだしてきた。何度もふり返り、背後にいるウェブスの無事をたしかめている。南に飛び去ろうとツナミが向きを変えると、彼女の名をよぶリップタイドの声が聞こえた。

「あいつらを助けないと！」彼がしっぽで、戦っているシーウイングたちをしめす。

「でもあいつら、あんたを牢獄にもどすよ」ツナミは言った。「あたしたちがにげたのをあんたのせいにして、ばつをあたえるに決まってる」

「かもしれない」リップタイドは答えた。「でも、助けられるなら助けなくちゃ。ここはぼくのふるさとなんだ」

その気持ちは、ツナミにも手に取るようにわかった。

「ツナミ――」リップタイドは一度言葉を切ってから、また口を開いた。「本当にごめん。次にまた会えたら……いや、また次に会えたらいいな。もっといい世の中になったらさ」

彼女もそう思っていた。彼をゆるせるかどうかはわからなかったが、それを決めるチャンスがおとずれてくれればいいと思っていた。彼には戦争《せんそう》を生きぬいてほしいし、〈平和のタロン〉も、運命も、そして心配しなくてはいけないようなひみつもない世界で、もう一度彼と出会いたかった。

けれど、今それをすべて伝《つた》えるような時間はなかった。彼に教わったパターンを思いだし、ストライプを光らせる。**わかった。**そして、ついでに**イカ頭**とつけ足した。リップタイドはそれを見るとほほえんで、ツナミに背を向けると、戦いのただ中に向かって飛び去っていった。

ウェブスとツナミはならんで羽ばたきながら、南へと進路を変えていった。

だが、他の羽ばたきが背後から近づいてくるのが聞こえた。ツナミがふり向くと、天井からとびだしてきたブリスターが手をのばし、ウェブスのしっぽをつかまえるところだった。彼を引きずりもどし、しっぽの毒ばりでひといきに心臓《しんぞう》をつきさす。

ツナミがさけび声をあげながら突進《とっしん》し、体当たりでブリスターをふき飛ばした。ブリスターが怒りのおたけびをあげながら、宮殿めがけて落ちていく。ツナミはウェブスの手をつかむと、引っぱるようにして飛び始めた。

ウェブスが静《しず》かにうめき声をもらした。

「ヤバそうなの？」ツナミが真剣《しんけん》な声でたずねた。

「心臓ははずれたよ。だが……」そう言って翼をあげ、しっぽのそばについたかすりきずをツナミに見せる。「こんなとこに毒を食《く》らってしまったよ」

「治《なお》す方法《ほうほう》を見つけてあげる」ツナミが言った。「いいから、島に着くまで飛び続けて」

ふり返るとブリスターが宙にとどまりながら、飛び去っていくツナミたちをにらんでいた。その冷《つめ》たい、かがやく黒い目は、ツナミが空の果てに消えるまでずっとつきまとってくるようだった。

28

ツナミはまた砂浜《すなはま》にいた。

だが、今度は暗やみにつつまれていた。日が落ちてだいぶすぎており、空にはスターフライトの翼《つばさ》の裏側《うらがわ》のように、銀色の小さな星々がきらめいていた。

またリップタイドに会う日は来るのだろうか、と考える。そして、アネモネとオークレット、そして母親とも。

「暗いのはわかってるけどさ」ふいに、背後《はいご》からおずおずとしたスターフライトの声が聞こえた。「でもさ――」

ツナミはため息をついて「木の下にかくれてろってことね」と答えると立ちあがり、手についた砂をはらい落としながら、森に向かって歩くスターフライトについていった。

「ねえ、あたしはあんたみたいに**なろうとしてる**んだよ」彼女《かのじょ》が声をかける。「立ち止まって、考えて、頭だのなんだのあれこれ使おうとしてるんだけどさ、でもそうしてると、おかしくなりそうになっちゃうんだよ」

スターフライトは木の根につまずき、ふり返ってツナミを見つめた。「おいらみたいに？　なんでそんなことしたいのさ？　おいらのほうこそ、少しでもツナミみたいになりたいんだよ！　特《とく》に、その勇《ゆう》かんなところとかさ！」

ツナミは翼で、彼《かれ》の翼にふれた。「あんたはそのままでいいの。ちゃんとものを考える、用心深い仲間《なかま》もいなきゃだからね。それに、あんたはブリスターをかなりおこらせたけど、あれはだいぶ勇かんだったと思うよ。だいたい、あたしみたいなのがふたりもいたら、こんな群《む》れなんてとてもまとまらないよ」月明かりに照《て》らされたスターフライトの顔に、かすかな笑《え》みがうかんだのが見えた。

ウェブスはコケにおおわれた地面に横たわっていた。ひやひやするほど呼吸《こきゅう》が浅《あさ》い。サニーは自分の体から少しでも温《ぬく》もりが伝《つた》わるよう、彼のとなりで丸くなっていた。グローリーとクレイは、ウェブスの体にできたきず口を調べていた。まだ血が止まらず、ふちのあたりが黒く変《か》わり始めている。

「ぼくたちだけじゃ無理《むり》だよ。こんなの、治《なお》しかたなんて知らないもの」クレイが悲痛《ひつう》な顔をした。

「サンドウイングの毒《どく》の消しかた、だれなら知ってるだろう？」サニーが言った。「もしかしたらサンドウイング、かな」と自分で質問《しつもん》に答える。「だけど、どこに行けば信頼《しんらい》できるサンドウイングに会えるのか、ぜんぜんわからないわ」

「〈平和のタロン〉とか？」スターフライトが自信《じしん》なさそうに言った。

「あそこにはもどれないよ」ウェブスが口を開いた。「君たちだってそうさ」

何年もずっと大人しくタロンの兵隊《へいたい》をつとめ、どんな命令《めいれい》にもしたがってきたというのに、いきなり心変《こころが》わりをしたというのだろうか？

「クロコダイルがスパイだったということは……」ウェブスは、ツナミの視線《しせん》に気づくと言葉を続《つづ》けた。「他にもいるかもしれない。君たちにとってだれが安全なのか、だれが危険《きけん》なのか、わたしにはわからないんだよ」

「たしかにね。**いい**ドラゴンたちまで、みんなあたしたちを利用《りよう》しようとしてたんだからさ」ツナミは母親のことを考えながら言った。

「**ああもう**、どうかブレイズが他の二頭よりマシであってくれますように！」サニーが心の底《そこ》から祈《いの》るように言った。

スターフライトは顔をしかめたが、なにも言い返さなかった。「たぶんアイスウイングのところに行けばブレイズにも会えるだろうけど、今度は本当に、本当に、慎重《しんちょう》にやらなくちゃだよ」

「そうだね」クレイもうなずいた。「もう**二度と**牢屋《ろうや》に放りこまれないほうに投票《とうひょう》する」

「ちがう方法《ほうほう》を試《ため》してみたほうがいいと思う」グローリーが言った。「たとえば『わたしたち〈運命のドラゴンの子〉です！　すごくて特別《とくべつ》なんです！　牢屋に入れとくといいことあるよ！』みたいにさけびながらつっこんでくのは**やめて**さ。まあ、ただの思いつきだけどね」

「ねえ、わたしたちどうしたらいいかな？」サニーは、期待をこめた声でウェブスにたずねた。「わたしたちがどうやって予言を実現《じつげん》させるか、タロンにはなにか計画があったんじゃない？」

「あったとしても、わたしに話したりはしないさ」ウェブスが答えた。

「最高《さいこう》」グローリーがつぶやいた。ツナミが彼女のほうを見る。グローリーのうろこは、あたりを取りまく暗い森にとけこむように、黒とダークグリーンをまとっていた。それを見たツナミに、ある考えがひらめいた。

「ウェブスの毒を消してくれるドラゴン、いるかもしれない」

「だれのこと？」クレイが首をかしげた。

「レインウイングだよ」ツナミが言った。グローリーが、正気をうたがうような顔で彼女を見る。ツナミはかまわず先を続けた。「考えてみてよ。レインウイングだって毒を持ってるじゃない？　だったら、まちがってだれかに毒をあたえちゃったときの治療法《ちりょうほう》だって、知ってなきゃおかしいでしょ？」

「たしかに」スターフライトがうなずいた。「ちがう種類《しゅるい》の毒だとしても……それでもいい線をついてると思うよ」

「それに、ついでにグローリーの家族もさがせるしね」ツナミが言った。「それが公平ってもんでしょ」

グローリーは表情《ひょうじょう》ひとつ変えなかったが、体じゅうにかすかなローズピンクがうかびあがった。あまり彼女がその色をまとうのを見たことがなかったツナミは、きっとすごくうれしかったのだと感じた。

「それ……本気で言ってるの?」グローリーがうたぐるように言った。「わざわざ次にやるべきことなの?」

「当たり前だよ」サニーが言った。「どうしても、グローリーのふるさとを見つけださなくっちゃ」

「きれいなとこなんだろうなあ」クレイは、心からうっとりした声で言った。「きっと家族たちも、君に会ったら本当によろこんでくれるよ」

ウェブスが短いうめき声をもらしたが、みんながふり向いてみると、まるでねむっているようにまぶたを閉《と》じていた。ツナミはねたふりにちがいないとわかっていたが、いずれにせよ、次にどうするかはウェブスが口だしすることではない。

「それにここからだと、他の種族《しゅぞく》よりも近くに住んでいるしね」スターフライトが指摘《してき》した。「マドウイングの領地《りょうち》のはしっこを通りぬけなくちゃいけないけど、基本的《きほんてき》には南西に向かえば、レインウイングが住む熱帯雨林《レインフォレスト》に着くはずだ」

「そんなの知ってるわ」グローリーがむっとした。「地図を覚《おぼ》えてるのはあなただけじゃないんだからね、スターフライト」

「完璧《かんぺき》。それで決まりだね」ツナミがうなずいた。

「ひと休みしてからにする?」サニーは心からひと休みしたそうな顔でたずねた。

ツナミは、必要《ひつよう》ならばひと晩《ばん》じゅうでも飛《と》び続けられる自信があった。ブリスターとの距離《きょり》を、できるだけ広げておきたい。みんなにも、熱帯雨林まで一度も止まることなくどんどん進んでいってほしかった。

けれどサニーのつかれた目と、だらりとたれたスターフライトの翼を見た彼女は、ウェブスのしっぽのそばにすわりこんだ。「ひと休みしてから」とみんなに声をかける。

サニーはほっとしたようにため息をついて、また横になった。そしてすぐに背中《せなか》を上下させながら、深いねむりに落ちてしまったのだった。

クレイがツナミのとなりにやってくると、自分と彼女のしっぽを重ねた。「お母さんのことは残念《ざんねん》だったね。あと宮殿《きゅうでん》もさ。それにブリスターも。それとワールプールも。あとリップタイドも。それから——」

「うん、わかったよ、ありがとう」ツナミは軽くつつき、クレイをだまらせた。

「みんな、攻撃《こうげき》を乗り切ってくれるといいね」クレイが静《しず》かに言った。

「そうだね」ツナミがうなずいた。「でも〈深海宮《ディープパレス》〉なら安全だよ。だから、にげ場はあるってこと」そう言って、少しだけ考えこむ。「それに、アネモネはいつかきっといい女王になると思う。コーラルのいいところを受けついでるし、自分で考えられるし、まだ幼《おさな》いんだもの。これから成長《せいちょう》して、もっと強くなって、もっと自立していくんだよ」

「あの子がツナミに似《に》てるとしたら、**自立**なんて生ぬるいくらいだと思うわ」グローリーが言った。クレイのもう片側《かたがわ》にぴったりとよりそう彼女に、彼が翼をかぶせてやっている。スターフライトはためらいがちにサニーのとなりにいくと、自分もまぶたを閉じた。

「まあ、〈シーキングダム〉はあたしの居場所《いばしょ》じゃなかったっていうことだよ」ツナミは、自分に言い聞かせるように言った。

「じゃあ玉座《ぎょくざ》はどうするの？　いつか史上《しじょう》最高の女王になるっていう話だったじゃない？」グローリーがからかった。

「そうだなあ」ツナミは肩《かた》をすくめた。「あんたたちのボスでがまんしろってことじゃないかな」

「ははっ！」グローリーが笑《わら》ったが、いつもの皮肉な笑いではなかった。体じゅうに楽しげな黄色いあわのもようをうかばせながら、ツナミの翼に鼻先でふれる。「まあ、せいぜいがんばりなさいよ」

うん、そうするよ。ツナミは心の中で言った。でもそれは、あたしがいちばん最高で、みんなは言うこと聞いてればいいって思ってるからじゃないよ。自分がリーダーになってみんなを引っぱることしか、みんなの安全を守る方法を知らないからなんだ。母さんが評《ひょう》議会《ぎかい》にたよるみたいに、あたしもときどきみんなにも耳をかさなきゃいけないことだってあるだろうし、自分の思いどおりにできないことだってあると思う。

でも、たとえ仲間に腹《はら》が立っているときでも、みんなを信頼できるのはツナミも知っている。そして自分も、みんなが信頼できるドラゴンでいなくてはいけない。

空を見あげると、ふたつの月が木々の向こうでぼんやりと白く光っていた。

女王になるよりも、ずっと大事なことがある。

戦争《せんそう》を止めるのも、そのひとつだ。この五頭にしかそれができないのだとしたら――それがみんなで果《は》たすべき使命なのかもしれない。たとえツナミが、運命など信《しん》じていないとしても。

彼女はもぞもぞと、仲間たちに体をよせた。もうみんなぐっすりとねむっていた。

〈シーキングダム〉はあたしの居場所じゃなかった……。だけどそもそも、あたしの居場所なんてどこかにあるのかな。ツナミは心の中で言った。

エピローグ

「なるほど。計画どおりにはいかなかったか」モロウシーアが言った。

「あなた、いくつか言い忘《わす》れたことがあったみたいじゃない」ブリスターが静《しず》かな声で言った。「たとえば、あなたの五頭の子たちがとんでもなくめんどうな連中《れんちゅう》だってこととかね」トゲのついたしっぽを足元にまきつけ、翼《つばさ》をたたむ。

「ああ、そのとおり」ナイトウイングが答えた。「だが、あれほどまでに悪意をこめて向き合わなくともよかったのではないかな？」そう言って、やけこげた〈サマーパレス〉の廃墟《はいきょ》を見おろす。パヴィリオンのいくつかのフロアでは、まだ炎《ほのお》がくすぶり続《つづ》けていた。

あの戦《たたか》いから三日、残《のこ》っているのはけむりと死体だけだ。

「とりあえず、ウェブスは死んだ」モロウシーアが言った。

「今ごろはそうでしょうね」ブリスターは、しっぽをゆらゆらと上下にゆらした。

「コーラル女王は生きのびたのかな？」彼《かれ》が言った。

「娘《むすめ》たちふたりもいっしょにね」ブリスターが答えた。「でも、コーラルに死なれてしまっちゃわたしだって困《こま》るのよ」牙《きば》をむき、いまいましげに息をもらす。「今は、このわたしには近づくことのできない、あの〈ディープパレス〉にかくれているわ。わたしのひみつ兵器《へいき》はあと何年も使いものにならないと言いはってね。最初《さいしょ》の娘のたくらみが明るみにでてからというもの、〈命のドラゴン〉にはすっかり臆病《おくびょう》になってしまったのよ。あの小《こ》娘《むすめ》を殺《ころ》しの道具にするくらいなら、魔法《まほう》を捨《す》ててもいいと思っているんだわね」ブリスターは、小さな炎とともにため息をついた。「ずっと戦争《せんそう》をしてきたけれど、今週はあまりいい週とは言えないわねえ」

彼女《かのじょ》は、けむりをあげてくすぶる小枝《こえだ》をはらいのけた。「ところでモロウシーア。わたしの知りたいしらせを、ちゃんと持ってきてくれたんでしょうね？」

「もうひとつ、別《べつ》の選択肢《せんたくし》がある」モロウシーアが言った。「だが、おまえが気に入るかどうかはわからんがね」翼を広げ、上空を旋回《せんかい》する緑のかげをよびよせる。

一頭のシーウイングが静かにがけに舞《ま》いおりてきた。ふまれたツタが足の下でくずれ去り、灰《はい》の山になる。宮殿《きゅうでん》を見おろした彼が身ぶるいした。ブリスターからたっぷり距離《きょり》を取っているのに、モロウシーアは気がついた。きっとケストレルの身に起きたことをだれかに聞いたか、自分で推理《すいり》したのだろう。

「こちらはノーチラスだ」モロウシーアが紹介《しょうかい》した。「〈平和のタロン〉をひきいるドラゴンの一頭だよ。ノーチラス、予備《よび》の計画を女王に説明《せつめい》してさしあげるんだ」

「未来《みらい》の女王、というべきかもしれませんが」ノーチラスはそう言い直すと、ブリスターが毒《どく》ばりのしっぽをもたげるのを見てびくびくととびのいた。「その……」あわてて彼が続ける。「われわれにはひとそろい……**予備**の用意があるのです」

それを聞いたブリスターは、興味《きょうみ》を引かれたように目をかがやかせた。「予備とな？ほほう、これはこれは。〈平和のタロン〉がそんなにずるがしこい連中だとは、まったく知らなかったね」

ノーチラスが顔をしかめた。「わたしたちは、あらゆる事態《じたい》にそなえておきたいのですよ。予言を実現《じつげん》させるために必要《ひつよう》とあらば、なんだってしておきたいのです」

「もしくは、実現したように見せるため、かな」モロウシーアが口をはさんだ。

「賢明《けんめい》なことね」ブリスターが言った。「〈運命のドラゴンの子〉たちはなにをするか、どうなるかまったく読めないもの。タロンは本当にかしこいわ」

「ええ、これは**わたし**の案《あん》です」ノーチラスが得意《とくい》げに言った。

「だが」モロウシーアが低《ひく》い声をだした。

「はい」ノーチラスは、しっぽをひくひくさせた。「ですが予備の子どもたちは、その……完璧《かんぺき》とはいえません」

「ふむ……」ブリスターは考えこんだ。「予備ではない子たちよりもひどいの？　そんなことありえるのかしら？」

「ええ……ありえるのですよ。でなきゃ、こちらがプランAだったはずですから」ノーチラスが言った。「うたがいなくね」

「わたしが知りたいのは、その子たちがちゃんと言うことを聞くのかだけよ」ブリスターが言った。

「うむ……」ノーチラスは鼻すじにしわをよせ、空を見あげた。「おそらくは……」

「大変《たいへん》見こみのあるお話だわね」ブリスターはそっけなく言った。「ああ、早く会ってみたいものだわ」

「それぞれのグループから、いいとこ取りをしてもいいかもしれん」モロウシーアが言った。「当然《とうぜん》だが、あのレインウイングは殺す。あのマドウイングは使えるかもしれない」

「あなたのナイトウイングは役立たずよ」ブリスターが言った。「あんなひどいうらぎり者、他に知らないわ」

モロウシーアは首を横にふった。「あれにはひどくがっかりさせられた。同じ種族《しゆぞく》の子を殺すことはめったにないが、しかし――」ため息をつき、続ける。「どうしても必要とあらば」

「さておき、まずは予備に会ってみるべきかと。おじゃまをしようとは思いませんが、ただの提案《ていあん》ですよ」

「シーウイングは絶対《ぜったい》に殺さないとね」ブリスターがうなった。

ノーチラスがあわてて羽ばたき、うしろにとびのく。

「あんたじゃないわ」彼女はいらだちながら言った。「まあ、今のところはだけれどね」

「ツナミにはいくらか見こみがあると思ったんだがな」モロウシーアがつぶやいた。

「わたしをイライラさせる見こみなら、たしかにあったわね」ブリスターがうめいた。「だめね、あの娘は確実《かくじつ》に殺さなくては」

「こうしている間にも、手下に追わせているよ」モロウシーアが言った。「戦争中ともなれば、殺し屋をやとうことなどおどろくほどたやすいものでね」

「よかった」ブリスターはおどすようにしっぽをゆらしてみせた。「あの子たちに、自分で思うほどの価値《かち》はないと思い知らせてやらないとだわ。だれだろうと代わりは必《かなら》ずいるのだとね」彼女は一本残らず歯をむきだして笑《わら》った。「とにかく……予言を実現させる道は、ひとつだけではないのだから」

トゥイ・タマラ・サザーランド

TUI T. SUTHERLAND

1978年ベネズエラ・カラカス生まれ。アメリカの児童文学作家。マサチューセッツ州のウィリアムズ大学を卒業後、出版社の編集者として働き、その後複数のペンネームで50冊以上の本を執筆。本書〈ウイングス・オブ・ファイア〉シリーズは20か国で翻訳出版され1500万部を販売、『ニューヨーク・タイムズ』のベストセラーリストに200週以上ランクインした。現在、ボストンですばらしい夫とかわいらしい二人の息子とガマン強い犬と住んでいる。

田内志文

SIMON TAUCHI

文筆家、スヌーカー・プレイヤー、シーランド公国男爵。訳書に『Good Luck』(ポプラ社)、『こうしてイギリスから熊がいなくなりました』『失われたものたちの本』(東京創元社)、『1984』(角川文庫)、〈ザ・ランド・オブ・ストーリーズ〉シリーズ全8巻、〈ア・テイル・オブ・マジック〉シリーズ全6巻（平凡社）などがあるほか、『辞書、のような物語。』（大修館書店）に短編小説を寄稿。スヌーカーではアジア選手権、チーム戦世界選手権の出場歴も持つ。

山村れぇ

LĒ YAMAMURA

クリーチャーデザイナー、イラストレーター。京都芸術大学講師。ゲーム会社に勤務後、2017年よりフリーランスに。国内外のゲーム、書籍、CM、映像作品などのクリーチャーデザインを手がける。生物としての説得力、面白みのある色と形の両立をテーマに日々クリーチャーを制作している。作品集に『CREATURES』(KADOKAWA)がある。

WINGS OF FIRE

ウイングス・オブ・ファイア

2

帰ってきた王女

海の翼のツナミ

2024年11月20日　初版第1刷発行

著者　トゥイ・タマラ・サザーランド

訳者　田内志文

イラスト　山村れぇ

企画・編集　Ikaring Netherlands

発行者　下中順平

発行所　株式会社平凡社
〒101-0051 東京都千代田区神田神保町3-29
電話 03-3230-6573（営業）

装幀　アルビレオ

印刷　株式会社東京印書館

製本　大口製本印刷株式会社

　ISBN 978-4-582-31532-5
平凡社ホームページ　https://www.heibonsha.co.jp/
乱丁・落丁本のお取替えは直接小社読者サービス係までお送りください
（送料は小社で負担いたします）。

［お問い合わせ］
本書の内容に関するお問い合わせは
弊社お問い合わせフォームをご利用ください。
https://www.heibonsha.co.jp/contact/